不乖

Adolescent Storm

树延 著

四川文艺出版社

月亮代表我的心。

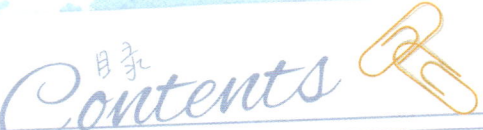

第一章

热烈的十七岁，撞上理想主义

001

第二章

二十七岁选手，祝你旗开得胜

061

第三章

永远朝气蓬勃，永远充满希望

101

第四章

不是头脑发热，不是一时兴起

145

第五章
不管什么时候，我的第一选择
181

第六章
十八岁的夏天，泛着酸涩遗憾
221

番外
贺日日视角日记
267

「我叫于澄,于是的于,澄澈的澄。」

「我叫贺昪,加贝贺,日升昪。」

南城。已经立秋，走在路上隐约还能听见几声树梢间的蝉鸣，街道上车辆往来不息，路上的行人行色匆匆。

夜幕降临，这条路上偶尔有逗留的学生，靠路口的这家饭店是这条复古潮流街上生意最火爆的一家，K歌、吃饭一体式，隔着紧闭的金属门隐约能听见里面嘈杂的声音。

没多会儿，最靠里面的一间包厢的门被人从里面打开，握在门把手上的是一只白净的手，手腕骨感纤细，吵闹的摇滚音乐从门缝里溜了出来。

跑调的歌声一个劲儿地从屋里传来，不待路过的人听两句，门又"砰"的一声被关上。

于澄深吸两口气，被这躁不拉唧的音乐整得心烦。她捏了下眉心，抬腿走向卫生间，用冷水冲了把脸，顺便将身上的校服脱下来搭在洗手台上。

兜里的手机"叮咚"响了一声，她拿起来看，是祁原发来的消息，问她：怎么了？

于澄用手擦了下脸颊上的水滴，黑发湿漉漉地粘在白净的脸上，回他：没事，去趟卫生间。

她背靠在墙壁上透气，抬手揉了两下太阳穴，杀猪般的音乐仿佛还在脑子里嗡嗡作响。

来这边吃饭的人形形色色，就在这儿站着的一会儿，旁边的厕所进去了一对男女，于澄漠不关心地看了一眼又收回视线。还没等她怎么脑补，没几分钟两人又出来了，女的一脸不愉快。

想了想，于澄掏出手机给祁原发了条消息：我出去透口气，有没有什么要带的？

祁原回得很快：带盒薄荷糖。

于澄：好。

她揣好手机，抬脚走出大门，室外的温度像是一瞬间让人置身在火炉里。于澄顺着街边往前看，夜色完全暗下来，这边店铺很多，不远处就有一家便利店，挂着"正在营业"的灯牌。她走过去，抬手掀开门帘，扑面而来的冷气激得人瞬间起了一层鸡皮疙瘩。

这个点店里没什么人来，戴着黑色工作帽的青年坐在收银台前，手里拿着手机不知道是在刷剧还是在打游戏，见人来了立马站起来，手上动作却一刻不停。

面前的少女身材细瘦高挑，五官长得叫人挑不出毛病来，眼尾上挑着，神情恹恹，长发随意地披散在肩头，看上去乖张极了。

漂亮，叛逆，带劲儿。看上去有点不好惹。

"要一盒薄荷糖。"于澄开口。

这店开在这儿，隔壁是酒店，后面是夜店，再隔两条街还有一所职高，小哥见什么人做什么生意，瞥一眼她胳膊上搭着的校服，伸手拿了一盒滑到她面前，搓搓手，讨好地笑笑："十八元。"

"嗯。"于澄伸手接过放到口袋里，又顺手拿了瓶气泡水。

瓶身的丝丝凉意传入手掌，像是靠近了一个天然的吸热物体，安抚下去部分燥热。她结完账出了便利店，走到一旁的篮球场看台上坐下，拧开气泡水"咕咚"灌了一大口。

天太热了，哪怕是夜晚，也闷热到窒息。

夜空中黑云压着月亮，透过云层隐约发出些淡弱的光芒。今天来这儿是几个老朋友聚会，原先大家高一、高二都是在一个班的，好得能穿一条裤子，谁知道都要高三了，突然来了个本部、分部大合并，打着"共享教育资源"的旗号，整个分部都搬了过来。

于澄是准备要在这条有千军万马的高考之路上靠画画一搏的艺术生，一直在美术班集训，今天上午刚结束，下午就被家人拎来了学校，才踏进班级，又被祁原几人拖到这边齐聚一堂。

聚什么聚，她还不如待在家里画画来得自在。

这么大的夜空也没颗星星，空气湿热得像是一个大蒸笼。于澄往后一躺，右手搭在眼睛上，额角刚刚洗脸打湿的头发还没干，她开始放空自己。

头顶突然传来一声微弱的咳嗽。

她下意识地往上看。

看台很高，射灯的光源只能照射到前三四排，后面很大一片区域都隐蔽在黑暗中。模糊中，于澄大概看到一个人的轮廓，腿很长，大半个身体歪倒在椅子上，看着像是半死不活的样子。

她收回视线，把带给祁原的薄荷糖盒掏出来，扯开塑料保护膜，轻轻打开铁盒。

一阵刺耳的车胎摩擦声响起。

于澄将刚打开的铁盒又合上，微微抬眼往前看。

前方两辆摩托上载着三四个社会青年，他们的头发染得五颜六色，摩托车车头灯照着她的方向。

"……"于澄装作没看见，左手的气泡水在手里转着圈。瓶身上结起水珠，又很快流向瓶底。

黄毛见她无动于衷，张口喊她："哎，美女！"

于澄轻轻眨了下眼，还是垂着头，事不关己的模样。

球场的照明灯已经不怎么管用了，照射出来的光很昏暗，偌大的球场总共就他们几个人，不远处的街道上，人们行色匆匆，一秒都不想在外面多待，没人注意到这样的一个小角落。

几个混混得意得不得了，觉得今天桃花开了个满堂，互相使了个眼色。

这女的长得这么好看，低着头连句话都不敢说，手里还拿着附中的校服。附中这学校谁不知道，百年老校，里面都是除了读书什么都不会的乖乖仔。

黄毛下了车朝她这边走："哎美女，别玩手机了！手机有什么好玩的，带你去别的地方玩，你去不去啊？"

于澄依旧没理睬，脖颈长时间地低着有些酸痛，她侧过头歪了歪，左手转动气泡水的速度加快。

黄毛算是这几个小混混里的大哥，见于澄低着头没反应，身后两个小弟上赶着帮忙起哄，一个劲儿地吹着嘹亮的口哨。

小混混用手比成一个喇叭，攒足了力气冲于澄喊："大嫂，你理理大哥啊！"

这称呼一出，像是戳破了这场闹剧的窗户纸，三人捧腹大笑。

"说什么呢，这不得人家点头同意啊。"

"哎呀，不说话不就是默认吗？"

……

几人越说越起劲儿，黄毛没多少耐心，见于澄还是不理人，左手捏着个烟头到了她跟前。

"哎。"黄毛伸腿踢踢于澄的脚，身上的肉都被带着震了两下，"看什么呢，不理人。你叫什么名儿啊？"

"你猜猜。"于澄嗓音清冷，收起手机，终于抬头看了他一眼。

"我跟你好好说话呢，跟哥说说，叫什么名儿？待会儿还有场子，带你去玩玩。"黄毛说着话视线黏在她身上，眼里那点急色就差摆在脸上了。

长得好看的有，身材好的也有，但长得好身材还好的真不多见，还是个纯天然没整过的，像是地里刚长出来的小白菜。黄毛伸出手要拽她的胳膊。

几乎是触碰到她的瞬间，于澄下意识地一甩。

"嗯?"黄毛低下头看着空空的双手,不敢相信,"你甩我?"

"嗯。"于澄轻飘飘地给了个回应。

甩都甩了,还得装模作样地问出来。

黄毛朝一旁的地上吐了口痰,将手中的烟头弹到地上,抬起脚狠狠地踩了两圈。

"你别敬酒不吃吃罚酒,知道我是谁吗?"黄毛直接伸手向她抓来,破口大骂,"别给脸不要脸!"

于澄皱眉。

她并不想这会儿跟这几人起正面冲突,虽说不可能就这么闷头吃亏给他们占便宜,但人太多了她也是真打不过。

正犹豫着不知道怎么办的时候,一个篮球从高处径直砸下来,角度刁钻,直冲黄毛的面门,他躲避不及,被篮球砸了个正着,叫唤了一声,痛苦地蹲在地上,捂着鼻子半天直不起腰来。

"谁啊!"球是被人用了十成十的力气扔下来的,这一下挨得结结实实,黄毛整张脸又疼又麻,他半天才缓过来,龇着牙往四处看了一圈,"哪个找死的扔的篮球?给我出来!"

"我扔的。"

于澄头顶就这么传来了一句不咸不淡的话。

"没完没了了?"略沙哑的嗓音,于澄身后那道人影边说边站起,几个混混这才注意到看台里面还坐着一个人。

于澄自诩不是个颜控,这两年她见过的七七八八的帅哥也不少,但还是被眼前这个人吸引得挪不开眼。

跟于澄预判的一样,腿很长,个子也高。他缓缓从高处走下来,肩膀平直宽阔,脊背薄削,身材是标准的衣架子比例。

他从阴影里慢慢走到光亮处,五官好看得挑不出毛病,站在高处垂着眼,面上睡意还未消散,碎发湿漉漉地耷拉下来戳着眉骨,一身黑衣黑裤显得整个人利索干净。

"我服了！你是谁啊？"黄毛用脚狠狠踹了一下阶梯，作势要上去教训他，"眼瞎了把球往脸上招呼？"

帅哥带着股懒洋洋的劲儿，抬手摸了下后脖颈，正儿八经地回复了他的问题："我叫贺昇，加贝贺，日升昇。"

"……"

这还没完，于澄紧接着又听见一句："拿球打你脸这事，是我故意的啊。"

球场远处一个照明灯终于支撑不住，闪了两下灭了个彻底。

"社会哥"流行打架前放两句狠话，但贺昇显然不是这个套路。

黄毛走上前刚张嘴，一大堆的亲戚还没挨个问候，就被贺昇一把掐住衣领，同时膝盖狠狠地往黄毛肚子上顶去。

不同于几个小混混干瘦的身材，贺昇露出的胳膊和小腿都有带有力量感的肌肉，但线条并不夸张，转身间伸手将被汗水打湿的黑色碎发往后抓，手背上青筋凸显，露出棱角分明的眉骨。

黄毛捂住肚子，抬腿想反击，腿还没抬起来就被踹开。贺昇松开手，黄毛"扑通"一声跪在地上，疼得话都说不出来。

反派死于话多，局势高下立判。

有种人打起架来是狠角色，能动手就不多说，跟走到哪儿都得带几个兄弟壮胆的人不一样。

祁原是她见过的第一个，贺昇是第二个。

打人很狠，长得很帅。

这是于澄对这位大帅哥的第一印象。

"你给我等着！有本事别走！"黄毛狼狈地爬起来，见形势不好，匆匆撂下几句狠话，转身骑上摩托就"轰"的一声跑走了，留下一屁股的车尾气。

一时间空旷寂静的篮球场，就只剩下于澄和贺昇两个人。

"……"

贺昇低下头，整理了下身上的T恤，走过去弯下腰捡起自己的篮球，从口袋里掏出一张独立包装的湿巾，将手里的篮球仔仔细细地擦了一圈。

没跟黄毛说的那样在这儿傻等，一系列的事情做好之后，他抱着球转过身，抬脚就要走。

"等等。"于澄叫住他。

贺昇回过头和她四目相对，思考了好一会儿才颠着篮球，面无表情地问了句："还有事？"

于澄仰着头，一米六八的身高也只能够到他下巴，少年身上丝丝缕缕的薄荷混杂青草一样的味道传过来，清洌，干净。

于澄忍不住吞咽一下，尽量让自己的语气显得诚恳："那个，刚才的事谢谢你了，想要你个联系方式，改天请你吃饭。"

贺昇盯着她看，样子像是吊着口气就能得道成仙，他嗓音冷淡地拒绝了："不用了。"

"嗯？"于澄不死心，觉得应该再争取一下，她笑笑，"我平时也不会打扰到你，只是要一个联系方式，我觉得咱俩做朋友应该挺合适的，你不觉得吗？"

话说到这份儿上，于澄什么意思他也该懂了。

"之前见过我吗？"贺昇手里颠着球，突如其来地问了一句。

于澄有点纳闷："嗯？没啊。"

她要是见过，肯定会有印象的。

"噢。"贺昇点头。

不记得就算了，看来她就是来搭讪的。

贺昇沉默了半晌没说话，看着她怀里的校服若有所思："附中的？抱歉啊，我对高中生不感兴趣。"

"……"

没再管她，贺昇抱着球一直走到路边，路灯投射出暖黄色灯光。他才走了几步路，后背就汗津津的，脑门也冒汗，打湿了几缕黑发，黏不拉唧地贴在脑袋上。

他在路口无聊地等了一会儿，马路前头出现个推小推车的身影，沈毅风气喘吁吁地将几个大箱子运过来，张口就骂："贺昇你是狗吧，借着我的请假条出来还不给我帮忙。"

贺昇颠了两下手里的球，将它投到最上面的箱子里，嗓音平淡："太困了，睡了一会儿。"

球准确无误地在箱子里转了两圈，沈毅风将小推车用力往他身前一推，啐了一口："作为新时代的青年，咱能不能有点精气神？不知道的还以为被哪个小妖精吸引了一样。"

"什么？"贺昇抬起眼皮笑了下，"骂我就骂我，咱别乱开玩笑啊。"

"……"

沈毅风懒得理他，问起来："哎，不跟你鬼扯，那个约你的小网红怎么样？"

"什么小网红？"贺昇单手推着车，不紧不慢地往前走。

"就那个微博粉丝好几万的啊。"

"不知道。"

沈毅风皱眉："人家不是约你上周日去唱歌吗？"

贺昇偏过头看他，喉结微微吞咽一下："我手机上一天能有十几个约，合着我是交际花，都得赶着去？"

"……"

沈毅风骂了句"不要脸"，又招来一顿打，两人一路打打闹闹地往学校赶。

聚会结束得晚，于澄回到家已经凌晨一点了，她匆匆洗了个澡就倒头睡去，睡前忘了定闹钟，到了十点半才醒过来。

还好这会儿家里就她一个人，班主任那边也还没收到她集训结束的消息，她索性上午不去学校，下午再去。

九月的南城蝉鸣声还未消退，烈日挂在空中，连扑面的风都带着一股盛夏将尽的酷热。

附中本部的所在地属于老城区，这里的梧桐树比人的腰还粗，绿叶遮天蔽日，于澄对这里并不熟悉，只能凭着昨天的记忆，沿着居民楼往前走。

这会儿过了学生中午吃饭的高峰期，街道两边店铺都开始进行短暂的休整。一只野猫顺着墙头踱步过来，钻进凹了一块铁皮的垃圾箱里找食。

走了一会儿后，于澄叹口气，拿出手机，打开导航，搜索南城附中，动作一气呵成。

离上课还有十五分钟，走到路口的时候，于澄远远就看见祁原站在巷口，靠着水泥墙有一搭没一搭地跟人说话，见她刚从路口慢悠悠地过来，招了招手喊她过去。

于澄抬脚，过去打招呼："你们怎么这个点还在这儿？"

祁原言简意赅："等人。"

"等什么人？"于澄瞄见他左胳膊上缠着绷带，不自觉地幸灾乐祸，"咱俩也就一上午没见，怎么了这是？"

祁原脸上的戾气消了些："没什么，中午打球让人给撞了。"

于澄不仅不心疼，反而不太厚道地笑笑："学校里谁敢撞你啊？"

一旁的赵一钱蹦出来，三言两语讲了个大概："澄子你别说，来这本部真是长见识了，什么牛马都有。"

事情简洁地说就是祁原中午跟本部的一群人合伙打球，没想到对面有个哥们儿，过球不好好过，下手不干净，祁原没留神让他碰着了，整个人从半空中摔下来，左边身体着地，胳膊折了，刚去医院包扎完，这会儿带人过来找面子。

于澄来了兴致，往旁边花坛上一坐："行，我也不去教室了，就坐在这儿，给你当啦啦队。"

祁原瞧她那兴奋样，一个劲儿地翻白眼，忍不住嘲了句："当啦啦队多委屈你。"

两人自小学就认识，贫起来谁都不让着谁。

王炀伸手拍了下祁原的肩膀，仰起下巴指着前面朝这边走来的一行人："祁原，你看那边，是他们吗？"

于澄抬眼，顺着看过去。

小道上树荫浓密，光影昏暗，跟这边浩浩荡荡的队伍不同，前方总共只来了三个人，逆着光，打头的人个子挺高，身影清瘦但不显单薄，下半身穿校裤，上半身穿黑色T恤，垂着头，看上去没睡醒一样。

于澄长翘的眼睫毛轻缓地垂下，一时间有点出神。

祁原点头，冷眼看着对面："就来了三个，瞧不起谁呢？"

一般人和人之间发生了点摩擦，都会先找人调解一下，不会先想到用拳头让对方服气，但现在这阵仗，打起来都是以多欺少，跟过家家似的。

三人走到面前，贺昇单手插兜立在一旁，眼皮耷拉着，嗓音冷淡："有什么话自己说吧。"

陈秉挠挠头，也没脾气了，"哎"了一声："抱歉抱歉，中午我不是故意的，昨天刚跟人吵了一架，今天中午就只是想发泄一下，打球没带脑子。医药费我出，你这个月的早饭哥们儿也包了。"

陈秉说着还拍了拍胸脯，一副哥俩好的模样。

"……"

几个人面面相觑，不太能理解。这么些年从来没遇到过这样的，难不成本部学生都讲究君子动口不动手？

说实话，人都找来了，祁原不想就这么算了，他是真的想把对方揍一顿。

"这怎么搞？"王炀给他使了个眼色。

无语了半晌，祁原冷着脸点下头："下不为例。"

"那肯定那肯定。"陈秉松了口气，一个劲儿地点头。

"行了？"贺昇抬眼，视线扫过打闹的几人，"行了就散了。"

少年靠在树干上，一头碎发干净利落，长翘的睫毛投下淡淡阴影，挺拔得像是棵小白杨。校裤裤脚卷起两道，露出劲瘦的踝骨。

但于澄听出来他是什么意思。

行了就散，不行继续。

四周有热风吹过，草木微动，见没人说话，贺昇转身就走。他试卷没写完就被拉出来撑场面，回去还得赶作业，事多得不行。

抬腿之际，身侧传来一道声音："那个，结束了？"

于澄出声，清脆的嗓音有点突兀，贺昇一行人这才注意到角落里还坐着个姑娘，神情怏怏，校服半敞，里头是件黑色吊带，坐在那儿一副等着看戏的样子。

对面三人的视线开始在她身上打量。

一群人看着她，她也不觉尴尬。于澄站起来，弧度上挑的眼睛看向贺昇，唇边带着三分笑意："我叫于澄，于是的于，澄澈的澄，十七岁，高三十八班，刚从分部过来，我们昨晚刚见过。"

"嗯。"贺昇的记忆被勾起，一脸冷淡地朝她点了下头，意思是见过她。

她眯着眼笑："你也是附中的啊，以前在本部的？哪个班的？还没感谢你呢，放学后一起吃顿饭？"

站在一侧的赵炎几人神情揶揄，于澄请人吃饭，正儿八经的醉翁之意不在酒。

对面没吱声，贺昇就站在那儿静静望着她，眼神和昨晚在篮球场初遇时如出一辙，不知道在想什么，微皱着眉带着点审视。

赵炎装作一脸心痛的模样："我女神跟别人吃饭去了啊炀炀！"

于澄从初中开始就是校花，用祁原的话说，她天生长了张又纯又欲的脸。赵炎这人不怎么正经，爱好就是看美女，天天满嘴跑火车，长得好看点的他都喜欢，于澄这样的他更喜欢。

贺昇的视线盯了她几秒，喉结微动，换上一副好像在认真思考这个问题的表情："抱歉啊，我对比我小的没兴趣。"

说完转身走了，一点面子也没给。

赵炎皱眉，看着前面三人离开的背影，没忍住破口大骂："谁给他的脸？！"

于澄留在原地没动。

梧桐树影斑驳，贺昇轻车熟路地翻过墙头，跳到操场后面的小道上。

沈毅风和陈秉紧随其后，蹦下来后拍拍身上的校服，沈毅风想着刚才那一出，忍不住念叨起来："哎，贺昇，怎么回事啊你？这种级别的妹子约你吃饭，你拒绝得眼都不眨。"

陈秉刚才虽然在道歉，但眼神一直注意着于澄，也觉得她确实不错，在后面附和："确实长得挺正，本部以前可没这么好看的。"

"就是，咱俩这眼光和品位多好，白瞎人家找上他了。"

两人一唱一和，唱戏一样，贺昇没搭理两人，走到体育馆旁边的自动贩卖机前买水。

各类饮料在玻璃橱柜内铺满四排，贺昇按下按钮扫码支付，一瓶冰水"咚"地掉下来，他弯腰拿起。

沈毅风也跟着买了一瓶，他撞了下贺昇，一脸坏笑："你别不理我呀，刚刚那个妹妹那腰、那腿，你看见没有？别跟我装啊。"

沈毅风边说边比画，两手虚虚地在半空中掐出个弧度："我跟你讲，那身材，真的绝了！我刚刚偷偷摸摸地观察了好半天，这妹子身材比例真的完美！"

贺昇单手拉开易拉罐，手臂上青筋明显，冷气一下子从开口处冒出来，他仰起脖子喝了一口，喉结微微滚动。

他脑子里闪过那张脸，有一说一，确实长得不错。他承认，真要说实话，她的确是合他口味的那一类。

但沈毅风说的这些他完全没印象，谁没事盯着没见过两面的姑娘的腰和腿看？

更何况这事压根儿不是他俩想的这样。

他也没法说出来，这不单单是合不合口味这么简单的事情。

沈毅风越说越兴奋，觍着脸凑上去："贺昇，你真不考虑？"

"嗯，不考虑。"贺昇冷冰冰地看他一眼，将剩下的大半罐可乐喝完，一只手将易拉罐捏瘪投进垃圾桶里，在午间的热风中划过一道弧线。

于澄几人回到学校时离下课还剩十五分钟，这节是班主任的课，这个点才到，几人一合计进去了也得被骂，不如自觉点，去行政楼天台上吹吹风，等下课了再回来，也不劳烦班主任占着上课时间来骂他们。

行政楼在教学楼隔壁，一共八层，坐着电梯上去，推开顶楼的门就是天台。这楼建造得有些年头了，水泥地面坑坑洼洼，裸露出来的钢筋上生着铁锈，墙面背阴的地方还趴着一层黑绿色的青苔。

四周一侧是空调排风扇，一侧是防护的矮墙和栅栏，顶楼风大，王炀几人找到个阴凉的背风地儿坐下来准备打排位。

"澄子，差个中路，你来不来？"赵一钱蹲在地上摇着手机问。

于澄扫了一眼，摇头："不来了，你们自个儿玩吧。"

"噢，那行吧。"赵一钱应一声，给玩的几人组了个队。

祁原也不玩，转过身朝于澄走过去，支着半残的胳膊靠在一边，想起来什么似的问："你昨晚遇到的是贺昇？"

"嗯。"于澄点头，"没想到今天就在学校门口遇上了啊。"

她唇角淡淡地勾起来："早说啊，一个学校的，害我白白难受一个晚上。"

说什么对高中生不感兴趣，她对他感兴趣就行。

天台的风大，直直地吹过来，夹带着午间的热浪的温度，将于澄耳边碎发吹得有些凌乱，祁原抬眼看向她："真难受了？"

闻言，于澄转过脸看向祁原，语气不咸不淡："还成吧，这事，不得慢慢来？"

"认真的？"他又问。

"这有什么认不认真的。"

她说着朝前面的高三教学楼比了个手枪的手势，又作势"嘭"的一枪打了出去。

也就是贺昇那张脸和身上的气质吸引了她，认真和他交朋友还是萍水相逢泛泛之交，她压根儿没考虑。

毕竟这种事情谁说得准，认真也行，不认真也行，她无所谓。

祁原点头："那行。贺昇我知道一些，是个学霸。"

"嗯。"于澄点头。

广播里下课铃声响起，惊起在树上的鸟雀。在整个校园还没开始喧哗起来的时候，于澄突然冲祁原打了个响指，眼神带上笑意和挑衅。

她紧紧扒住栏杆，半个身子探出去，深吸一口气，双手比成了一个喇叭，用最大的音量朝着对面教学楼大喊："贺昇——我看上你了！"

话刚喊了一半，于澄就被祁原拽了回去。

一句话喊得支离破碎，热风裹挟着几个字吹向校园的每一个角落。

赵一钱吓得一激灵："天，玩这么大？"

不出意外，教导主任五分钟之内就能到达"战场"。几人立马收起手机慌里慌张地往楼下溜。

"疯了？"祁原挑眉，不敢置信。

"没。"于澄抬眼，笑着朝对面高三教学楼瞟，"谁让他刚刚不搭理我。"

真是一点面子都不给。

当事人正拿着书站在班级后面罚站，低着头，骨头被抽走了一样地靠在墙上。听见有人喊自己，贺昇轻缓地眨了下眼，抬起眼皮看向行政楼楼顶。

天空万里无云，斑驳的天台寂旷高远，少女的校服被风吹得鼓起来，像忍不住露出漂亮尾巴的妖精。

贺昇移开视线，重新看向书本，脑海里突然想起中午的那一幕——于澄穿着短裙，带着点讨好的狡黠："我叫于澄，于是的于，澄澈的澄，十七岁。"

课间，任课老师走后，同学们小声地议论纷纷。

沈毅风回到座位放下书，吹了声口哨摇摆着走到他面前："贺昇，刚刚那声音，是中午那妹妹吧？有点牛啊。"

贺昇坐回座椅，两腿伸开，闲适地靠在椅背上，懒懒地哼出一声鼻音："嗯。"

"啧。"沈毅风酸了，"怎么没人这么对我啊？"

贺昇冷淡地抬起眼皮："想要？明天我就拿个喇叭站天台上给你喊，循环播放都行。"

尴尬不死他。

沈毅风不吃他这套，这小子也就嘴巴会哄人，其实不干一件人事。他瞪贺昇："你喊有什么意思？你喊我都怕妹子误会我。我想要妹妹喊，好看的妹妹喊。"

贺昇扯了下嘴角："那还真没有。"

"……"

他不死心地跑到贺昇对面坐下来，说道："贺昇，你跟我说说，刚刚妹妹喊那一声，你听了有没有点不一样的感觉？我没这经历，你跟我分享分享。"

贺昇"嗯"了一声，反手将手里的书摁在他脸上。

四楼，于澄一行人从天台下来后就往教室的方向走。

这几个人分部的学生都认识，他们一直在一块儿玩，以前就是赫赫有名的风云人物,祁原是公认的有钱、帅,朋友也多,跟于澄是青梅竹马。

见人终于来了,同桌许颜好奇地靠过去,小声地问她:"澄子,你上午怎么没来呀?徐老师来问过呢,说昨天下午在办公室门口看到你了,今天怎么没看见你。"

于澄满心佩服:"……昨天我也就在四楼待了没两分钟,他眼神这么好使?"

许颜点点头,跟她说明情况:"我跟他说你上午在,中午可能遇到事情耽误了。但祁原他们也不在,后两排几乎都空了,太明显了,估计待会儿他要找你们。"

"噢,没事,早上我在家睡过头了,待会儿再说吧。"于澄不怎么在意,懒洋洋道,"我刚才看见个大帅哥,也是附中的,叫贺昇,今天中午才第二次见到。"

许颜侧过头,犹豫着问:"贺昇……高三八班的那个?"

"嗯?"于澄捧着下巴,眼睛一动不动地看着她,"你知道?我还没问出来他在哪个班级。"

许颜点头,仔细瞧了走廊外没老师在,才悄悄掏出手机拿给于澄看。

"这是知行楼下面的红榜,上周你没来,徐老师把我们全班拉过去看,要我们向学习标兵学习。我觉得这学习标兵长得挺帅,就偷偷拍了下来,你看看是不是他?"

于澄低头看过去,框在玻璃窗里的照片是张普通的蓝底照片,不知道什么时候拍的,上面的人当时留着板寸,五官优越,眼神淡淡地看着镜头,感觉下一秒就能对着前来"膜拜"的莘莘学子打个哈欠。

"……"于澄不知道该做出什么表情,"还是个学习标兵啊。"

"是啊。"许颜直视她的双眼,语气诚恳,"刚刚在楼顶朝学习标兵喊话的是你吧,你可真是太牛了!"

"……"

017

因为旷了整整一节课,几人坐下没多久就被班长通知去班主任办公室。

这事对几人来说算是家常便饭,于澄、祁原几人配合地站成一排。在这种事情上,态度首先要诚恳。

徐峰不急不慢,将刚烧好的热茶倒进茶缸里:"你们几个,旷课是什么原因啊?"

徐峰接手这班孩子刚两个多星期,只清楚这个班里是分部并过来的学生,是一群不学无术,就差把"纨绔"两个字写脸上的孩子。

七个人,就三个穿了校服,还穿得没个章法,像是把校服当成了时髦单品,鸡零狗碎地挂了一圈链子和各种朋克勋章。

于澄面不改色,脸不红心不跳:"老师,祁原他胳膊折了,我送他去医院。"

这个理由还算成立。于澄来上课的第一天,徐峰也不打算难为她,努努嘴指向后面的几个人:"后面几个人呢,也是送他去医院?"

王炀点头,一个劲儿地吹"彩虹屁":"是的,班主任你太聪明了。"

赵一钱举手:"真的,你太了解我们了。"

其余的男生也打岔:"祁原受伤,我们说什么也不能坐视不理。大家都是十八班的好同学,伤在他身,痛在我心。兄弟情,情比金坚。"

赵炎:"兄弟情,海誓山盟。"

"……"

祁原憋笑憋得难受,挥了挥打石膏的胳膊,露出小虎牙:"没办法啊老师,缺课我们知错了,他们也是爱我爱得深沉。"

"你们校庆组织个小品吧。"徐峰对这几个活宝无可奈何,两指点了点办公桌,"高三了,都自己上点心。"

他不指望问出个什么名堂,逃课就是玩去了。本着"不放弃任何一个学生"的理念,他硬给几人灌输了二十多分钟的大道理才放他们走,外加要他们每人下周一交上来一篇不少于八百字的检讨。

几个人乖乖认错，徐峰看他们态度还不错，心里气也顺了不少。

徐峰扬扬下巴，示意他们可以回去了。几人鞠个躬，立马争先恐后地拥出办公室。

"真不让人省心。"徐峰看着几人的背影，摇摇头说。

下午，物理课下课后有一个二十分钟的大课间，一个男生在十八班教室门口来回张望，拦下正准备出门上厕所的赵一钱："同学你好，能帮我喊一下于澄吗？"

赵一钱一把撇开他的胳膊："自己进去找去，我要上厕所，憋不住了。"

靠在走廊上的几个男生无所事事地冲着那男生调侃："干吗？人家今天才来，闻着风来要联系方式的？"

男生脸"腾"地烧起来："不是，教导主任喊她。"

"脸都红了哥们儿。"调侃他的男生吊儿郎当地拍了拍他的肩，转头朝教室喊了一声："于澄，有人找你！"

于澄正趴在那儿闭目养神，抬起头蒙了几秒，扯下耳机走出教室，没好气地开口："什么事啊？"

几个同学努努嘴，示意她往身后看。于澄转过身，这才注意到旁边还杵着个人。"那个，教导主任喊你过去一趟。"男生结结巴巴地表明了来意。

不用猜都知道是因为什么事，于澄"哦"了一声，就径直往教导主任办公室走去。

教导处是单独的一间办公室，陈宏书坐在办公桌前翻看分部学生名单，于澄这几个学生，之前在分部任职的主任跟他提过，性格不算坏，但都是处分单上的常客，屡教不改。

"报告。"于澄挺有礼貌地敲敲门。

"进来吧。"见人来了，陈宏书叫她站到自己面前，打量她一眼，皱着眉头指出来，"你这裙子改过了吧？我怎么不记得裙子有这么短，你穿身上这才到哪儿？学校规定了学生不能私自改校服，回头去重新领一件。"

"没改过。"于澄老老实实站在那儿，一句话也不肯吃亏，"裙子不能再长了，再长腰围就大了。"

"……"陈宏书又想了个折中的方法，"那你领件大号的，回去把腰改小点。"

于澄面无表情，随口应下："噢，行吧。"

"嗯，这还差不多。"几句话下来，陈宏书开始进入正题，"对了，找你来是说中午那件事，你怎么能在天台这样的公众场合跟男同学喊话呢？影响是非常不好的。什么年纪该干什么年纪的事情。你这么一喊，考虑到对其他同学的影响没？"

于澄耷拉着脑袋听了半天，大概意思就是，跑天台上当众喊话这件事影响很大，附中史上绝无这种先例，还没哪个学生这么胆大。

于澄想了想，如果时间倒回去两个小时，她未必会喊这么一声。主要当时她太上头了，不怎么理智。

都是十七八岁的孩子，于澄一下子来这么一出，整个校园都心浮气躁，逼得陈宏书只能跑去调监控，查查到底是谁干的，来一招杀鸡儆猴。

事情说大不大，说小也不小，主要是纪律问题。看在于澄初来乍到的分儿上，陈宏书从轻发落，没给处分，只罚她写一篇不少于一千五百字的检讨书加通报批评，周一升旗仪式的时候上台检讨。

"噢，我知道了老师。"于澄点头，看上去诚恳至极地答应着。

陈宏书也没过于为难她，交代几句后就放人回去了。

回到教室，于澄刚坐下，祁原就拍着篮球凑过来："哎，教导主任怎么说啊？"

"写检讨加通报批评呗，还能怎么着？"于澄心里觉得烦，无聊地往桌子上一趴，"周一升旗仪式念检讨。"

"哟！"祁原幸灾乐祸，"上主席台呢，好好念啊，回头我在下头给你录视频，等你七老八十的时候再拿出来怀念。"

说完冲她竖了个大拇指。

"闲着没事干了？"于澄睨视他一眼，顺手拿起一本书砸过去，"你先活到那会儿再说吧！"

夕阳斜斜地在课桌上洒下一层金光，音响里吱啦啦传来一阵噪声，陈宏书洪亮的声音在附中的每一个角落响起："下面有一则关于高三十八班于澄同学的通报批评……"

于澄双手捂住耳朵："……听不见听不见。"

赵一钱和王炀两人笑得不行，又把她的手给扒拉下来，语气酸溜溜的："别啊澄子，咱不能辜负陈主任专门写的稿子啊。"

于澄："……"

晚上，附中晚自习下课已经是九点了，几人打打闹闹一路，赵炎和赵一钱争执了一路某女团里哪个人腿最长，于澄听得耳朵都要起茧了。

门口堵着几个小吃摊，铁板鱿鱼嗞嗞冒着烟，周围零零散散地围着些学生顾客，一辆喷青灰色车漆的改装车就停靠在路边，在一众私家车里特别亮眼。

"哎，那是不是你哥的车？"王炀拍拍于澄的肩，往前指了下，于澄偏头看过去。

不远处的那辆车，车身线条流畅，底盘四周还有荧光绿的设计。这么骚包的风格，不是许琛还能有谁。

"嗯。"于澄点头。

"那你先过去吧，明天见。"

"明天见。"于澄摆摆手，朝青灰色跑车走过去。到了跟前停下来，面无表情地敲敲车窗。

车窗缓缓降落，露出男人那张欠揍的脸。

"一天没见了，想哥哥了没有呀？"

"想个头。"于澄轻哂一句，拉开车门坐上去，问道，"你怎么来了？"

许琛今年大四，平时主要是实习和做社会实践，这会儿还能多浪几天。

"我看车库的自行车你没骑，车坏了怎么不和我说一声？我要是不来，你就准备走回家？放学高峰期打车也不好打。"许琛看着绿灯亮起，重新发动车子。

"我才没那么傻。"于澄懒散地靠在座椅上，偏头看向窗外，"让祁原他们随便哪个带我一程呗。"

于澄的几个朋友，许琛也都清楚。

"哟，我这个当哥的在你那儿还没他们靠谱。"

于澄受不了他那酸唧唧的语气，随口一撑："你又不是我亲哥。"

"……"

车厢里静默下来，两人不再说话。

半晌，许琛笑骂一句："小没良心的！"

于澄低着头摆弄手指，有点良心不安："我不是那意思。"

于澄上初中时于炜和江眉颜两人就离婚了，后来江眉颜再婚，于澄和许琛就成了名义上的兄妹。

但平心而论，许琛这个便宜哥哥，是真把她当亲妹妹。

许琛抬起手，拍拍她脑袋，手上用了几分力气："行了，别肉麻，我怕我忍不住吐出来。"

"……"

附中离家不算远，开车十分钟的路程。许琛将车停到车库里，两人一道出去。

今晚天气不错，月挂树梢。江眉颜喜欢种花，空闲的时候在门口种了一大片，这会儿红粉蓝紫地开着，倒挺好看。

张姨做好了菜正摆到桌上，见两人回来立马督促他们去洗手。

平时江眉颜和许光华都有自己的公司要打理，很少回来，大多时候只有于澄和张姨两人，这会儿许琛也待在家里，好歹多了点人气。

张姨今晚做的是小馄饨，下午现去菜场买的黑猪肉，味道不错，于澄一口接着一口吃得很满足。

自小江眉颜就铁了心地把她往淑女方向培养，吃饭都是只给吃七分饱，导致她饭量一直不大，吃东西跟只猫似的，吃几口就饱了。于澄吃完半碗就放下了勺子。

回到房间，于澄只开了一盏台灯，半明半暗的暖黄色灯光洒在床头。洗完澡后她窝在被子里打游戏，队伍里有对情侣，开着语音"老公""老婆"地喊了半天。于澄突然想到个人，抛下正在峡谷厮杀的队友，切换到微信给赵一钱发消息，问他：你认识贺昇吗？

赵一钱正在补作业，回复：不就中午那个？我记性还没这么差。什么事啊？

于澄：有没有他的联系方式？

过了半天对面才回复了一个问号。

于澄发过去个红包：你不是跟八班那谁玩得还成吗？帮我要一下。

赵一钱不客气地收下：行。

拿人钱财替人消灾，没多会儿赵一钱就发过来一串数字。

于澄笑着回复：谢了。

她坐在床上，捧着手机犹豫了一会儿，把那串数字复制下来，转到拨号界面，食指在拨号键上停留了半分钟，才犹豫着拨了出去。

电话提示音"嘟嘟——"没响几声，就接通了。

"喂？"

于澄握着手机的掌心微微濡湿："贺昇？"

"嗯，什么事？"轻缓低沉的男声在耳边响起，清清冷冷的，像是一壶凉了的薄荷水。

于澄心跳有点快："我是于澄，还记得我吗？"

贺昇刚洗完澡，黑发湿湿的，发尖坠着水珠，身上只搭了条毛巾。闻言嘴角扯出一丝微嘲的弧度，要笑不笑的："说实话，不太想记得。"

于澄："……"

这话不太好听，但好歹说明对面是记得的。

贺昇难得地对这通骚扰电话耐性还行，单手将吹风机插上电源，开了最低挡慢悠悠吹着湿发，垂眸等着下文。

于澄听着对面的声音，问："刚洗完澡？"

"嗯。"

贺昇耐着性子又问了一遍："打给我是有事？请我吃饭就不用了。"

"不是。"打这通电话是临时起意，于澄没想过能直接接通，她是真不知道该说什么，"……没事，想见见你，方便开视频吗？"

贺昇顺着她的话往没穿衣服的自己身上看了眼："怎么？找我谈心？"

于澄："……"

"梦里什么都有，去睡吧。"他随口扯了一句，冷淡地眨下眼，也懒得听她解释了，大拇指一滑，直接挂断电话。

贺昇将手机放到一边，一只手拿吹风机，另一只手抓着湿发，开最大挡把头发吹干，才不急不缓地找了套睡衣穿上。

刚系好裤带，电话铃声就再次响起，贺昇无奈地拿起来，接通后问道："祖宗，还有什么事吗？"

"阿昇？"对面是一道嗓音略微低沉的男声。

沉寂几秒，贺昇嗓音清冷地喊了声："嗯，舅舅。"

"休息了吗？"李晨颂关心地问，无可奈何地笑了一声，"你这是又没给我写备注啊，以为是朋友的电话？"

"不是。"贺昇垂下眼，懒散地靠在门框边，跟他解释，"刚洗完澡。不习惯写备注。"

李晨颂在心里叹口气，他知道贺昇不习惯写备注，一个孩子离开家族根基所在的城市，在外面连家里人的电话都不愿意备注一下，像随时做好准备好跟家里切断联系一样。

"我这边事务所里的事情也刚处理得差不多。"李晨颂想了想,挑起话头忍不住问,"你国庆节回京北吗?回来看看你妈妈。上一次见你还是过年的时候,舅舅也想你了。"

贺昇手掌按在结满雾气的镜子上,沾满一手水渍,他嗓音平淡:"不了,高三学业忙,国庆节暂时不回去,还是十一月底回。"

李晨颂不勉强他,笑呵呵地继续说:"行,高三了,你自己看着安排。有空多往你外公那儿跑跑,他回回跟我打电话念叨的也都是你,说你一个人在外面住,大部分时间又是待在学校,想见你也见不着人。"

"好。"贺昇欣然应下,"我有空就过去。"

电话那头,李晨颂在紫檀桌前敲着钢笔,怕他高三有压力,又继续叮嘱:"不要太有压力,只要你想回来,家里的基业足够你在这京北城里逍遥自在地活一辈子,不管怎么样,舅舅都支持你。"

"嗯。"贺昇点头,不冷不热地说了句,"谢谢舅舅。"

两人通话到此结束。挂断电话,李晨颂后仰在办公椅上,有些头疼。

上一代人造的那些孽,真不知道什么时候能扯清。

第二天一早,许颜到了教室就迫不及待地问于澄:"哎,澄子,听赵一钱说你昨晚给贺昇打电话了?"

"嗯。"于澄叼着袋牛奶,边用铅笔在纸上瞎画边道,"打了。"

许颜一脸期待:"那……怎么样?"

"被他挂了。"于澄言简意赅。

"真不愧是学习标兵啊,一身正气。"

"……"

数学课上,徐峰宣布了下周进行第一次月考的消息,台下顿时一片哀号。

对这种反应徐峰早有准备,紧接着又宣布月考完,国庆节放四天假的好消息，班里的人瞬间复活了一大半。

徐峰笑眯眯地扶了下眼镜，望着下面郑重道："这是学校合并后我们十八班第一次参加月考，虽然我们班目前和其他班有差距，但还是希望同学们不要掉以轻心，这几天好好复习，争取考个好成绩。"

"好的，老师——"于澄拖着腔懒懒散散地在下面跟着大部队回应。

她成绩还行，本部、分部合并过后高三差不多有一千人，加把劲儿，排名前六百不成问题。

今天是周五，但高三平时只有周日半天的休息时间，周五晚上也照常上晚自习。

附中的晚自习一向比较宽松，教导主任偶尔巡查两趟，用不着多费心，全靠学生的自觉性。

但自从分部合并过来后，那完全就是不一样的纪律水平了，十八班简直是学校关注的重中之重。徐峰把笔记本搬到教室里，笑眯眯地坐在讲台上看着这群不让人省心的学生。

于澄无聊，有一搭没一搭地写着检讨，快下课时，赵一钱在身后戳了她一下："澄姐，我检讨还没写呢，你的借我抄抄，我写八百字就行，你写一千五百字，我随便抄一段。"

"噢。"于澄掏出刚赶出来的检讨，从桌缝递了过去。

王炀无情地嘲笑："看来你的智商不足以支撑你写八百字。"

赵一钱作势要打他："……你能不能滚一边去？"

他接过检讨书，满怀期待地展开，看了一眼后满脸不可思议地抬头："澄姐，你不会周一上台就读这份吧？"

于澄回过头："不然呢？我写篇检讨还要备份？"

赵一钱面露兴奋，朝她抱拳："不愧是我澄姐，霸气。"

于澄白他一眼："有问题？"

赵一钱表情认真，一个劲儿摇头，生怕演得不像被于澄看出来："没问题，句句都很真实，我就喜欢你这种的。"

王炀被两人这无厘头的对话挑起好奇心,偏过头看了一眼,十秒后,他鼓两下掌,朝于澄竖了个大拇指:"牛啊澄子。"

于澄:"……"

在徐峰充满慈爱的注视下,十八班的人终于熬过了晚自习。下课铃一响,于澄就立马收拾起书包,边收拾边跟几人打招呼:"帅哥们,我今晚不跟你们走了啊。"

祁原收书的手一顿,抬头问她:"有事?"

"嗯。"

于澄把书包往肩上一搭,吹了声欢快的口哨,忍不住笑:"我堵贺昇去。"

附中的每个年级都是单独的一栋教学楼,楼与楼之间有走廊相连,每个楼层五个班级,八班在二楼,她下两层楼就能看见。

在附中,班级分A、B班,一班到十班属于A班,是冲刺清北和其他985、211学校的尖子生,晚自习比楼上的B班多出十五分钟。于澄到的时候,这一层的班级还静悄悄的,没下课。

于澄走到八班门口,靠在栏杆上往里看。

教室里没拉窗帘,透过后窗,她望见贺昇坐在最里面倒数第二个座位,靠着窗户,脑袋稍侧,半倚着墙,跟在校外不同,这会儿校服整整齐齐地穿在身上。

身旁的座位是空着的,面前摞一大摞书,一只手闲散地搭在后脖颈上,另一只手拿笔在书上圈圈画画。

这就是贺昇。

哪怕是在教室,哪怕穿着一样的校服,他也能让人从人群里第一个发现他。

于澄看着,头一回觉得,这校服好像也没那么丑。

走廊灯没开,只有从教室里透出去的光线,连空气都昏昏暗暗的,透着梧桐叶经年累月的草木味。于澄穿着运动T恤,一阵夜风吹来,额前几绺碎发随风扬起。

从后窗先看见她的几个男生开始小声讨论。

陈秉伸胳膊撞了沈毅风两下:"哎,外面那妹子是不是昨天在天台喊话的那个?"

"哪个?"沈毅风站起来侧着头看过去,惊讶地说了一声,"还真是!"

"昨天刚喊话,今天就堵到门口了。"沈毅风"啧"了声,小声凑过去,"真厉害。"

陈秉摸不着头脑:"厉害什么?"

沈毅风一拍桌子,小声道:"瞧你这傻样,你要是有人家一半行动力,隔壁班那谁你早能处熟了。"

"是吗?"

"是啊。"

沈毅风还在望:"贺昇什么眼光啊,这妹妹长得这么好看,他还爱搭不理的。"

陈秉想了想,傻呵呵地开始做梦:"换作是我,分分钟领出去吃饭都行。"

"对。"沈毅风舒心地伸个懒腰,这两天的憋屈终于找到了共鸣,"哎,其实我觉得吧,贺昇就是喜欢装,没准——"

"啪"地一下,一本黄冈密卷稳稳当当地砸落到两人中间,贺昇面无表情地看着两人:"有本事就声音再大点,当我死了?"

想说就说,非偷偷摸摸的,咬耳朵声音还大得后两排都能听见。

不够丢人的。

两人抱头:"错了,我们错了哥。"

几人打闹的工夫,时钟指向九点十五,坐在后面的男生"哗"的一声拉开后门,一秒都不耽搁,用八百米冲刺的速度飞跑出去。

见后两排人走得差不多了,于澄悄悄从后门溜进去,贺昇正在收拾课桌,裸露在外的手臂青筋明显,手腕上有一颗褐色小痣,手指修长,骨节分明。

她走到贺昇前面的座位坐下来,又转过身,手肘撑在桌面上,手捧着脸,眼睛一眨不眨地看他:"帅哥,你同桌呢?"

贺昇手上动作稍缓,嗓音略低地回复:"死了。"

于澄:"……"

沈毅风抱着书包从一侧闪出来,笑嘻嘻地对于澄说:"妹妹,我叫沈毅风,咱俩昨天也见过。"

于澄点头:"嗯,我是于澄。"

"我记得呢。"沈毅风也是一副自来熟的架势,"你别听他瞎扯,这人压根儿就没同桌,狗跟他坐一起都嫌他烦,臭毛病太多。不过谁让我昇哥是年级第一呢。"

"是吗?"于澄这倒是没想到,觉得惊讶。她听祁原说了贺昇是学霸,毕竟他是红榜上的学习标兵,但没想到是这么顶级的学霸。

附中的年级第一的含金量比别的学校高多了,年年的市状元甚至省状元,都出自附中、一中、九中这几个重点高中。

唯独有一年,状元落在外国语学校手里,这学校每年最多五十个人参加高考,居然还有人成了市状元。

沈毅风嘚瑟得跟他是年级第一一样:"而且我昇哥是蝉联,懂什么叫蝉联吗妹妹?就是有我昇哥在,其他人争破头也只能抢个第二!"

贺昇:"……"

于澄笑了:"你好厉害啊。"

她凑近了,眨下眼:"这么厉害,你教教我呗。"

贺昇拉书包的手一顿,条件反射地往后躲了几寸。

"课上不会学?"他反问。

"嗯。"于澄笑嘻嘻地点头,"贺老师教得没准更好。"

沈毅风坏笑着朝陈秉使眼色,悄悄竖起一个大拇指。

陈秉凑到他耳边,嗲声嗲气地用气音喊:"沈老师。"

两人靠在一块儿憋笑。

班里同学已经走了大半，窗户开着，夏末的夜风夹杂着凉意吹进来。贺昇把最后一张试卷折起来塞进书包里，径直走了出去。

"昇哥，我们先行一步啊！"沈毅风和陈秉出来后，识趣地跟贺昇喊了声到车库等他，留他跟于澄两人在后面。

贺昇面无表情地看着两人溜走，走到于澄面前顿住脚步。

于澄半倚在墙角，少年冷洌的气息瞬间缠绕在她身边，像雪中的松柏抑或是山间的清泉，不浓烈，但也没法让人忽略。

于澄对上他视线的时候，气势上总感觉被压一头，不自觉稍稍往里退了一点。

贺昇直视她，淡淡地开口："直接堵到我教室门口，什么事？"

于澄眼尾稍扬，看上去纯情又无辜："想跟你做朋友呀，看不出来？"

贺昇抿着唇，胳膊往身旁的围墙上一搭，嘴角弧度透着生人勿近的高冷，没接话。

"等对方下晚自习一起走什么的，不都是基本操作吗？"

贺昇说："我不想交你这个朋友。"

于澄歪过头，嘴角荡漾着笑："可能咱俩多相处一阵你就改变想法了，不要对自己这么自信啊，昇哥。"

贺昇眯起眼，往前一步，于澄几乎是贴着他，感受着对方透过校服传来的体温。

"看上我哪点了啊？"贺昇开了口，似笑非笑，还是那副不怎么正经的做派，还是那种不可一世的语气，"找我的人能排满附中的一条街，这可怎么办？你来得太晚了，排队去吧。"

少年的喉结在眼前滚动，于澄心猿意马："那我……插个队？"

贺昇："……"

教学楼下，人影摇晃，两人一前一后地走。

贺昇走在前头一言不发，背影挺拔宽阔，于澄漫不经心地跟在后面。

现在是下课高峰期，学生一股脑地往外拥，三三两两路过的学生都忍不住侧目看着他俩。

他俩都挺出名，凑在一起，让人不注意都难。

两人走得都慢，下课高峰期的人流过去后，这条路上就没那么多人了。

今晚许琛不来接于澄，她有的是时间，就这么慢悠悠地跟在贺昇的身后晃荡。

走着走着，她突然停下，用脚尖踢了下路边的石子，一用劲儿，朝贺昇鞋后跟的方向踢过去。

"……"

踢一下他不停，于澄又踢第二下。

"……"

"无不无聊？"贺昇转过头看她，语气不咸不淡，有点无奈。

"不无聊。"于澄唇角带着轻笑，跨步上去凑近他问，"问你呢，到底能不能插个队啊？"

"……"

"你不说我就默认可以了？"于澄拎着书包和外套有一搭没一搭地找话题聊。

她才不管贺昇给不给她插队，她插定了，这会儿纯属闲得慌没话找话。

两人并排走着，贺昇偏过头冷淡地看她一眼，又收回视线。

问得好像他不给她插队，她就不插一样。

一路无言也算和谐，两人一直走到与附中相隔一条街的巷口，这边属于老城区，这里又是老居民区，周围都是参差不齐的老住宅楼。

街边的路灯没么亮，梧桐却枝繁叶茂，枝干比人的腰还粗，天一黑，这一片就昏昏暗暗的。

"你不回去？"贺昇终于停住脚步转过头，再过条马路，就到他住的小区了。

总不能让于澄还继续跟着。

"你到了？"于澄往四周打量一圈。

"嗯。"贺昇点头。

"哦。"于澄眨下眼。

夜风四起，撩起她松散搭在肩头的黑发，露出细白的弧度好看的脖颈。

"那你走吧，明天见。"于澄微眯下眼，还挺干脆利落地说。

这事讲究循序渐进，第一回不能进展太快。

"……"

路口的红绿灯恰好变换，贺昇若有所思地从她身上收回视线，一言不发，神情清冷地拎着书包，穿过路口直接朝小区的方向走去。

瞧见人就这么走了，于澄略一挑眉，也不多留，转身朝梧桐深处走去。

老城区这边她不算熟，但她记得白天来过这附近，穿过这条小路，前面有个大型超市，方便打车。

巷子很长，一侧是老旧的小区水泥围墙，另一侧是两三棵稀稀拉拉的梧桐，白天看它们是绿意盎然的，晚上夜幕降临，便是黑压压的一片。

巷子里只有围墙上悬挂着光线微弱的照明灯，于澄面无表情地朝前走，前方很长一段路都隐没在黑暗中，她自然也没注意到不远处台阶上蹲着的两三个青年眼下乌青，一副堕落样。

直到她走近了，垂眼，视线与他们的视线碰撞到一起，才注意到。

她没出声，面无表情地收回视线，继续往前走。

"于澄？"其中一个坐在台阶上的人喊出了她的名字，那人一手夹着烟，眼神奇怪地看着她。

闻声，于澄停住脚，偏过头打量几人，眉头微微皱起，没在记忆中找到这三张脸。

也许他们出现过，但她不记得了。

"怎么了？"于澄淡声开口。

"哟，你还在上学？"其中穿黑色连帽卫衣的一个人，将烟送到嘴边，吐了口白雾，看着她手里的书包问她，眼神揶揄。

"嗯。"于澄轻轻点头，算是回应。

"没什么，挺意外的。"穿连帽卫衣的人回她，"你不是早就不上学了吗？"

"……"于澄瞥他一眼，没搭腔，跟这三人没什么沟通的欲望。她神情冷漠地收回目光，抬脚就准备走。

"喂，"穿连帽卫衣的人喊住她，"别走啊。"

"什么事？"于澄微微皱眉，眼尾的弧度显出一种冷厌。

"来玩玩。"穿连帽卫衣的人朝她笑笑，招手，把藏在身后的纸拿出来，朝她扬扬。

"要不要试试？"他问。

一阵风吹过，于澄视线冷淡地落在薄纸上那细少的粉末上，眼睫毛略微下垂，小幅度地扇动。

这东西她知道，之前不去学校，天天待在外面混的那段时间，她见过两次。

是个只要脑子里还绷着条线，就绝对不会碰的东西。

"你等着被抓吧。"于澄冷冷地回了一句。

"别啊。"穿连帽卫衣的人站起身，走下台阶朝她的方向走，咧着嘴笑出声来，"干什么，急着回家？"

"嗯。"于澄点头，抬起眼看向他，"回家。"

"玩会儿再走，这会儿才几点，你以前不是整夜都不着家。"穿连帽卫衣的人一副跟她熟得不得了的模样。

于澄皱眉，她在脑海里过了一遍，这三人她的确没任何印象，就算认识那也得是那段时间的事情了。

可那段时间她见过的人太多，记忆模模糊糊的，也记不清这几张脸。

"不玩，你们自己玩吧。"于澄转头，拎着书包往前走，刚踏出一步，手腕就被人攥住。

"……"

她面无表情地回过头看着被攥住的手腕，神情恹恹："松手。"

"这么凶干什么？"穿连帽卫衣的人笑了，"怕我？"

她没说话，就这么毫无情绪地看着他。

两人对峙着，于澄摸不准这人想干什么。

"松手。"于澄再一次开口，语气比之前更冷。

穿连帽卫衣的人一愣，被她身上的气势唬住了，停顿几秒，神情犹豫，不知道想到了什么，还是悻悻地松开了她的手。

南城算是南方城市，这天半夜突然下起大雨，整个城市弥漫着湿漉漉的味道，伴着这场雨，南城的高温退去，秋意探了点头出来。大雨一直持续到第二天一早也没停。

沈毅风在校门口看到了熟悉的同学，追上对方问道：

"哎，你英语选择题答案给我看看啊？"

"我也瞎写的，自己编去。"

"指望你有什么用！没用的东西。"

"……"

班上还没来几个人，沈毅风忘带伞了，骂骂咧咧地淋着雨叼着袋豆浆冲进教室，见贺昇已经到了，放下书包就喊着他的名字扑过去。

贺昇正趴在作业本上犯困，昨晚睡觉空调温度调得太低了，有点感冒，听见声音他睁开眼，声音还带着点困倦："怎么了？"

沈毅风表情神秘："我昨晚刚得到一个消息，你绝对想不到，而且绝对会惊讶！"

贺昇本来就没睡足，这会儿起床气严重，嗓音都憋着火："说吧，到底什么事？"

沈毅风表情贱得不行，非得吊着人胃口，不然他难受："哎哟昇哥，你先说说你想不想知道？"

"……"

贺昇觉得这人可能两天不打欠收拾，一个眼神扫过去："爱说就说，不说就滚。"

"哎哎哎，别呀！"沈毅风急了，怕他真不听了，"我说我说，我说还不行嘛。"

沈毅风在他旁边的位子坐下，说道："哎，去年分部有个女生一个人走夜路差点出事，那事你还记得吗？"

贺昇闷声"嗯"了声，这件事情他记得，当时闹得挺大。

沈毅风继续道："那几个玩意儿是真恶心，幸亏正巧有人来了才给那女生救下来，周围连个监控都没有，是真危险。"沈毅风话锋一转，表情有点揶揄，"哎贺昇，你猜猜，救人的是谁？"

贺昇冷淡地看他一眼："我怎么知道？我又不在现场。"

沈毅风"嘿嘿"两声："我猜你就不知道，我知道的时候也惊讶得不得了，我跟你说，英雄救美的就是于澄，就昨晚堵你那妹妹！"

贺昇："……"

"惊不惊喜？意不意外？"

沈毅风一副兴奋得要上天的模样："就昨天，于澄不是来找你吗，有分部的哥们儿看见了，回去就在微信上跟我八卦呢。真的，贺昇，你不知道妹妹多牛，我现在对她甘拜下风！"

"这就甘拜下风了？"贺昇情绪没什么起伏地看他一眼。

"是啊。"沈毅风点头，"我还没说完呢，出事的那女生正巧是于澄的朋友，本来为了人家的声誉着想不准备闹大，偏偏那几个恶心人的玩意儿脑子进水，自己在外面造谣乱传。于澄知道后直接带着人去了实验高中，把那几个男的从教室一路拽到操场正中央丢人现眼。"

沈毅风乐了："实验高中咱俩也去过，操场就在教学楼中间，五层楼，全是人在围观，看着那几个人被按在地上摩擦。在人家地盘上还能这么嚣张，贺昇你就说爽不爽！"

贺昇这回倒是很给面子，竖了个大拇指："爽。"

要是没记错，于澄也就不到一米七的样子，站到他面前比他矮了一个头还多，他一只手就能按住，她在外面哪来的胆子这么嚣张？

沈毅风啧啧感叹："这妹妹我真觉得不错，长得好看，性格也帅到我了。"

贺昇哼笑一声，勾起唇角微嘲："你之前觉得其他妹妹不错时，不也这么说？"

"别啊。"沈毅风跳起来，一脸一言难尽的表情，"你别提茬埋汰我了行吗？一个哏你能说一年。"

"行啊。"

贺昇答应得很干脆，长腿一伸，整个人舒展开来，倚在后桌上——

"叫昇哥。"

"嘚瑟死你得了。"沈毅风懒得理他，又想起来一件事，"对了，我今早听我妈说，你家小区附近，昨晚有几个吸毒的人被抓了，离你那儿好像就一个路口的距离？"

"嗯，知道。"贺昇点头，脸上还带点倦意。

"你怎么也知道？听谁说的？"沈毅风纳闷，"我以为我这是第一手消息呢。"

"不是听人说的。"

"嗯？"

"这个……"贺昇半眯着眼，懒洋洋地回想，"昨晚送别人回家，看见的。"

"你直接撞见了？除了电影里我还没见过呢。"沈毅风愣了下，八卦的心思一瞬间被撩起来，"然后呢？"

那得是多惊心动魄的场面。

"然后？"贺昇扯扯嘴角，皮笑肉不笑地开口，"举报了。"

沈毅风："……"

熬到周日，好不容易能放松一下午，雨却一直没停，淅淅沥沥的，不少人的出行计划只能作罢。

"高考没有爱情，附中不谈假期"，南城附中在周日晚上也有晚自习，想要一天完整的休息日比登天都难，但每年的升学率也是没的说，一本率能达到百分之九十以上。

于澄回到家拉上窗帘，戴上眼罩，听着雨打窗户淅淅沥沥的声音，一觉睡得天昏地暗。

张姨上楼喊她吃晚饭，吃完回学校。她迷糊地翻个身，直接没理。下雨天睡眠格外好，大概缓了半个小时，于澄才爬出被窝，打着哈欠洗漱完，下楼吃了片面包随便应付一下。

一路磨磨蹭蹭的，等她赶到教室的时候，离上课没几分钟了，班里还没几个人。不愧是十八班，学生出了名地混日子，不踩着点到都对不起在外的名声。

没过多会儿，祁原、王炀两人从前门进来，于澄看着两人稀奇道："祁原今晚也来上晚自习？稀客啊。"

祁原上晚自习都是凭心情，周日晚上的晚自习更是没来过。

王炀用一种"你懂的"的眼神看着于澄，笑了："从职高过来的，顺路。"

于澄一下就明白过来，王炀这两天在小群里分享过八卦，说祁原正跟职高一妹子走得挺近。

于澄佩服："真行。"

上课铃响，教室归于平静，于澄翻开笔记本开始背单词和语法，虽然没来几天，但她能感觉到本部老师和分部的教得不太一样，难度高了些，要求背的语法和单词也成倍地增加。

把今天布置的作业背得差不多后，于澄合上本子，望着窗外觉得有点无聊，她伸手戳了下赵一钱："哎，你帮我找你那朋友要贺昇的微信呗。"

赵一钱停笔回头，心里纳闷："手机号不是关联微信号吗？"

"……"于澄，"是吗？"

"是啊，你先试试，没准行呢。"赵一钱说，"这年头微信号不都是拿手机号注册，互相绑定的？一搜就搜到了。"

"噢，行吧。"于澄悻悻地收回手。

她看了眼窗外走廊，为了防止老师偷袭，于澄把手机往桌肚底下放了放，抬起右腿挡住。

高中这两年，她被没收的手机不说十个也有八个了，对偷玩手机这事也有经验，等毕业了全拿回来，没准还能在二手手机市场小赚一笔。

于澄隐蔽地从书包里掏出手机，打开通信录，把贺昇的号码复制下来，粘贴在微信搜索框里。

一秒后，跳出来一个陌生联系人。

联系人的微信界面看起来很简单，名称是个"—"的符号，于澄视线上移，放大头像。

照片上一只胖乎乎的橘猫和一只边牧正懒懒地在墙角晒太阳，拍照的距离很近。除此之外，镜头里还有一只揉着猫的手，骨节分明，手指修长，手腕处有颗小痣，是属于贺昇的独一无二的标志。

想了半天，于澄还是决定添加一下试试，在好友申请的备注栏打上了"于澄"两个字。

刚打好，又立马删掉，于澄厚着脸皮改成了：想和你一起养猫养狗的大美女。

点击"发送"。

贺昇和沈毅风正在开黑（组队交流打游戏），清一色的游戏界面和噼里啪啦敲键盘的声音。

"哎哎哎，贺昇，下路，下路！"沈毅风两只手忙得不可开交，还不忘喊贺昇来帮他一下。

"嗯。"贺昇回应他，眼睛专注地盯着显示器，一个闪现到塔边，放了一套连招。

"秀啊！"沈毅风兴奋，嘚瑟地开麦跟队友连线，就跟刚刚那套输出是他打出来的一样。紧接着几人抱团，一路往上推塔，直接捣毁对方水晶，赢得毫无悬念。

一局结束，望着战绩，沈毅风有点蔫："好歹给我留个人头啊宝贝，这个战绩我带妹都拿不出手。"

贺昇点击鼠标，面无表情地退出游戏房间："自己菜怪谁啊宝贝，这请假条搁你手里再用一次，门卫大爷就算是老年痴呆都不信了。"

沈毅风没理他，突然又积极起来："游戏是团队作战，不是一个人的 solo（单人表演），要不这样，下局咱俩演一把，给我弄把五杀，哦不，三杀也行。"

"做梦呢你。"贺昇冷冷地看他一眼，不想再跟他磨叽，趴下来闭目养神。

沈毅风拗不过他，只能自己继续孤军奋战。

趴下没多会儿，贺昇键盘上方的黑色手机响了一声，屏幕上方显示微信有新消息，点开是一条新的好友申请。

沈毅风伸头过来，一字一句地念："'想和你一起养猫养狗的大美女'，谁啊这是？"

"不认识。"贺昇垂眼看着好友申请，沉思一会儿，原本要点"拒绝"的大拇指稍稍偏了一点，点了"忽略"。

"宠物医院的吧。"贺昇淡声道。

一夜过去，清晨雾蒙蒙的天空还在飘着雨，附中每周的升旗仪式都在周一上午的大课间举行，除非下雨、下雪、下冰雹，否则都是雷打不动地进行。

这两天多雨，小雨淅淅沥沥地一直持续到第二节课。于澄暗自高兴，只要升旗仪式取消，她就不用上台检讨了，最起码这周不用。

这样暗喜的心情一直持续到后半节课，外面雨停了，天光大亮，并且开始出太阳。

赵一钱瞄一眼在前面讲课的徐峰，抬起课本挡住自己，侧着头往于澄心口插一刀："澄姐，这是命中注定，逃不掉的。我在群里帮你喊人了，待会儿等你上台，大伙儿用最大的力气给你鼓掌，绝对给足排面。"

"……"于澄皮笑肉不笑，恨不得一巴掌拍过去，"我谢谢你。"

下课铃声响起，徐峰放下粉笔，广播里传来《运动员进行曲》，十八班的同学把书本一扔，拿上校服就出门集合了。队伍浩浩荡荡，于澄把检讨揣在口袋里，慢慢悠悠地在最后头晃荡。

于澄站在队伍最后，刚下过雨，操场有些积水，她的鞋子边沿沾了点青草。

隔壁班队伍里的男生伸过头来，好奇地问："于澄，听说你今天上台演讲啊？"

"……"

这是什么光荣事迹吗？怎么谁都知道。

于澄冷冷地瞥他一眼，一脚将脚边的石子踢走。检讨都能传成演讲，真厉害。

十分钟过后，升旗仪式流程已经走完，主席台上，陈宏书作为教导主任，负责仪式的训话环节。

陈宏书站在台上，拿着话筒，面容慈爱和蔼："同学们，这周我们马上要迎来本学期的第一次月考，也是我校分部、本部合并后的第一次正式考试，这对你们来说至关重要，让你们看清自己和同学之间的差距。大家要端正学习态度，拿出拼搏的精神，传承附中的荣耀……"

"贺昇，"沈毅风脑袋往后靠，小声吐槽，"你说陈主任什么时候能换几个句子？回回考试前都说这几句话，我耳朵都起茧子了。"

贺昇冷冷地望他一眼，有点烦："要不你上去讲？"

沈毅风摇头："别，我可没那个本事。"

"那你说个什么劲儿。"

"……"

陈宏书清清嗓子，继续稳稳当当地念叨："当然，在这心浮气躁的年纪，大家不免会做出一些不恰当的行为，这段时间有的同学就表现不佳，下面由高三十八班于澄同学进行自我检讨，希望同学们引以为戒。"

台下的同学稀稀拉拉地开始踮脚张望。听见名字，贺昇抬起头，见右边队伍里走出来一个人，破天荒地扎着高马尾，神态放松如常，因为要上台检讨，校服难得在她身上端正不少。

沈毅风也踮起脚："妹妹上台检讨啊？犯了什么事啊？"

于澄走到主席台前，以十八班为首的队伍稀稀拉拉地传出掌声。她拿起话筒，很有经验地试了试音，才展开检讨书开始不紧不慢地朗读。

"大家好，我是高三十八班的于澄。

"今天，我上台检讨的原因是，在天台上向高三八班的贺昇同学喊话。"

……

广播里的声音清朗，余音缭绕在整个操场。

"于澄这是在检讨？是我太久没写这玩意儿了，已经换风格了？"沈毅风佩服得五体投地。

他以为敢到门口堵人已经是天花板级别的行为了，合着还有更大的招。

贺昇喉结微微滚动，深褐色的瞳孔盯着台上，听着于澄的声音继续

041

传出来。

"陈主任说得没错,在心浮气躁的年纪里,我做出了一些不恰当的行为。"于澄抬头,视线看向八班队伍里最末尾的那个人,突然笑了,"虽然我挺认真的,希望能和贺昇同学进一步相处和了解。"

十七岁的她感情大胆又热烈,在别人只敢偷偷写日记的年纪,她将心事宣扬得尽人皆知。

王炀、赵一钱几人在下面憋笑憋得身体都站不稳了,笑道:"哈哈哈,陈主任脸都绿了,检讨还是得我们澄子来!"

"于澄这……"沈毅风突然偏过头去看贺昇,后者表情很淡,静静看着前方,一副置身事外的模样,像是再吸半口气就要得道成仙了。

但沈毅风突如其来有种感觉,他之前和陈秉说的玩笑话,不一定是玩笑话。

男人最懂男人,说白了,这样的女生,没几个人拒绝得了,天之骄子也不例外。

尤其贺昇这种人,看着清心寡欲,跩得二五八万一样,真对谁上心了,估计十头牛都拉不回来。而且这人还没谈过恋爱,沈毅风一直觉得贺昇没谈是因为他在这方面有点自己的执拗。

打个比方,有人谈恋爱,就为了别人对他嘘寒问暖;有人谈恋爱,纯属是荷尔蒙躁动。

他不谈,是挑,上面打比方的两种情况根本就打动不了他。

看了贺昇的作文就能明白,他这人挺理想主义的,谈情说爱需要上升到灵魂层面。他写的那些作文没一篇是现实的,但阅卷老师就吃他这套。看了他的作文,你就觉得未来有希望、未来更富强。

于澄这种的,说不准就正好撞上理想主义者的标准了。

于澄没管底下的人都有什么反应,自顾自地念:"我以后,会做到以下几点:一是热爱祖国,热爱人民,努力学习,准备为社会主义现代化贡献力量。二是按时到校,不迟到,不早退,不旷课。三是专心听讲，勤于思考，认真完成作业……"

赵炎："澄姐这念的是《高中生行为准则》吧？"

几人违反校规，被抓到后没少抄这个。

赵一钱给了他一个肯定的回答，点头："前头总共三句话，一句自我介绍，两句表明心意，后面全是照抄的《高中生行为准则》，挺绝。"

检讨完毕，于澄规规矩矩地朝台下鞠了个躬，随后回到队伍里。

台下的掌声比她上台时热烈，陈书宏拿回话筒，绷着差点控制不住的表情继续长篇大论。

升旗仪式结束，大家自由离场回教室。

于澄转身走到八班队伍那边，拽住贺昇的衣角："等等。"

本部没几个人不认识贺昇，于澄又刚刚检讨完，这两人凑到一起，原本要回教室的学生都开始慢下脚步等着看八卦。

贺昇侧过身体看向她，态度不冷不热的，跟刚刚那篇检讨和他没关系一样："怎么了？"

于澄站稳脚，左手插在校服口袋里，明艳的脸上笑意盈盈："我昨晚加你微信了，你看见没？'想和你一起养猫养狗的大美女'。"

沈毅风挑了下眉："原来是你啊。"

"嗯，是我。"于澄朝贺昇弯着眼笑，"记得同意啊帅哥。"

于澄边后退边和他挥手，喊："晚自习下课再来找你！"

贺昇："……"

于澄这人说到做到从不食言，晚自习一下课，就溜到了八班门口。

经过今天上午那一出，班里已经没有学生不认识她了，见人过来，都抱着看戏的想法。沈毅风和陈秉已经自觉地把她当成自己人了，就算两人不成，那这辈子他们也很难忘了她。

晚自习结束，三人一起到学校后面的小吃街吃夜宵，自然而然地带上了于澄。

小吃街藏在附中后面的一条宽巷里，两百多米的长度容纳了二三十家小吃店,挨着附中和隔得不远的另外两所学校,生意做得风生水起。

贺昇点了碗三鲜面,于澄在他对面的位子坐下来,她第一次来这家店吃,跟着他要了一份一样的。

都点好后,沈毅风要去买奶茶,陈秉觍着脸让他帮忙带一杯,问到于澄的时候,于澄摇头:"谢谢啊,我不喝奶茶。"

沈毅风不可思议地看着她:"真的假的?现在能有年轻人拒绝得了奶茶?"

于澄点头:"嗯,不健康。"

沈毅风啧啧感叹:"……合着您年纪轻轻的还养生啊?奶茶,就是奶和茶在一块儿煮了煮,放了点木薯粉的凝固产物,也没什么不健康的,真不来一杯?"

"不来。"于澄眨眼,"保持身材。"

"绝了,这就叫美女的自我修养。"沈毅风佩服地竖起大拇指。

确定于澄不要后,沈毅风拉着贺昇一起走了。陈秉笑着解释道:"昇哥特喜欢喝奶茶,得自己点,对奶茶要求多着呢,沈毅风之前有一次忘记给他加奶盖,昇哥都闷得饭都没吃一口。"

于澄有点惊讶:"真的?"

陈秉点头:"是啊,别看他整天冷着张脸,一米八几的大高个,其实跟个小姑娘似的,就爱吃甜的。"

"啊。"于澄点头,若有所思,觉得有些意外。

头顶风扇"吱吱呀呀"地吹,过了一会儿,老板吆喝着把面端上来,热气腾腾的,正巧两人拎着奶茶回来。

面的分量很大,于澄吃了小半碗就饱了。贺昇坐在她对面,靠着墙,有一搭没一搭地挑着碗里的面,看上去没什么胃口,一个劲儿地光喝奶茶。

贺昇鼻梁直挺,淡粉色的唇抿着吸管,喉结突出,随着喝奶茶的节奏轻轻滚动。

于澄看着，"咕咚"一声咽了口口水。

"……"贺昇抬起眼懒懒地看她，眼神有点复杂，"怎么，你也想喝？"

于澄点头，随后又猛地摇头："不是……不喝。"

贺昇也就是随口这么一问，并不在意于澄是不是真的想喝，问完后他低下头，拿起筷子在碗里不紧不慢地挑着。

"有人亲过你吗？"于澄盯着他，突如其来地问了句。

贺昇挑面的手一顿，这话他不知道怎么接，几秒钟过后，决定假装没听见。

旁边的两个人对了下眼神，沈毅风看热闹不嫌事大，眼里带了促狭，伸手戳他："嘿，昇哥，人家问你话呢，回人家呀，有人亲过你没啊？"

贺昇眼神冷冷地扫过去："想死直说，用不着拐弯抹角的。"

沈毅风笑着摆手："不想，不想，我还想长命百岁呢。"

于澄好脾气地看着他。因为刚喝了奶茶，贺昇唇上沾了点奶渍，于澄鬼使神差地又接着道："那你介意被在场的某个人亲一下吗？"

"……"

"我认真的。"于澄有点心虚，但表情很真挚，甚至有点虔诚的意味。

"哈哈哈，妹妹你怎么这么猛啊！"沈毅风笑得饭都喷了出来。

贺昇终于正眼看了她一眼，站起身，带得身后的塑料椅子拖倒在地上，"刺啦"一声。

他目光深沉，下颌线绷得很紧，缓慢地说出三个字："想得美。"

回到家的时候，已经将近晚上十一点了。

于澄静悄悄地上楼，脱了鞋往床上一躺，拽过被子蒙住自己的脸，后知后觉地有点不好意思。

闷了一会儿，又觉得呼吸困难，于澄掀开被子探出头来，点开微信看着她和贺昇的聊天界面，只有一行小字的提示：您已添加了"一"为好友，现在可以开始聊天了。

于澄摸摸发烫的耳朵尖，默念：不是我想找他的，是微信说我们可以聊天的……

于澄试着发消息过去：到家了吗，贺日日？

对面的人刚好在线，缓缓地回复她：？

于澄嘴角上扬，难得心情很好：是不是很好听？我刚给你起的。

于澄快速打字：以后可以这么喊你吧？我觉得挺好听的，你是不是也这么觉得？

贺昇：……

于澄：那就这么说好咯，贺日日。

贺昇再没理过她。

于澄开心程度不减，甜甜蜜蜜地跟他发最后一条消息：晚安啦，日日，比心。

"……"

今年的国庆节是周日，附中的月考就定在了周五和周六。

"澄子，你在几号考场呀？"许颜问道。

附中考场按照成绩划分，第一名在第一考场的第一个位子，往后一直顺延到最后一个考场最后一名，三十号考场被十八班的人包了大半。

于澄看了眼准考证："十七号。你呢？"

许颜开心地笑起来："巧了，我也是。"

"我在十八号，你们隔壁。"王炀回了一句。

赵一钱叹气，不用看准考证，他都知道自己该往五楼走："哎，考完试等我啊，祁哥今天没来，别丢下我一个人。"

许颜回头看向那个空空的位子："祁原今天又没来啊？"

赵一钱点头："是啊，昨天就没来，我发微信找他，他也没回。"

"怎么回事？"于澄眉头皱起，虽说祁原不是什么认真学习的料，但也没缺考过。

"咱们考完给他打个电话吧。"

几人点头。都两天没联系上祁原了，别回头出了什么事他们几个还不知道。

第一门考试是语文，九点开始，于澄和许颜一起到十七号考场，找好自己的座位。

"我在这儿。"许颜找到座位后，兴奋地对于澄道，"澄子，咱俩是前后桌哎。"

"要不说咱俩有缘分呢。"于澄舒舒服服地坐下来，看监考老师还没过来，她拿出手机给贺贝掐着点发消息：考试加油哦！大学霸。

发完后她把手机塞进书包的夹层里，堆到了门口的物品存放处。

语文考试总共两个小时，也是唯一一门不管会不会写，只要想写都能写到最后一分钟的学科。等到收卷结束，于澄早就饿了。

于澄和许颜两人把东西带好，回到班级和王炀、赵一钱会合后，四人合计一下，决定趁着中午的时间去吃顿火锅。

小吃街只有一家旋转小火锅，味道一般，几人决定去的那家火锅店比小吃街远一点，算是在居民区那边，有个寓意很好的名字：状元楼火锅。

这家店连装修都是红红火火的风格，门口挂着几串辣椒，屋里墙上贴的壁纸全是奖状。

"讨个吉利，讨个吉利。"赵一钱轻车熟路地落座，拆开碗筷，"我昨晚赶在夜里背了两首古诗，今天就考到了，心里美滋滋的。"

许颜没忍住白他一眼，有点恨铁不成钢："那两首古诗语文老师半个月前就让复习了，我都提醒你多少次了，说了考试必考。"

赵一钱纳闷："是吗？我怎么不记得了。"

王炀唇边勾起笑，看透赵一钱一般点评道："别人复习，他是预习。"

"谁说的！"赵一钱撂筷子不干了，"你们也不能这么说，为了这次能脱离年级后五十名，我也是努力了的。不能歧视学渣，这不道德。"

王炀毫不留情："笑死，哥几个对你什么时候讲过道德？"

"……"

服务员看着几人打打闹闹，递过来一份菜单。这里头就赵一钱这个沪市过来的不能吃辣，几人点了鸳鸯锅，肥牛卷、羊肉卷要了好几盘。

下午一点半有考试，几人要在一个小时内解决完午饭。吃饭途中，王炀掏出手机，给于澄使了个眼色："打个电话给祁原，问问他？"

于澄还在涮着羊肉卷，边蘸麻酱边说："行啊，你打，我还没吃好。"

"行。"王炀找到祁原的号码，拨出去，将手机打开免提。电话提示音响了一会儿，才被对方接起。

"喂？请问有什么事情吗？"接电话的是个女生，声线温柔悦耳。

"这是谁啊！"赵一钱突然出声，吓得王炀手机都差点掉进锅里。

"你吃撑了啊？"王炀匆匆挂断电话，转头骂他。

"不是！"赵一钱面上带点笑，看热闹似的，瞪大了眼睛，"怎么是个女的接电话啊？祁哥呢？"

"……"

"他这两天没来学校，在哪儿混的啊？"

王炀眉毛皱成一团："别真仗着自己有钱就乱来吧。"

于澄也不清楚为什么是个女的接电话，她和祁原从小一块儿长大，祁原什么德行她再清楚不过。祁原嘴上说归说，也知道哪些线不能越，真出格的事情他也没干过。

于澄在微信上让祁原老实交代他在哪儿。

过了几分钟，祁原发了条语音过来。

"我在医院，护士小姐姐帮忙接的电话。"

于澄回他：跑医院去干吗？

祁原回复：淋了雨发烧住院，烧得有点高，我妈才把手机还我，我明天回去。

于澄忍不住调侃他两句：您受苦了，十八班全体同学恭候您明天回来考数学。

数学是祁原一堆不能看的学科里最不能看的那一个，满分一百五十分，他能拿五十分就不错了。知道祁原没什么大事，几人放下心来，简单问候几句后，一行人原路返回学校。

路上阳光刺眼，梧桐的叶子都泛着光，还好树叶够茂密，遮天蔽日，是个天然的遮阳棚。小吃街上还逗留着不少附中的学生，于澄停住脚步，抬起手挡在额前，看着路边的奶茶店，思考几秒后走进店里，点了大杯的芋泥奶茶，额外加了奶盖。

等几人回到教室时，其他学生已经陆续进入考场了。

于澄拎着奶茶到一班门口的时候贺昇还没到，座位空着，课桌左上角贴着他的准考证。她放下奶茶，看了一圈，朝后面的男生开口问："同学，借支笔行吗？"

男生瞧了她几秒，点头，递了一支过去。

"谢谢啊。"于澄接过，弯腰开始在贺昇的考桌上涂涂画画：考试加油呀！贺日日。

最底下附赠一颗漫画小爱心。

于澄走后，直到考试开始前一分钟，贺昇才单手插着兜，右手拿了一支笔，慢慢悠悠地走进考场。考试只拿笔的阵仗全附中都找不出第二个。贺昇视线垂下，靠着前门本该空荡荡的座位上摆放着一杯奶茶，杯壁上结着细密的水珠。

监考老师正在从后往前挨个检查桌肚和桌面，背着手走到贺昇面前的时候，在他旁边站住。

"桌子上写的是什么？"监考老师严厉地出声。他不认为贺昇需要作弊，但任何违反考试规则的事情都不能做。

贺昇坐在位子上默不作声，神情冷漠，抱着胳膊看老师拎起奶茶，将底下的字迹全部暴露出来。

"考、试、加、油、呀、贺、日、日？"监考老师一个字一个字地念，腔调怪异，诡异的气氛充斥着整个考场。

"贺日日，贺日日是谁？"

"……"

贺昇抿唇："我小名。"

考场死一般地静默。

监考老师怀疑地看了贺昇两眼，大概猜到是个女生写的，毕竟贺昇那点八卦全办公室无人不知，无人不晓。他直接背过手嘟哝着走了："一天天，净整些花里胡哨的。"

"……"

贺昇面无表情地把吸管插进奶茶里，嘬了一口。

声音响亮得像是抱着奶茶亲了个嘴。

旁边男生没憋住，"噗"地笑出声，紧接着如病毒蔓延一般，整个考场的人开始不受控制地笑起来，监考老师连拍好几下讲台考场才安静了下来。

九十分钟后考试结束，学生三五成群地围在一起对答案。

"你再说一遍，那道题是选D？不是考力的方向吗？"

"什么力的方向？"

"惨了，这次卷子也太难了，我感觉我只能考四十分。"

"我更惨，十五道题就六道跟你们选的一样，下次考试得奔五楼去了。"

于澄靠在栏杆上透气，盯着某处略微出神，刚刚的考试已经消耗掉她大半耐性了，现在她一点都不想管答案这回事。

下一场是化学，没有最刺激，只有更刺激。

第二天几人来到教室，祁原一早就到了，坐在位子上无聊地单手转着笔，外面的阳光透进来，落在他身上。他的侧脸轮廓立体，让人不禁感叹一句：祁原的颜值名不虚传。

于澄打趣道："这不是祁大帅哥吗？"

祁原吊儿郎当抬眼看她，轻笑："于大美女别来无恙？"

"不愧是我祁哥！"赵一钱站在门口啪啪鼓掌，"这叫什么？这就是附中精神！哪怕明知是倒数第一也要坚持考完！"

祁原笑着拍他一掌，明天就是国庆假期，他提议下午考完试后出去玩一圈，他请客。

"行啊，从开学到现在我就没怎么玩过了。"赵一钱兴奋道，转头又问："哎，澄子你去吗？"

"去啊，当然去。"于澄懒懒道。

约的时间是晚上八点，考完试，于澄回家换了身衣服，才带着许颜一块儿过去。

这里是一家轰趴馆，有名的网红打卡点，特点就是消费高，是年轻人扎堆的地儿，很多人过生日或者聚会就把场地定在这儿，经常爆满。

祁原到得早，懒懒地靠在沙发上，手里拿着杯淡黄色的饮料，胳膊搭在沙发靠背上，穿着宽大的带白色 logo（标志）的 T 恤，身上的阳光感在这五光十色的馆内独一无二。

于澄到的时候，两个美女正在向他要联系方式。

见她人来了，祁原立马伸出两根手指勾了勾，示意她过去，转头朝两个美女笑笑："抱歉啊，你们看，我朋友来了。"

当挡箭牌这事于澄经常干，她配合着点了头，表情挺酷，范儿也足："麻烦让个位子，谢谢。"

祁原见她走到跟前来，抬手虚虚揽过她的腰，两人挨着坐下。

两个美女面面相觑，也不好意思再纠缠下去，只能恋恋不舍地走了。

于澄将包随意往桌上一扔，不动声色地往旁边挪开，问道："王炀他们呢？还没到？"

祁原收回手："嗯，堵江阳大道上了，还得十分钟。"

"祁哥！"门口突然传来一声鬼哭狼嚎，赵一钱他们几个冲进来。

"你出门前没吃药？瞎号什么？"于澄见状往许颜身边挪了挪，想离这几个人远一点。

赵一钱一脸委屈："不是啊澄子，我刚刚打的过来，那司机一看前面堵得厉害，就把我放下来了，那里前不着村后不着店，还好我亲爱的同桌王炀把我带过来了，不然我今晚就见不到你了啊！呜呜呜！"

单车少年王炀卸下护具："不用谢我，关爱倒霉蛋，人人有责。"

赵一钱听了忙扑过去，两人打打闹闹，场面一度混乱。

祁原坐在位子上，抬手让服务生上了两打整蛊气泡饮料。今天来了七个人，准备玩斯诺克。

他从初中开始就混迹各个地盘，玩球也厉害，基本上把把赢，没怎么输过。于澄到这个时候就跟在祁原身后混，于澄替他打，祁原在一旁口头指导，偶尔输的几次饮料也全让祁原喝了。

于澄擦着球杆，她本就是纯欲的长相，这回表情认真，看上去冷艳至极。看位，俯身，送杆，每个动作都非常标准。

今晚她特意打扮得成熟些，换了 V 领的露腰短 T 恤，下半身穿烟灰色修身牛仔裤。好身材一览无余，腰间没有一丝赘肉。

周边几个男人将视线锁定在她身上，可惜，再好看的妞也是跟着别人来的。

玩过三巡，赵一钱第一个扛不住了。

"不行，我要吐了，我去趟厕所！"赵一钱皱着眉，放下饮料杯走了。

时钟指向十一点多，几人玩得也差不多尽兴了，准备等赵一钱回来就走。就在大家以为他是不是掉马桶里了的时候，赵一钱脚步发飘地走回来，拦在于澄前面，口齿不清地说着："澄、澄子，我刚刚、刚刚好像看见、看见你挺上心的那男的了。"

于澄玩着手机，没怎么在意。赵一钱困成这副模样说话，她敷衍都懒得敷衍，笑着侧过脸看他一眼："我挺上心的那男的？我对谁上心啊？"

赵一钱皱眉，脑子有点转不过来弯："那、那个，你那天要号码的那个。"

"噢。"于澄随口敷衍，突然反应过来，"贺昇？"

赵一钱有点激动："对、对。就是他！去了二楼，就是贺昇！"

馆内二楼设计的卡座，围着看台四周绕了一圈。周围有几个人肆意舞动，疯狂张扬，五颜六色的灯光在闪耀着。

黑色大理石的桌面上放着一个冰桶，桶里饮料已经少了大半，棕红色的瓶身结满清凉的雾气。

角落里，贺昇戴着棒球帽，帽檐压得很低，两条长腿交叉搭在沙发上。这个点他还能耐心地待在这儿，是因为沈毅风今天过生日，美其名曰"再来过一次阴历生日"。

陈秉今晚家里有事走不开，"铁三角"就来了两个。

虽然是沈毅风组的局，但来的人也多多少少认识贺昇，就是都不算太熟。沈毅风见不得贺昇一个人孤零零的模样，撇下几个朋友走过去招呼他："哎贺昇，你别光玩手机啊！今天是我阴历生日，你不表示表示？"

贺昇本就是被他硬拉来的，心情也就那样，闻言冷冷地抬眼："球鞋都堵不住你的嘴。"

他今晚穿了件黑色衬衫，灯光打在上面显出光泽感，最上面两颗纽扣没扣，清晰的锁骨在昏暗的灯光下若隐若现，对面女生的眼睛时不时瞟向这边。

二楼冷气开得很大，于澄走到二楼停住脚，在楼梯口四处看了一圈，这边范围很大，被划分成不同的卡座，人影憧憧。

视线不远处，贺昇戴着鸭舌帽，正从旁边的朋友手里接过一杯猩红色的饮品。他似有所感一般，突然偏过头朝楼梯口看过去，两人视线碰到了一起。

音乐在耳边躁动，于澄朝他笑，抬脚走过去。贺昇面无表情地靠在沙发上，姿态放松，长腿屈膝随意搭着沙发边缘，眼看着她朝自己走过来。

"啊，于澄，你怎么来了？"沈毅风结巴着问。两人才认识不久，还没熟到会邀请于澄过来给他庆祝生日的地步，不清楚她要干什么。

"正巧也跟朋友过来，刚才一直在一楼。"于澄眼尾扬起，笑眯眯地说，"我朋友说看见你们也在，我就过来了。"

视线扫到贺昇身上，于澄笑着补充一句："你玩你的，不用管我，我是来找贺昇的。"

"哦哦，知道知道。"沈毅风一脸"我懂你"的表情，乐得看有人折腾贺昇，自动给她让出地儿来，边点头边走回刚刚的位置。

无视那几道打量她的目光，于澄大大方方坐到了贺昇身边那个空了一晚上的位子上。

馆内冷气很足，氛围灯灯光迷离，照在贺昇手里那杯猩红色的液体上，浮光掠影显出一股奢靡感，特别好看。

深红色的沙发是皮质的，被冷气吹得凉意很重，于澄裸露在外的肌肤接触到沙发的那一刻，忍不住被激起了鸡皮疙瘩。

"好冷啊。"她顺势往贺昇身边又凑近了些。

贺昇抬起眼皮望向她，出于戴帽子的缘故，他原本清隽的五官被遮在暗处，这会儿他看上去特不好惹。

"这边靠空调太近了，我冷。"于澄可怜巴巴地说。她肤色冷白，眼尾弧度轻微上挑，瞥人一眼都带着种若有似无的风情。

"我是取暖器还是怎么着，靠着我就不冷了？"贺昇似笑非笑地看着她。

于澄笑了下，凑近他耳边说："男生体温比女生高啊。"

"……"

贺昇面上说不出是什么表情，打量她几秒，收回视线不再看她。

于澄凑到他的面前，眼睛微眯，勾着唇喊他："贺昇。"

后者低头，神色冷淡，骨节分明的手晃悠着杯里的液体，没搭理她。

这杯猩红色饮料里面放了一个圆形的冰球，随着空气中的温度慢慢融化，结出的雾气格外好看，朦胧撩人。

于澄舔舔嘴唇，见贺昇不回她，伸手抢过他的杯子，边和他对视边送到嘴边仰头喝了一口。

杯子再被放下的时候，杯口赫然多了一个暧昧不清的唇膏印。

贺昇盯了几秒那个唇膏印，视线淡淡地收回。

她胆子太大了，撩起人来毫不遮掩，偏偏他又无可奈何，也不能小气巴拉地真表示出介意。

于澄得逞地笑了。

时间到零点，沈毅风开了瓶香槟，祝贺自己成年，泡沫溅在半空，四周好友纷纷送上祝福。他性格好，放得开、会来事儿，人缘也好。

蛋糕分完，他给贺昇和于澄送来一块："贺昇，看我爱不爱你，最大块的给你了。"沈毅风笑嘻嘻的，把奶油蛋糕放到桌面上。

两个人坐在这儿，蛋糕就送一块，是个人都能看出沈毅风是什么意思。

贺昇抬起眼，腿敞着，一个冷淡的眼神看得沈毅风心虚不已。

于澄从刚到这儿就被好几个人盯着，都一脸的好奇。她心领神会地笑了下，开口解围："没事，我不吃甜食。"

沈毅风知道自己有点过火了，就着台阶往下下："就是就是，不愧是大美女，就是自律！"

于澄拿过一杯蓝色饮品自顾自喝起来。一点小风波过去，大家坐下吃着蛋糕，侃侃而谈。

"哎，贺昇，今年的数学竞赛你参加吗？"

"没想好。"贺昇淡声回答。

"哦。"对面男生继续说，"听说今年附中想冲国奖第一名来着，估计你们老师不会放过你。"

贺昇没什么兴趣，随口应付："再说吧。"

几句话下来，大家伙儿也能看出来贺昇没什么跟人聊天的欲望，也不上赶着找他了，回过头去找沈毅风谈天说地。

这一片就剩她和贺昇两个人。

"美女，赏个脸。"隔壁卡座的一个健身男走过来，胳膊搭在于澄身后的沙发上，"玩真心话大冒险输了，能给个微信吗？"

这是交友场合里最老套的搭讪方式。

于澄回过头笑笑："抱歉啊哥哥，我还在读高中呢。"

健身男一愣，脸有点红，于澄那声"哥哥"又喊得他特飘："抱歉，抱歉啊，妹妹好好玩，打扰了打扰了，真不好意思。"

他边说边往后退，后面几个朋友发出一阵"嘘"声。

贺昇又轻飘飘地收回视线，不知道在想什么，拿起透明的塑料勺，挖了一块白色的奶油放进嘴里。

他眼皮薄，内双，不笑的时候带着一种锋利感。往下看是凸起的喉结和锁骨，弧度勾人，在黑衬衫的衬托下越发性感。

勺子再从嘴里拿出来，上面就只剩薄薄的一层混着口水的奶油渍。

灯光忽明忽暗，于澄不知道想到了些什么，轻舔下嘴唇，突然起身单膝跪在沙发上，弯腰靠近贺昇的耳边，小声地说了一句话。

贺昇的手顿在半空中，眼神冷淡地看着她，突然抬手捏住她的下巴："你脑子里天天想的就是这些？"

"是啊。"于澄往后躲，笑得放肆又恶劣。

"服了你，我认输。"带奶油的勺子被插回蛋糕，贺昇重新拿起手机，直到结束他也没动第二口。

聚会一直持续到凌晨一点多，整个卡座只剩她、贺昇还有沈毅风三个人。

"还能走吗？"贺昇面无表情，踢了踢瘫在椅子上的沈毅风。

"嗯。"沈毅风困得不行，烂泥一样趴在桌子上皱着眉头，大着舌头说话，"能走，就是有点晕，你别想扔下我偷溜。"

"闭上你的嘴。"贺昇起身，不带感情地拉扯沈毅风，将他从座椅上拽起来。

贺昇微微皱起眉头，还得把这家伙送回去。沈毅风晃晃悠悠地站起来，贺昇拽着他转身。

于澄趴在沙发上，歪着头问："你们要走了？"

"嗯。"贺昇居高临下地看着她，声音因为熬夜有些低哑，"怎么还没走？"

于澄看着他，自然而然地说："等你一起走啊。"

她那双略带雾气的眼睛和他对视："平时见不到，这会儿多跟你待一会儿不行吗？"

于澄窝在沙发里，视线黏在他身上。

她明明没喝酒，却像醉了一样。

她听见自己的心跳怦怦作响。

贺昇单手拿起手机看了一眼时间，问："你朋友走了？"

"嗯。"于澄点头，猫一样地抬手伸了个懒腰，T恤下摆上滑，露出一大截细白的腰线。

"走吧，我送你。"贺昇转身移开视线，淡声道。

三人一路穿过人群，这个点是营业的高峰期，舞曲声音震耳欲聋，于澄跟在贺昇的身后，一路上都在心里感慨他的身高。

贺昇大概一米八七的样子，肩宽腰窄，背影劲瘦高挑。

于澄心猿意马地想，不知道以后接吻的时候，会不会累脖子。

057

看在他这么帅的分儿上，累一点也没关系，原谅他了。

车库在地下一楼，空旷的车库灯光昏暗，贺昇让两人在原地等着，自己叫司机把车开过来。

车停得不远，几分钟过后，一辆SUV打着双闪拐过来，司机将车稳稳当当地停在于澄和沈毅风两人面前，贺昇打开副驾驶座的门，一把将蒙圈的沈毅风扔了进去。

沈毅风晕晕乎乎，不舒服地在座椅上挪动了两下，睡死过去。

于澄犹豫地指了指："那我们一起坐后面？"

"你觉得呢？"一辆车总共就这么几个座位，贺昇要拉车门的手停住，像看傻子一样，"实在不行，你也可以趴在车顶。"

于澄："……谢谢。"

"系好安全带。"贺昇看着后视镜，提醒她。

车里有淡淡的薄荷味，于澄打开窗户，夜风吹进来。南城初秋的风最为舒服，温度刚好，不冷也不热，闭门的商铺和路灯构成一幅夜景图。

凌晨两点，路上没什么车辆，贺昇一言不发，专注地看着前面。

沈毅风家就在东区，不远，十分钟就到了。送完沈毅风后，贺昇侧过头问她："你住在哪儿？"

于澄想了想："江玺华庭。"

贺昇有些意外地从后视镜看了她一眼，没说什么。

两边路灯闪过，高楼上彩灯在黑夜里不知疲倦地闪耀。于澄吹着风，夜风将她的发尾撩起，她问："贺昇，你这么晚回家，没人管吗？"

她这种成天不着家浪惯了的，还被许琛打了两次电话，一个晚上贺昇除了玩游戏，好像一个电话都没接到。

贺昇言简意赅："我自己住。"

一个人住在外面，自然没人管他回没回家或者在干什么。

"噢。"于澄闷闷不乐地转过去,思考一会儿,意有所指地说,"那你一个人在家,不要偷偷干坏事。"

贺昇:"……"

江玺华庭是南城有名的别墅区,当年楼盘刚预售就被一抢而空,里面绿植环绕,绿化覆盖率高达百分之七十,别墅区的正中间还围了一个人造湖泊,仲夏时节,湖面上会有萤火虫出没。

在这一片住的都是有钱人,安保一向严格。贺昇让司机把车停在小区对面,让于澄下车自己回去。

于澄:"谢谢你送我回来。"

贺昇轻轻"嗯"一声,单手搭在座位上,骨节处淡青色的筋若隐若现。

于澄望着那只手,有些心不在焉,安全带拽了有半分钟都没拽下来。

贺昇微微抬起眼皮觑她一眼,弯腰靠近,伸出手,看上去像把她半抱进怀里,"咔嚓"一声,解下了安全带。

于澄:"谢了。"

"嗯。"

她打开车门下车,快到小区大门的时候,突然转过身,看见那辆白色的车依旧停在路对面。

他在等她安全到家。

透过暗色车窗,于澄模糊地看见坐在车上的少年,帽檐低掩,凸起的喉结性感勾人,正侧过脸看她。

于澄双手放在面前,围成一个喇叭的样子,大喊了一声:"贺昇!"

贺昇坐在黑暗的车里静静看着,路灯下,于澄开心地笑,然后双手举过头顶,比了一个大大的爱心。

用口型对他说着:"晚安,大学霸。"

江玺华庭南区 06 栋,贺昇站在门口,输入密码,"嘀"的一声,密码锁被打开。

他站在门口换好拖鞋,抬头就见头发花白的老人拿着擀面杖站在客厅,跟他四目相对。

见来的是自己外孙,李望远收起擀面杖:"你怎么这会儿过来了?自己来的?"

"嗯。"贺昇点头,问,"外婆呢?还睡着?"

李望远指指墙上的挂钟:"你说呢,这会儿几点了?你不在家好好睡觉来我这儿晃悠什么?"

贺昇沉默一会儿,拿起水壶给自己倒了杯水:"送个同学回来,她家住这边,我顺便来看看你们。"

"同学?"李远望觉得稀罕,"男同学还是女同学?"

贺昇喉结滚动,咽下那口水:"男同学。"

第二章

二十七号选手，祝你旗开得胜

假期结束，校园又热闹起来。

国庆假期回来第一天的课程安排，基本就是几科老师轮流讲试卷，听完还要做错题集，再由各科课代表收上去给老师检查。

晚自习上课前，班长拿着一张报名表走进教室里，找同学报名参加运动会。运动会在月底举行，现在就要报名，方便参加的同学课后去操场练习。

赵一钱不由得琢磨起来："澄子你说，咱班班长是不是太老实了点啊？"

于澄盯着班长的身影，认同地点下头。

齐荑已经问了班级将近一半的人，报名的没几个。于澄跟她不熟，但怎么说呢，这姑娘身上有股恬淡的气质，跟作天作地的十八班格格不入。

说白了就不该是这个班里的人。

就像这次月考，于澄班级第三，年级排名五百八十六，齐荑是第一，年级排第六十三名，跟十八班的成绩严重断层，是能上重本的尖子生。

齐荑没过多会儿就问到后两排，祁原歪歪扭扭地靠在后桌上玩"节奏大师"，抬起眼皮看她一眼："运动会是吧，班长今年想让我参加什么项目？"

这个班体育最好的就是祁原，一般没人敢上的项目最后都被他包圆儿了，他也真能拿个名次回来。

齐荑说话轻声细语："想参加什么你自己定，有意愿的打钩就行。"

说完又补充一句,"可以拿荣誉的。"

"荣誉是什么稀奇玩意儿?"祁原满不在乎,眼神一直在手机上,"让他们挑吧,剩下的给我。"

虽然他学习上拖后腿,但班级其他地方需要他的时候,他没推脱过。

"嗯,谢谢,那到时候拜托你啦。"齐荚点头,有他这句话,她多少能放心一些,最起码不用最后对着那些没人参加的项目发愁。

她声音很软,那句"那到时候拜托你啦"更是温柔得能掐出来水一样。

"喂!"祁原喊住她,突然想逗逗这人,似笑非笑地站起来,"想让我上场也行,班长今年也给我们当啦啦队?"

去年运动会的时候,因为组织不起来人,齐荚就一个人包揽了端茶倒水、给运动员加油的各种杂活。分部没人在乎这些,都像完成任务一样,有人参加就行,自己班的人上场就喊几声"加油"。

当时只有齐荚,穿着看起来很呆的紫红色分部校服,在大太阳下拿着两个从小卖部买的十块钱一个的大花球给班里同学挨个加油。

不少人都在看笑话,但他们自己班的人,从那天起突然就觉得,班长平时看着默不作声的,其实挺牛的,让人服气。

齐荚跟豆腐一样白净的脸"腾"地红起来,最后她闷着头,拿着报名表继续往下问。

"澄子,你今年报什么项目啊?"许颜扒着点名表,忍不住惊叹,"哎哟,怎么还有三千米?"

十八班是理科班,总共就没几个女生,运动会几乎都要上场。

许颜:"我的天,咱班女生谁能跑啊?我跑八百米都够呛,以前分部最多也就一千五百米啊。"

齐荚也知道这项目强人所难,安慰她:"没关系的,你们看看可以参加哪个就选哪个,尽量参加一个,实在不行,就……就让我跑也行。"

这是他们中学时代最后一场运动会,大家比往年重视。

于澄挺想试试的，她体育不差，说不定能拿个名次。

还在琢磨，余光就瞟见身侧晃悠过来一个身影，拿起报名表，利落地在于澄那行钩了三千米。

于澄："……我说我要跑了吗？"

祁原摸摸她脑袋："我跑五千米，你跑三千米，正合适。哥几个马上就凑钱，去给你定制个横幅加油。"

于澄微笑："……我谢谢你全家。"

晚自习的铃声响起，几人回到座位坐好。

徐峰过来巡逻一圈后又走了。

于澄拿上书包，准备从后门偷溜出去，刚出门，楼梯口突然挺出来一个啤酒肚，她心里"咯噔"一下，抱着书包往回溜。

"快快快，陈主任来了！该收的赶紧收起来。"于澄一巴掌拍到赵一钱的漫画书上，赵一钱慌忙收起来，抽出一本《5年高考3年模拟》，假正经地摆在面前。

班级里"哗啦啦"收了一片。

许颜正在打瞌睡，被吵醒了，她看于澄慌里慌张地回座位，纳闷道："干吗呢你？"

于澄抬起食指，比了个"嘘"的手势，小声说："外头有陈主任，我先等等再溜。"

话音刚落，窗户外就掠过一道身影，啤酒肚，格子衫，眼镜泛着光，盯着这群人看。

最近老师都反映十八班带手机的人多，要他重点监督，杀鸡儆猴给其他人提个醒。

陈宏书站在十八班窗户外，扫视一圈，没发现有人玩手机。他悄悄推开后门，从后排往前走，边走边观察两侧桌肚里有没有能没收的违规物品。

"这是什么？"陈宏书指着漫画书的封面问。

男生笑嘻嘻地翻开内页:"漫画书封,好看吧?"

陈宏书冷笑:"……心思都花在书封上了,没见你在学习上这么用心。"

走过教室一大半都没发现违规物品,陈宏书心里不爽,来十八班没搜到两样东西,这根本不合理。

走到第二排,陈宏书眼疾手快地抓起桌面上的手机,举起来质问:"这是谁的?"

下面没人出声。

陈宏书又问了一次:"这手机是谁的?赶紧站出来承认!"

还是没人出声。

陈宏书火气上来了,怒吼:"手机没人要是吧?飞到你们班的是不是?我数到三,没人要我就摔了!"

依然没人动。

下面的人一副等着看戏的表情。

陈宏书咬着牙数数:"一!

"二!"

说出去的话就像泼出去的水,这会儿不摔相当于打他自己的脸。

"三!"

手机应声摔在地上,四分五裂。

班级里一阵沉默,一个男生慢悠悠举起手:"这个手机,好像是我们班班主任忘记带走的。"

……

有人在底下附和:"主任,您要赔吗?应该是要赔的吧,都裂成这样了。"

陈宏书脸色铁青,不知道自己是倒了几辈子的霉,摊上这群学生。

徐峰泡好茶,捧着茶杯走到班级门口,就看见这一幕。陈主任黑着脸站在讲台前,自己刚买的手机四分五裂地躺在地上。

065

"这是什么情况？"徐峰纳闷，就泡个茶，再回来他手机怎么就成这样了？

"老师，教导主任把你手机砸了！"

"故意砸的！"

"以为是我们带的手机。"

陈宏书还想挣扎一下："还好意思说！知道是你们班主任的不早点讲，就在这儿等着坑我呢是吧！"

底下几个男生憋笑。

徐峰听懂了，咂嘴，看向陈宏书："小陈啊，你这处理方式有些偏激，这样不好。

"不管怎么说，手机都是私有财产，不管是谁的，你砸了都得赔，以后不能这样了啊。"

徐峰端着枸杞茶，慢悠悠转个身，开始训下面这群人："你们也是，陈主任是为了你们好，教室是学习的地方，别整些乱七八糟的，瞎耽误事。"

"知道了——老师。"底下的人拖着腔回答。

赵一钱悄悄探头："我听着咱班主任这语气不太对劲儿啊，喊教导主任小陈，他飘了？"

王炀觉得蛮有意思地点点头："咱班主任是副校长，二把手呢。"

"厉害！"赵一钱大吃一惊。

二把手来当他们的班主任，屈才了这是。

闹剧告一段落，等陈宏书和徐峰离开，于澄扯过外套，从八班教室后门溜进去，坐到贺昇身边空着的座位上。

贺昇正在做一套物理竞赛模拟题，握着笔写字的右手骨节明显，在白炽灯的灯光下泛着冷白，手腕处的小痣随着动作晃动。

于澄光看着，就觉得贺昇是在勾引她。

贺昇停下动作，对身旁突然多出个人来一点都不意外，侧过头和她对视："上午发的月考试卷看了吗？"

"看了，订正完了，厉害吧？"于澄眼尾上扬，边说边往后靠，有些得意。

"还行，把这张做了。"贺昇从抽屉拿出一张物理试卷，放在她面前。

是一张物理综合卷，各种受力示意图于澄光是瞟一眼都觉得头疼："贺老师，咱能不做吗？"

贺昇下巴微抬，右手握笔，笔杆在指关节处悠悠地转了一圈："不能。"

"噢，那行吧。"于澄这次挺乖，伸出手掌掌心朝上，"那贺老师，借支笔？"

贺昇将手里的递过去，自己重新拿了一支。

于澄握着那支还带着温度的笔，竟然真的开始做题。

贺昇单手搭在窗台上，闲适地摸着后脖颈。他侧过脸看于澄，她捧着下巴，正费力地在受力示意图上写着公式。

挺好，给她找件事做，就不会一直盯着他看。

看得他尴尬症都要犯了。

沈毅风用胳膊捣了捣陈秉："看见那边没，于澄这么安分地坐这儿写卷子，陈主任看了都得怀疑人生。"

陈秉感叹："唉，不看了，看得我酸。"

沈毅风："啧，出息。"

卷子有点难度，直到晚自习结束，于澄才堪堪完成，后面两道大题空在那儿一个字没写，不会做。

贺昇拿过来，第一题就用红笔"唰唰"打了几个叉。

于澄："……"

"太狠了吧贺老师。"

"还行。"贺昇略一挑眉，有点想笑，"不批改一下，还真不知道你做题有这天赋。"

"嗯？"

贺昇把试卷翻了个面："多选题，四个选项有三个是对的。"

他把试卷推到于澄面前，整个人往后一靠舒展开，指着错题道："选多选错得零分，为保险起见只填一个选项，你这方法没错。"

贺昇有些感慨："但你偏偏能把那唯一一个错误选项选上，这不是天赋吗？连续四道题都这样，一般人瞎猜都做不到这个水平。"

叹了声气，于澄犯懒地将下巴抵在课桌上，眼睛微微眯起来："听你这么一说，是有点道理。"

贺昇从面前一摞书里抽出一本笔记递过去给她："心态不错。这笔记给你，两星期看完，下个月我检查。"

"给我了？"于澄坐起来，把笔记翻开看了一眼，"学霸的笔记啊这是。"

改完试卷，于澄开始订正，贺昇在旁边不时讲解两句。

越听贺昇讲题，于澄就越觉得贺昇这年级第一名副其实。过滤掉课堂上老师讲的大量烦琐的知识点，对于哪道题对应哪个重点知识，贺昇把握得十分精准。

于澄难得听得投入，等到贺昇把几道经典题讲解完，这栋教学楼里的学生已经寥寥无几，两人收拾好书包离开教室，于澄拿出手机。

上课时手机开的都是飞行模式，这会儿打开，上方的消息列表好几个相同号码的未接电话跳出来。

于澄停住脚步，贺昇回过头看她，因为于澄在身后，比他高两个台阶，这样看两人的身高差不多。

几乎是消息提示音发出的那一秒，于澄就出现了巨大的情绪波动。

她垂眼，单手握着手机，看屏幕的眼神很冷，随后毫不犹豫地滑掉那一排未接电话的消息提醒，按电源键熄灭屏幕。

身后的教学楼还有几间教室的灯未灭，贺昇步速放缓，和于澄两人一左一右走在路上，影子交错。

于澄低着头，面无表情地踢着脚边的石子，看上去乖戾得很，一个字也不说，方才的情绪全压在心里。

跟她认识的这段时间，贺昇第一次看见她露出这样的状态。

半晌，贺昇转过头，问她："喝东西吗？"

于澄抬头："嗯？"

贺昇嗓音平淡道："学校旁边有家奶茶店，味道还不错，喝点甜的心情会好一点。"

"嗯？"于澄突然笑了下，"你这是在哄我？"

贺昇没回答她这个问题，视线又转回去："想喝待会儿就去买一杯。"

"噢。"于澄又低下头，将脚边那颗踢了一路的石子，一用力，踢远了。

"喝甜的真的有用？你天天吃这么多甜的，都是因为心情不好吗？"

于澄就是随口一问，没想到贺昇沉默几秒，真的"嗯"了一声。

……

"于澄，过来！"

于澄抬起头，眼角还红着。许琛站在跑车前，黑着一张脸立在校门口，眼睛上下打量着贺昇。

贺昇也顺着声音抬眸望过去，目光平静。

"他是谁？"贺昇问。

"我哥。"于澄拽了拽他的衣角，解释着，"那个，异父异母的，但他人挺好的。"

贺昇垂下眼："嗯，我先陪你过去。"

两人走到车前，许琛目光不善地看着贺昇，可惜对方只言未发，双手插兜，挺帅的一张脸上没有表情。

这让他觉得，对方在看垃圾。

"他是谁啊？"许琛不爽地抬起下巴示意。

"同学。"说完，于澄偷瞄贺昇一眼，确定他没什么反应，心里松了

069

口气。

"同学？你骗鬼呢？"许琛冷笑一声，"我站这儿看你俩从升旗台一路打情骂俏地过来，总共就两百米的路，你俩给我走十几分钟？"

贺昇还是一副面无表情的样子，不解释也不说话，摆出个"随你怎么想"的姿态。

"怎么着大律师，"于澄看着他，语气不爽，"走得慢犯法？"

许琛被噎了一下："……那倒犯不着。"

两人正争执着，车的后窗被摇下来，江眉颜含笑坐在车里，伸出手向面前这个陌生但十分好看的少年打招呼。

"你好，我是于澄的妈妈，你是贺同学吗？"

贺昇一怔，有礼貌地点了下头："嗯，阿姨好。"

江眉颜年过四十，但保养得十分得当，由内而外散发出岁月沉淀的温柔，她抿嘴笑了下："我听陈主任跟我提过你。是挺帅的。"

"……"

"在一起了？"江眉颜随口一问。

没等贺昇开口，于澄便开口否认了："没。"

江眉颜细长黛青的眉毛微蹙："是吗？"

于澄点头："嗯。"

"好。"江眉颜不再追问，跟贺昇打了声招呼，就让于澄上车回去了。

车上，于澄看着车窗外，抱着校服外套，靠在靠背上。

江眉颜有些疲倦地往靠背上靠了靠："嗯……刚刚那个男孩子，你喜欢？"

"嗯，还成。"于澄随意道。

江眉颜想了想方才那少年的模样，轻叹一声："听说他是你们这一届的年级第一名。如果你不是认真的，就不要再跟他走得近了。"

于澄转过脸看向窗外，车窗倒映出她那张明艳动人的脸，一双杏眼眼尾弧度微挑勾人，她摩挲着耳垂，没说好也没说不好。

回到家，客厅灯光明亮，许光华坐在餐桌旁看手机，等着他们回来一起吃饭。

"许叔叔好。"于澄点头，问候一声。

许光华放下手里的手机，眼镜后的一双眼睛温柔慈爱，他轻轻地笑了："好久不见，澄澄。"

江眉颜和许光华两人一年回不来几次，一顿饭吃下来还算温馨，和普通的一家四口没有太多区别。

江眉颜不太有胃口，没动几下筷子。菜都是于澄和许琛爱吃的，于澄没什么食欲，许琛倒是吃了不少。

吃完饭，许琛接了个电话，说有事要回事务所一趟，要临时加会儿班。于澄百无聊赖地在沙发上躺了一会儿，临回房间休息时，许光华叫住了她。

"有什么事吗？"于澄停住脚步，回过头看他。

许光华坐在餐桌前，双手搭在桌子上，脸上带着温和的笑容："你来，叔叔有事情要和你商量。"

于澄迟疑了一下，说："好。"然后走到他的对面坐下。

"澄澄，你知道我和你妈为什么突然回南城吗？"许光华问。

于澄摇头。

原本许光华是白手起家，公司和生意都在深圳那边，后来为了和江眉颜多相处，才扩展了一部分去京北，两人之后一直是在京北待的时间多，也提过让于澄和许琛过去的打算，但两人都在上学，于澄正处在高中阶段不方便，许琛的大学又靠这边，才搁置了下来。

"是这样的，"许光华斟酌着用词，"你妈妈她，肚子里有了宝宝。"

说完，他抬头看了于澄一眼，等待着于澄的反应。

"噢。"过了半晌，于澄只轻轻答应了一声，表示知道了。

许光华说道："许叔叔专门过来跟你说这件事，也是希望你放心，就算我和你妈妈有了孩子，但你、许琛、肚子里的宝宝，我和你妈妈都

071

会一视同仁。"

"嗯。"于澄点头,表情平淡,依旧没有过多的反应。

坦白说,她觉得许光华作为一个继父已经很好了,他和江眉颜是大学同学,当年两人就互相有好感,要不是家里的原因,也许会从校园直接步入婚姻殿堂。没想到这么多年后命运又将他们聚到一起,两人也格外珍惜。

许光华摸不清于澄的态度,眉头皱起来:"我和你妈妈也考虑了很多,主要是身体方面,现在我们不再年轻,生育有风险,但我们都想留下他。"

他说着摘下眼镜,轻捏了下眉头:"我和你妈妈错过了很多年,所以这个孩子,我们不想再错过了。但如果你不同意的话,我们也不会……"

"我同意。"于澄打断他的话,有点想笑。

许光华诧异地看着她:"真的?"

"嗯。"于澄点头,视线轻轻向下扫,"许叔叔从一开始就知道我不会拒绝的,不是吗?"

许光华是个聪明的商人,看透人心这一点对他来说易如反掌,他熟知于澄吃软不吃硬的脾性。不然的话,他根本不可能让于澄知道这件事情。

这一场谈话,是他身为继父最体面的做法,也有利于他与江眉颜的长期感情。

能做到爱屋及乌,是他面对自己心爱的女人和别人生的孩子,最大的努力了。

他可以将于澄视如己出,但也还是想和江眉颜有一个孩子。

许光华轻叹口气:"于澄,你是个很聪明的孩子,叔叔惭愧。"

于澄略微点头:"如果没有别的事,我先回去了。"

转身离开之际,她听见许光华在身后平静道:"我们商量过了,你妈妈名下所有的资产,以后都是你的。你哥哥的未来规划是当律师,这点我不干涉。如果你愿意,我的产业也会有你的一份。别让你妈太操心,她这两年身体不好,这次回来,就留在这边常住养胎了。"

于澄一怔:"好。"

许光华将手头的邮件处理完,回到房间,就见江眉颜坐在阳台上拿着相册翻来覆去地看。

夜风微动,江眉颜身形纤柔,一身碧绿色针织裙,长发松松地绾成一个发髻搭在脖颈上。

岁月从不败美人,这话不假。

"怎么了?"许光华走过去,靠近她搂住她的肩膀问。

江眉颜摇头,指尖点在相册上:"没什么,就是今天见到一个孩子,觉得有些面熟。"

"面熟?是在哪儿见过?"许光华转过身,拿过一条薄毯披在她的肩上。

"不确定。"江眉颜皱起秀眉,想了一会儿还是拨打了一个电话。

"喂,老张,还记得咱们前年参加的贺老的寿宴吗?贺老是不是说自己有个孙子,还给我们看了照片?

"嗯,是的,今天突然想起来。想问问,他现在是在南城读书?

"好的,我知道了,谢谢。"

江眉颜挂断电话,有些无奈:"澄澄她,真是给自己惹了个麻烦。"

江眉颜刚回南城,这几天上学放学都是让许琛开车接送于澄,等到这阵热乎劲儿过去了,江眉颜便每天养养花、看看景,也懒得过多管束于澄了。

所以,当于澄晚自习下课,继续找贺昇放学一起走的时候,才发现贺昇不知道什么时候买了辆自行车,不带后座的那种。

于澄心里挺不爽,不知道用什么理由能在放学后这段时间再缠着他多待一会儿。

"自行车?"赵一钱"喊"了一声,一脸"这点小事也值得你愁半天"的表情鄙视地说,"这还不简单,给他车胎放气不就得了。"

于澄白他一眼:"不好吧……你确定不会被打死?"

赵一钱点头,摆出一副不要脸的模样:"附中学子几千人,他怎么知道谁放的?放心吧澄子,就听我的,这样办。"

说完给了于澄一个"信哥们儿得永生"的眼神。

于澄在心里琢磨一下,觉得赵一钱说的也有点道理,点了头:"行,那就照你说的办。"

戳人车胎这种事,于澄手生,第一次还是得拽着赵一钱一块儿过去。

教学楼旁边路边的车棚是走读生停自行车的地方,傍晚,光线昏暗,于澄领着赵一钱,找到高三八班的停车位,准确地找到了那辆宝石蓝的自行车。

赵一钱鬼鬼祟祟地猫着腰,忍不住"啧"了声:"好车啊澄子,我突然有点心疼。"

于澄不懂这些,拿出把美工刀:"行了,别磨叽了,说吧,怎么搞?"

赵一钱说道:"找个能戳得动的地儿,用力一扎就完事儿。"

于澄:"这么简单?"

"就这么简单。"赵一钱点头表示肯定。

"行吧。"于澄推出美工刀前头的刀刃,抬手摸了摸轮胎,用手指往下按,随口点评一句,"还挺结实。"

"喂。"赵一钱看着都有点眼红,对这位姐无语了,"四万多一辆,不结实点对得起人民币吗?"

于澄侧过脑袋,用脚踢了踢那辆车:"噢,那确实不便宜。"

"……"赵一钱叹口气,"姐,你能换个词吗?不是不便宜,是挺贵。"

"听着都差不多。"于澄边说边弯腰,将美工刀扎进轮胎,用力一拔,车胎的气立马泄漏了出来。

"好了?"赵一钱问。

"不然呢？"于澄抬头，轻飘飘地睨他一眼，"还给它削朵花出来？"

赵一钱："……"

两人大功告成回到教室。晚自习下课，于澄靠在走廊上，等着贺昇的课结束。

天气渐冷，她还是穿着短裙，一双腿又长又直。贺昇背着单肩包，自然地朝她走过来："等我？"

于澄点头："嗯。"

贺昇照旧一副垂着眼的懒散样，点了下头："那走吧，陪你到山中北路那儿打车回去。"

于澄随口问："你今天不是骑……"

贺昇垂下眼，下巴抬起，深褐色的眼睛看向她："怎么了？"

于澄心虚地低下头："没什么。"

两人走到花坛边上，贺昇口袋里的手机振动了一下，拿出来一看，是沈毅风发了消息过来，还拍了张照片：服了，哪个畜生划的车胎！

贺昇点击图片，能清晰地看见他那辆自行车的车胎瘪下来，露出一个口子。还没回复，对面又"嘟嘟嘟"发过来好几条。

沈毅风：这可是我昇哥特意从京北托运过来的啊！

沈毅风：十多万的顶配版本啊！！

沈毅风：我跟这畜生不共戴天！！！

贺昇：……

"有事？"于澄看他一直在看手机，问道。

"没事。"贺昇摁熄屏幕，随手收起手机放进校服裤兜里，抬头看了眼一旁的饭店，问她，"饿吗？"

她晚自习跟着许颜吃了不少零食，并不饿，但还是点了头："是有点，一起吃点？"

"嗯。"贺昇点头，率先抬脚往店里走去。他跟沈毅风几人来这儿吃过，一般也就是这个点，这个点人少，白天都是满座。

店面是玻璃推拉门，里面还有一层厚厚的草帘，主打地锅稻田鱼，装修都是稻田的风格。

两人一块儿推门进去，扑面而来的鱼的鲜香气味夹杂着火锅的香烈辣味，是于澄喜欢的口味。

贺昇自然地抬起一侧手臂，架起草帘让于澄先进去。

等他放下门帘，也转身走进去的时候，就见于澄呆在原地，头顶的排气扇"呼啦啦"响着。正对着大门的一桌，坐着陈宏书、徐峰，还有年级里的另外两位男老师，正坐在一块儿吃着鱼，喝着酒。

于澄僵硬地扭头："我们还吃吗？"

话没说完，贺昇立马转身，拽着于澄的手腕大步走了出去。出了门径直走了几十米，一直转过路口的街巷才停住脚步。

两个人都喘着粗气，于澄看着自己被他紧紧攥在手里的手腕，突然靠在水泥墙上笑起来，扶着电线杆笑得直不起腰："昇哥，你耳朵红了哎。"

贺昇绷着嘴角，面无表情地松开手，模样矜冷又可怜。

"为什么耳朵红？"于澄笑红了眼角，眼尾带上几分热意，忍不住踮起脚在他耳边轻轻吹了一口气，"是心虚吗？我的大学霸。"

在那个夏末秋初的夜晚，周边车水马龙，人声鼎沸，街边小摊的香气飘得很远。

贺昇的心跳狠狠地漏了一拍。

贺昇想往后退，又觉得避无可避。

她又得逞了，笑得比刚刚还放肆。

周日休息的时候，于澄早上八点就被江眉颜喊起来吃早饭，自从她回来后，于澄觉得自己的作息变得比八十岁老太太都要有规律。

难得今天许琛没去律师事务所，许光华也暂时将部分工作推给助理，在家陪江眉颜打发时间。

于澄窝在房间里一上午，刷完贺昇给的试卷，又磨了一杯咖啡端着到阳台晒太阳。

她不怕冷，穿了一件T恤、一条短裤，两条长腿搭在躺椅边，阳光照在上面白得晃眼。

江眉颜穿着舒适的棉麻居家服，也坐过去，靠到于澄的身边，撑开一旁的遮阳伞，在躺椅上调整了个比较舒服的躺姿。

玻璃阳台外盆景里的一丛蝴蝶兰开了，秋天已经到了，于澄的生日也快到了。

江眉颜开口问道："下个月就是你十八岁生日了，想好怎么过了吗？"

于澄对过生日这事没什么热情，随意道："随便过吧，吃顿饭就行。"

江眉颜不喜欢她那种无所谓的态度，还想劝："请朋友来家里吧，开个派对都行，妈妈又不是老顽固。"

"别了。"于澄一口否决，"不自在。"

她是真没想法，对过生日没打算，也没什么想要的安排。

江眉颜想了想："好歹是十八岁，应该隆重些，本来该办生日宴和成人礼的，但你又不愿意。好好想想，和朋友出去玩还是在家里过，都可以。"

于澄只好敷衍地先应下来："好。"

她整个人放松下来，眯着眼忍不住想，她办生日宴，请谁？

亲爸那边的，亲妈这边的，还有和许光华沾亲带故的一群人？

这三伙人凑到一起，她真怕打起来。

因为下午许光华要带江眉颜去医院做检查，于是送于澄回学校的任务安排给了许琛。

于澄刚坐上许琛的超级跑车，就觉得车里有一股香水味，若有似无的，还挺勾人："车里什么味？你拐骗无知少女了？"

许琛开着车，看着前方："……不是。"

"噢，那是谁？无知少男？"于澄乐不可支。

"什么乱七八糟的，就一朋友。"许琛敷衍地回。

"噢，行吧，没意思。"于澄边回话，边随手拉开面前的储物箱想找瓶饮料喝。

"……"

她面无表情地将里头那盒东西拿出来，扔到许琛腿上："你们在车上？！"

"停车！这车脏了！我要下去！"

前面正好是一个红灯，许琛停车反手立马捂住于澄的嘴："我的亲妹妹，睁开你的眼看看行吗？这包装都没拆！"

于澄这才镇定下来点，瞥了一眼，确实是没拆封的，她伸手打掉他的手："那你也是作案未遂。"

"呵。"许琛冷笑，"我正儿八经谈的女朋友，那是确定过关系的。你跟我说说，什么叫'作案未遂'？"

于澄好整以暇地看着他。许琛这人吧，虽然天天花里胡哨的，不着调，但确实是一把年纪了还没正儿八经谈过恋爱，在他那圈子里也算是个"人间奇葩"。

许琛将那盒东西放回去，转动方向盘："回家后别瞎说。"

"嗯？为什么？"于澄不解，望着他的动作。

这是还得留着以后再用。

"没有为什么。"许琛看上去莫名有点烦躁，"我还没理清头绪呢，别拿这事烦我。"

"哦。"于澄状似无意地补刀，"看来目前感情还不和睦。"

许琛："……"

离运动会开始还有不到两周时间，学校特批参加比赛的运动员可以自主在第一节晚自习去操场上练习，这对十八班来说是个好消息。

王炀去隔壁班借了个篮球，准备先打两场再去练项目："哎，澄子，你这就开始练了啊？"

于澄点头："嗯。"

女子三千米的参赛名单她看了，得提前练了心里才能有底。她耐力好，肺活量也够，算是有优势。

几人勾肩搭背地去了球场，于澄一个人在原地，将外套脱下，只留贴身的黑色运动背心，一只手将散在肩头的头发捋顺，扎起个高马尾。

来操场上训练的学生不少，高一、高二、高三的都有，人来人往。于澄一个人在主席台这边，来来往往的人皆要回过头看两眼。

顶着这张漂亮的脸，走到哪儿都很难不被人注意到，何况她本身就有些名气在外，不论名气是好是坏。

于澄稍微活动几下筋骨便站上跑道，跟在球场的几人挥下手，用手表设置计时，然后风一样地冲了出去。

贺昇到了操场看见的就是这样一副场景。

天边大片的晚霞和落日交相辉映，主席台国旗飘扬，于澄扎着高马尾，白皙的脸上透出淡淡的红色，运动背心勾勒出少女的身形，在跑道上鲜活又张扬。

"于澄也在啊？她参加什么项目？"沈毅风歪着头往于澄那边望。

"不知道。"贺昇低下头不知道在想什么，在于澄要过第二个弯道的时候，抬腿跟了上去。

于澄没停，继续向前跑，耳边传来贺昇低缓平淡的嗓音，安抚下去她大半的躁意："不要急，匀速，调整呼吸。"

晚风夹杂着秋日操场的青草气味，于澄大口大口地喘着气，抬头看向他。

三千米要跑七圈半，算是于澄的极限，到了第五圈她开始胸口发疼，呼吸都带着灼热感。

贺昇看出来了。

球场那边,祁原投的一个球准确无误地砸进球筐,转身就看到了跑道上的两道人影。

"怎么了祁哥?"

"没事,你们继续,我歇会儿。"祁原将球抛过去,一个人走到球场边缘,拿过一旁的纸巾擦了擦手。

天边夕阳还没完全落下,祁原靠在铁丝网上,看他们肩并肩地向终点冲去。

王炀走到他身边,拍了下他肩膀。

"怎么了?"祁原回过头。

"不过去?"王炀朝跑道上示意。

"呵。"祁原自嘲似的轻轻笑一声,"算了,随她吧。"

跑步结束,缓步走完半圈后,于澄张开双臂,倒在操场上,大口大口地呼吸着新鲜的空气,胸部剧烈起伏着。

她的碎发被汗水打湿,湿漉漉地粘在脸颊和脖颈上,几滴汗顺着细白的脖颈流到衣领里。

她根本不知道自己这会儿是个什么模样。

身边人来人往,贺昇居高临下地看着她,伸手脱下外套,对着她兜头扔了过去,盖住那张祸水似的脸。

"怎么了?"于澄拉下外套,坐起来皱着眉头问。

贺昇迈步转身离开:"没什么,跑热了,去买瓶冰水。外套帮我带回去。"

"……"

因为要开运动会,这段时间的操场每天都人满为患,到处都是奔跑的身影和欢声笑语,青春的气息荡漾在空气里。

平时每天都是满满的课和写不完的作业,所以偶尔的活动大家就显得特别积极。

接下来的日子于澄几乎每天都来跑几圈,贺昇偶尔也过来一起跑。

两周的时间一晃而过，秋季运动会正式开始，一共开两天。正值"秋老虎"的天气，平时坐在教室里不觉得，到操场上晒一会儿就觉得热得受不了。

上午先是运动会开幕式，开幕式结束便开始各项运动的比赛。

十八班来得早，占了一块还算阴凉的地盘，徐峰开车到校外给班里同学买来功能性饮料和葡萄糖，屯满一整个箱子，喊了两个男生过去搬。

许颜拿着班级运动员的名册，一个个地核实项目。

"赵一钱，你等会儿十点半跳远，别忘了啊！休息休息，热热身，就去签到、领号码牌。"

"好，忘不了。"赵一钱乐滋滋地应着。

上午有项目的同学她都挨个通知了一遍，许颜才有空坐下来喝口水，休息休息。

第一个参加比赛的是赵一钱，班里同学都去给他加油助威。齐荚一边充当后勤部长一边还得马不停蹄地写加油稿送到广播站，给班级同学加油助威。

"累死我了，喉咙都喊哑了。"许颜趴在于澄大腿上叹气，"要不是我死死盯着，赵一钱那傻瓜就该错过了。拿了个第二名，还不错。"

"辛苦辛苦，来，喝口水。"于澄拿过一旁还未开封的矿泉水，拧开递过去。

许颜接过来"咕咚咚"灌了一大口，喝完继续趴回去。

今天上午主要是短跑、跳高、铅球之类的项目，有的人报了不止一项，像长跑这种参加完人基本就麻了的项目，都放在第二天。

于澄只报了个三千米，今天没有要参加的，这会儿悠闲地看比赛就行。

许颜趴在于澄嫩白的腿上，望着下方操场，突然眼睛一亮，开口道："咦，你看那是不是八班？"

于澄扬眉，看过去。

秋阳当空，热风拂过，操场上，几个男生站在一起，贺昇一身白色运动服，正在偏着头和人说话。

像是感受到于澄的目光，贺昇突然转过头，隔着半个操场，视线直直地和于澄的碰撞在一起。

于澄朝他明媚一笑，双手比作手枪，推拉一下，帅气地"打"过去。

一上午过去，操场主席台上方的大屏幕实时播报，每个班级的积分都在上面，目前十八班以四十六分位居第一，一班三十六分紧随其后。

齐荚看着下午的项目和名册，有点担忧地对王炀说："下午四百米预选赛你和一班的是一组，能进决赛就行，先保留体力，决赛再发挥。"

一班选手是本部的，以前没在一起比过，根据上午的成绩来看，是个不能掉以轻心的对手。

"行，班长。"王炀点头，"肯定给你赚积分回来。"

"嗯。"齐荚腼腆地笑笑，"也不要有压力，尽力就好，有需要帮忙的尽管告诉我。"

"有啊。"祁原从后面走过来，将下巴搭在王炀肩膀上，眼里带着点笑意，"明天男子长跑，能组织个啦啦队吗？贼拉风的那种。"

"这个……"齐荚有点为难，艰难地问道，"要、要多拉风啊？"

"逗你的。"祁原一脸坏笑，露出小虎牙，"怎么说什么你都信？是不是傻？"

"嗯？"齐荚不明所以地看着他，脸颊升起一层热意，声音放得更低，"抱歉啊，我没理解你的意思。"

祁原吊儿郎当地拍拍王炀的肩，意有所指："得，还真是傻的。"

王炀也忍不住跟着笑起来。

两人勾着肩转身离开，齐荚低下头，望着手里的名册，心里涌起难以言喻的失落。

四百米预选赛比赛开始，除了王炀，于澄还看见了沈毅风。枪声响起，运动员们冲出起跑线，王炀一马当先地领跑在第一，沈毅风却只在最后堪堪入围。

下了跑道，沈毅风沉着脸走回班级休息处，拍拍贺昇的肩，下巴往前方指了指："四班的手脚不干净，跑八百米的时候注意点。"

"眼不瞎，看见了。"贺昇皱眉。

四百米拼的是短程爆发力，沈毅风的水平不说拿第一那也出不了前三。刚才他看得清清楚楚，四班前三名有一个，后面还跟着一个，只要沈毅风想冲刺，另一个人就会直接上来卡位。

爆发力这东西靠的就是一口气，断了，再怎么使劲儿也接不上了。

沈毅风话虽这么讲，但没想到他们真敢把这种伎俩继续用到贺昇身上。

从枪声响起的那一秒，贺昇就几乎是被人贴着跑，但由于没有直接的身体接触，并不能判定犯规，最后他是擦线进入决赛。

"你故意的是不是？"沈毅风冲上去就要动手。

孙铭拉了拉身上的运动服，抬起下巴，看他的目光不屑："怎么？要打我？我没犯规，裁判都没说话，你乱喷个什么劲儿？"

沈毅风攥着他的衣领不说话，胸口剧烈起伏。

"还真是个出头鸟。"孙铭轻蔑一笑，一点点掰开他的手，凉声道，"运动会期间，打架违规一律取消参赛资格，你想试试？"

"你说什么？有种再给我说一次！"沈毅风抬手就要一拳挥上去，半路又被挡下。

贺昇冷冷地站在一侧，放下沈毅风的手："怎么？还真不想跑了？"

像是被兜头浇了一盆冷水，沈毅风气得牙痒痒。

孙铭看了贺昇一眼，收敛了几分嘚瑟的表情。看着孙铭小人得志跟人炫耀的背影，沈毅风有些恼怒："我就是看不过去！怪不得这人次次考试万年老二，活该被你压一头，卑鄙无耻的东西。"

"嗯。"贺昇目光不善地看过去,"啧"了声,"没什么看不过去的。这种人,就得让他输得心服口服才行。"

操场上的人来来往往,气温到了中午越来越高,领号台这边,于澄坐在临时搭起的蓝色帐篷里,看着面前的男生忙前忙后。

"哎澄姐,这是水,这是小风扇,我朋友不知道闹个什么劲儿,我得过去帮忙。辛苦你了,替我看一会儿。"男生一边把东西给于澄摆好一边道。

于澄翻开签到表,指甲在八班那一页往下滑,终于看见了那个名字:"哦,没事,你去忙吧,不急。"

"谢谢姐,你真是我亲姐!"男生说完一溜烟地跑走了。

于澄拿出手机对时间,贺昇参加的项目是跳高和八百米,预选赛刚过,下一场决赛要在最后进行。

这会儿离跳高项目开始还有三十分钟,他等会儿就得来签到、领号码牌。

一阵风吹来,几张纸被吹得卷起一角,沙沙作响。贺昇到的时候,于澄正捧着脸坐在那儿,笑吟吟地看他。他的号码牌被单独挑出来,荡来荡去地勾在她的指尖。

"名字,项目。"于澄摆出一副例行公事的姿态。

"贺昇,跳高。"贺昇嗓音微低道。

于澄装模作样地在签到表上打了个钩,继续问:"那请问贺昇同学,这次的跳高比赛,大概能拿个什么名次?"

贺昇挑眉:"第一。"

于澄抬头,睫毛动了下:"这么确定?"

"嗯。"

于澄把号码牌展开,是"027"号,大红色的字。

她递过去,眼中笑意更深:"二十七号选手,祝你旗开得胜。"

"谢了。"贺昇接过号码牌,低下头,用别针固定在T恤前。

一轮比赛结束后，要由记分员统计成绩，然后汇总到主席台那儿排名，最后再将名次传到广播站，宣读成绩。

于澄答应替人值岗，走不开，只听广播里字正腔圆地播报着："高三组男子跳高比赛，第一名，高三八班贺昇。"

……

第一名还真是他。

于澄懒洋洋地唏嘘着。

附中运动会的领奖台是几个蓝色大箱子搭起来的，平时就收在体育器材室里落灰，所以怎么看都透着股寒酸，不符合南城附中这样一所百年老校的格调。

所以贺昇站上去的时候，那张脸多少给领奖台镀上了一层金光。

除了最后年级、班级之间的评奖，其他个人单项奖都是随时比完随时领。前三名上去挂个奖牌，体育老师和班主任"咔咔"拍几张照片留念，跟流水线似的。

于澄远远看着贺昇拿着金牌给他们班班主任充当工具人，冷着一张脸。知道的是他不想笑，不知道的还以为他是来找事的。

于澄拧开水喝了两口。因为运动员比赛完要拆下号码牌归还，贺昇下了主席台就朝这边走来。

她笑意盈盈地看他，竖起大拇指："恭喜啊，第一名。"

"谢谢。"

贺昇穿着白色运动服，因为一上午的活动已经微微被汗浸湿，透过布料，隐约能看见他腰间的肌肉线条。

这叫什么来着？

哦对，人鱼线。

于澄在心里想。

小腹上的视线太过热烈，贺昇装不下去了，抬眼，视线轻轻扫在她身上："口水擦擦行吗？"

"嗯？"于澄眨眼，抬手摸了摸嘴角，"没流出来吧？"

"……"

话说出口的一瞬间，于澄看见贺昇的表情似乎有点绷不住。

本来挺想逗逗他的，但她不知道为什么，耳朵"腾"地一下红透了。

贺昇眉梢稍扬，盯着她看，追问："你脸红什么？"

于澄脸颊发烫："我没流口水。"

贺昇似笑非笑："腹肌好不好看？"

这下于澄更没底气了，认命地回："好看。"

于澄不敢抬头了，觉得贺昇这人简直邪乎，平时怎么逗他都好，但只要他跟她认真对上视线，她就总觉得自己被压一头。

她转移话题："这金牌真好看。"

这话没乱说，她觉得贺昇可能戴条狗链子都是帅的。

"没拿过？"贺昇问。

"是啊。"于澄点头，看着金灿灿的奖牌，"不知道明天能不能也拿一个。"

还没反应过来，于澄就感觉到脖子上被套了个东西。

她愣住。

"送你了。"贺昇将奖牌取下来，随手挂她脖子上，薄薄的眼皮抬起，看得人心痒，"这玩意儿我多的是。"

天太晒，不少人都躲到看台背面去，那边常年背阴，墙皮上都生了层苔藓。

贺昇回到班级休息处，沈毅风立马凑上来："咦？贺昇，你金牌呢？"

"送人了。"贺昇随意道。

"送人？"沈毅风怀疑自己的耳朵听错了，不敢置信道，"刚拿到的奖牌，还没焐热乎就送人了？"

"嗯。"贺昇点头，拿起箱子里的一瓶矿泉水拧开喝了一口。

"你高一到这会儿就参加了这一届运动会，就拿了这一块金牌，你还送人了？我还没摸到呢。"沈毅风痛心疾首，"说说，送给谁了？"

贺昇抬起眼皮淡淡地看他一眼，吐出两个字："于澄。"

沈毅风突然觉得空气变成零下三十多度。

怪他多嘴，他就不该问。

一天的比赛结束，晚上于澄洗完澡，穿着黑色睡裙走出浴室，踮起脚关上飘窗。这会儿早就不是夏天那温度了，白天还是热的，夜里风都是凉的。

白天贺昇给她的金牌被放在书桌上，似乎还带着秋日操场的青草味，于澄把它拿起来，拍了张照片发朋友圈。

You are always the best.

你永远是第一。

赵一钱评论得最快：哟，金牌？澄姐今天参加了项目？

没过几秒跟评了第二条：男子跳高组第一名？？

紧接着第三条：贺昇？？？

于澄垂着眼，嘴角带着笑，回复：嗯。

她把那块金牌挂在床头的金色挂钩上，在睡前的最后五分钟，她终于在朋友圈上面的点赞消息列表看见了那个头像。

第二天上午，先是进行男子四百米决赛，然后是男子八百米决赛。

八百米刚点名预热，操场边就围了一大堆人，声音一浪高过一浪。

贺昇和孙铭都在这场比赛中，虽然孙铭人品不太行，但长得还算不赖，也有那么一群小女生追捧着。

都是天之骄子，谁被谁压一头都不服气。

"贺昇，你等会儿注意点啊，孙铭那小子指不定使什么阴招呢。"沈毅风有点担心，"谁给你递水都别要，知道吗？"

贺昇无所谓地笑一声："怎么？怕我被毒死？"

"哎，我认真的。"沈毅风眉头皱成一团。

平常大家参加运动会当然就是图个热闹，但像贺昇和孙铭这样的拿分数的大佬，不管荣誉大小，都是最后可能拉开总分差距的关键人物。

附中年年都有保送京大的名额，除了看成绩，就是看这些素质分。贺昇是不在乎，但不见得别人不在乎。

"知道了。"贺昇被念叨得不行，只能点头。

八百米决赛开始签到。

于澄走到主席台上临时搭建的广播站，让人给她让了个座。

白色的发令枪枪声响起，几乎是从起跑的第一步，贺昇就和后面的人拉开了距离。

观众席开始沸腾。

八百米比的也是爆发力，跟四百米相比，更考验爆发力的持久性。

贺昇一身黑衣黑裤，就像于澄遇见他的那晚那样。少年的碎发被风撩起，T恤里灌满了风。第二圈开始了，他已经领先第二名一大截。

可他还在加速。

沈毅风傻站在原地，他终于明白这人为什么能这么淡定。

因为有资本。

孙铭跟在后面连他的人影都追不上，想耍手段都没那个机会，他根本没什么担心的必要。

贺昇逆着光飞跑，耳边只有风吹过的呼啸声。

整个操场鸦雀无声，像是开水沸腾前的平静。

于澄看着操场上的那个黑色人影，距离终点还有五十米，三十米，十米……

在贺昇即将跨过终点的那一刻，她拿起话筒，清晰的声音传遍附中的每一个角落——

"恭喜高三八班的贺昇同学，八百米第一名！"

整个观众席开始喝彩,爆发出巨大的欢呼声。

贺昇越过终点,转身,冷淡的眼神朝后看,接着两指并拢举到额前轻轻扬起,一边倒退一边潇洒地朝还在冲刺的男生们敬了个礼。

已经没人关注后面的排名了,全场的注意力都在贺昇身上。

"这敬礼不错啊,致敬老詹!"有个男生一拍大腿。

"天啊,好帅啊!他是谁啊?"有个女生一个劲儿犯花痴。

"贺昇,本部高三的。"旁边的女生好心告诉她。

一时风头无两。

中午吃饭时,许颜在于澄耳边意犹未尽地感慨了一路:"天哪,可太牛啦!贺昇那速度真是绝了,帅哥真是连跑起来都是帅的!"

"嗯。"于澄嘴角勾着,避开熙熙攘攘的人群。

因为下午后半场比赛的时间离得近,中午休息的时间不长,大多数学生都在食堂直接解决午饭。

两人到打餐口排队,许颜依旧沉浸其中,顶着那张清纯无害的甜妹脸,对于澄悠悠道:"这样看,贺昇体力是真的好。"

于澄靠在她肩膀上勾着唇,捏着许颜腰上的软肉笑了半天,才回了句:"不然他也太弱了。"

正巧刚到旁边排队的某人:"……"

沈毅风憋笑憋得脸都红了。

这俩姑娘说话真是一点都不客气。

贺昇顶着张面无表情的脸,冷冷地朝他看。

沈毅风实在是憋不住了:"对不住啊贺昇,哎哟,我的肚子……真是太好笑了,哈哈哈!"

于澄听见声音回过头来,她没想到贺昇也过来了,正排在旁边的队伍里,觉得挺巧:"嗯?你们也来食堂吃饭了?"

"嗯。"贺昇点头。

那边的队伍从她们来的时候好像就没动过,于澄招手:"来我这儿排吗？我这儿快。"

贺昇懒懒地抬起眼皮看她一眼，随口道："不用了，我体力好。"

于澄："……"

她默默转回去，尴尬得想把头剁掉。

"妈呀！哈哈哈，笑死我得了！"沈毅风半天都没直起腰。

四人打好餐，走到一张桌子旁坐下来，于澄坐在贺昇的对面。

于澄捧着脸，喝着顺手买的橙汁，静静看着贺昇吃饭。桌子下，于澄抬起腿，故意地轻轻蹭了他一下。

贺昇身体一僵，抬头："怎么，不看我吃不下去饭是吗？"

"是啊。"于澄一个劲儿地笑。

贺昇伸手，拿过那杯橙汁，杯口被罩在手掌下，他整个身体往椅背上一靠，老神在在道："来，我坐在这儿看着你吃，你使劲儿吃。"

他把于澄的餐盘往前推，一字一句地说："吃干净，一粒都不许剩。"

于澄："……"

后半程于澄老实很多，吃完了饭一伙人一块儿回操场。

运动会就只剩半天，没想到就这半天，还出了件大事。

眼看着进入运动会的最后阶段，大屏幕上的成绩不知道被刷新了多少次，一班第一，十八班从第一掉到第二，八班靠着贺昇得的两个第一名升到第三。

下午只剩长跑和接力赛，排名前三的班级差距不大，没人拿得准哪个班最后能得第一。

偏偏中午在看台后面休息的时候，祁原一伙人跟一班的撞上了。

看台后面有几张乒乓球桌，因为这里是阴凉处，平时上体育课就有人爱躲在这儿，更何况是运动会。

十八班去得早，有一两张球桌已经有人坐着了，他们差不多二十个人，几个人一张球桌，占了三四张，一班人到的时候，就只剩两张球桌空着。

本来没什么事，先到先得的道理三岁小孩都懂，偏偏一班的非得要他们让一张出来。

这桌子也没刻谁的名字，更何况十八班也不是肯吃亏的主。

一群大老爷们儿，谁都不乐意挤在一块儿。

赵一钱没想着把事情闹大，把道理跟他们讲了一遍，一班的人也自知理亏，没什么话能说回去。

人都要走了，偏偏队伍里一戴眼镜的嘴欠来了句："成绩烂得吊车尾，体育也比不过我们，真不知道是一群什么样的垃圾。"

小眼镜的话最后一个音刚落，一瓶水就直直照着他脸砸了过去。

"啊！"小眼镜吓得后退一步，还好刚刚偏了一下头，不然真被砸到，鼻梁骨非断了不可。

"你有种再说一句。"祁原从球桌上跳下来，眼睛盯着对面。

小眼镜被那眼神吓得话都说不利索，但不肯服软："说、说你怎么了？说得不对吗？本来就学习不好，体育也不行。"

"我说最后那两个字。"祁原舌尖轻舔了下唇，"来，再给我说一遍听听。"

小眼镜梗直了脖子，红着脸："垃、垃圾。"

"垃圾？"祁原抬腿一脚踹上去，小眼镜被踹得一屁股往后坐，还好身边有几个人托了下才没摔地上。

"祁原！"赵一钱拽住他，搂住他的腰，"冷静啊哥！"

"我今天不把你打死，我随你姓！"

祁原往前挣，王炀和赵一钱在后面死死拉着。

小眼镜被吓得瘫坐在地上，他根本没碰上过这样的人，更没遇到过这样的阵仗。旁边的几个同学也愣在原地，不知道怎么插手。

"你发什么愣！道歉会不会！"赵一钱扯着嗓子喊，"脑子进水了是不是？"

小眼镜这才反应过来，意识到自己惹了不该惹的人。

"对、对不起！"

"说完了就滚！"王炀皱着眉头大声道。

一班人火速离场，走的速度比跑的都快。

祁原他们以为这件事就这么过去了，哪知一班的人气不过，状告到了教导处。

下午后半场比赛开始前，徐峰冷着脸过来，班里还不清楚发生了什么事的同学都大眼瞪小眼，弄不清情况。

"中午参与打架的，都给我出来！"徐峰皱紧眉头看着坐在看台上的一群人。

"是我。"祁原站起来，眉眼深戾，走下看台，"没别人，动手的就我一个，其余的是拉架的。你该谢谢他们，不然今天真不是踹一脚这么简单。"

"你看你这副浑样，像什么样子！"徐峰被他那副样子气得血压都飙升。

"垃圾啊。"祁原轻声回答。

"什么？"徐峰以为自己听错了。

"垃圾。"祁原嘴角勾起嘲讽的弧度，"一班人的原话，我们班成绩烂得吊车尾，体育也比不过他们，真不知道是一群什么样的垃圾。"

祁原抬起眼皮，看着徐峰，冷冷地说："他骂我一句垃圾，我踹他一脚，也算不上过分吧？"

徐峰沉默半晌，心里一下子难受起来。过了会儿，他抬手搭上祁原的肩，点了下头："不过分。"

祁原诧异地看他一眼。

徐峰转过身，面向十八班的人群："咱们班跟第一名就差三分，下午的比赛好好比。"

他侧头看祁原："对你的处理后面再说。下午赢了，我就把那小子拎到班里给我们全班道歉。"

赵一钱激动得跳起来："老班牛啊！"

祁原伸出拳头，徐峰心领神会地抬拳跟他碰了一下，祁原说："谢了。"

"以后遇到事，别这么莽撞，年轻人收收脾气。"徐峰老神在在地转过身说道，"我在这儿是干吗的？就是给你们当靠山的。我们动手了，那就是我们理亏。以后再有这样的事情直接跟我讲，我给你们做主。"

"这是什么绝世好班主任，我要哭了。"赵一钱眼睛红通通的。

徐峰转身，边走边挥手："你们各自准备去吧，我去找一班班主任聊聊天。"

"恭送老班！老班威武！"赵一钱领头喊。

班里其他人也跟着喊，发自内心地服气："老班威武！"

后半场比赛开始的时候，十八班那一块儿的看台前所未有地热闹。除了运动员，所有人都到围栏边，拿着班级的横幅给同学加油。

"澄子，马上跑三千米了，加油啊。"许颜比于澄还紧张，握着瓶水让她喝也不是，不给她喝也不是。

于澄笑笑，轻描淡写地说："行了，有这工夫不如给我写两篇加油稿。"

许颜吸吸鼻子："写了，等会儿就拿去读。你放心，一定是最拉风的。"

"嗯。"于澄拍拍她脑袋，示意她先回去。

于澄脱掉外套，在操场边上进行热身运动，十指顺着黑发往后拢，扎起一个高马尾。

"于澄妹子报的三千米啊？"沈毅风坐在看台上往下望。

"嗯。"贺昇点头，望着于澄热身的动作，眉头皱了下。

三千米比赛即将开始，于澄过去站在起跑线上准备。

大屏幕上，现在十八班和一班的总分只差三分，除去长跑会造成的分差，就只剩一场接力赛。

于澄没别的想法，这分不能在她这儿被落下。

十八班的人像是打了鸡血一样呐喊，赵一钱、王炀几个人撑着横幅拉在最显眼的地方，横幅上就打了四个字：澄子最牛。

"……"

赵一钱几个人一直喊她的名字，于澄站在起跑线上理都不想理。

这横幅不知道是谁找人做的，她真想冲过去问问这几人，做横幅是按字数收钱的吗，就舍得印四个字。

蠢到家了。

观众席一阵躁动，争先恐后地伸脖子往后看，那横幅比附中挂在大屏幕下方的总横幅还长。

于澄不得不承认，虽然蠢，但排面挺足。

于澄深吸一口气，秋末的爽意灌入五脏六腑，枪声响起，于澄跑得很顺利，一直领先。

三千米一共要跑七圈半，体育老师在旁边给每个运动员计圈数，她在第一的位置上，耳边只有自己的喘息声，前方是蜿蜒的一眼望不到头的跑道。

只要往前跑就行了。

时间一点点过去，等到了第五圈的时候，明眼人都能看出来于澄的速度开始慢慢下降。

"澄姐怎么了这是？速度怎么慢这么多。"赵一钱踮着脚边看边问。

祁原皱着眉，也弄不清楚状况。

长跑重要的是匀速，速度快后面容易体力不支，速度慢的话随着过程中长时间的消耗，后面也不可能再有力气赶上去。

好几次身后的人要追上来，于澄又咬着牙往前跑拉开一段距离。

小腹传来的痛感让她面色发白。

明明已经吃了两粒止痛药，怎么还这么疼？

她现在就一个念头，往前跑，别停下来。

停了就没劲儿了。

慢慢地,疼痛感加体力不支,景物开始在于澄眼前虚化又清晰。突然,观众席沸腾起来,于澄没有多余的精力去管发生了什么,但她知道身边有人在陪着她跑。

"我在这儿,陪你一起。"

并肩而行的两道身影映入附中每一个人的眼里,这场景直到多年后他们谈起来也是一阵感慨。

徐峰坐在主席台上,不自在地咳嗽一声:"看来我们班于澄同学,跟年级第一名的关系还不错。"

陈宏书:"……"

徐峰拿起大喇叭,站起来热血沸腾地喊着:"于澄加油!好样的!"

跑道的尽头是终点。

于澄拼尽全力跟着身边那道人影,第一个冲过去。

十八班一阵激动地叫喊,于澄眼前发黑,心脏剧烈地跳动着。跨越终点线的那一瞬间她两条腿软得一点力气都没有,直接栽倒在贺昇怀里,说不出话来。

她难受地掐着贺昇的小臂,疼得浑身发抖,半天才说出完整的一句话:"贺昇,我疼。"

四周兵荒马乱的,一阵骚乱,有人喊老师有人喊叫救护车。于澄晕了过去,等到她再睁开眼的时候,人已经在医院了。

窗外天色已经黑下来了,她躺在病床上,一只手打着点滴。

于澄动了动嘴唇,感觉嗓子在冒烟,扁桃体很疼。房间里没人,她抬手拿到床头的一杯水,勉强撑起胳膊喝了两口。

手机不知道放哪儿去了,房间里静悄悄的,于澄挣扎着坐起来,捏了捏眉头,她能感觉到自己现在很虚弱,但除了这个感觉,其他一切都很好,肚子也不疼了。

而且她记得她跑三千米得了第一。

她可真厉害。

夜风吹进来，窗帘微微晃动，病房的门被敲了两声，值班护士推门进来。

护士手里拿着两瓶药水，将已经滴完的瓶子摘下，一边把新的挂上去一边说道："你是痛经加体力透支晕倒的，刚刚给你输了止痛的药水，这两瓶葡萄糖滴完就能回家了。"

"好，谢谢。"于澄点头，"请问来这里的除了我还有别人吗？我手机不在身边，不方便联系人。"

护士低头看她一眼，虽然于澄此时因为体力透支，脸色透着病态的苍白，但她是标准的浓颜系长相，哪怕什么都不涂素面朝天，也是个活脱脱的美人坯子。

护士不咸不淡地回道："出去买吃的了，马上就回。"

"噢，好。"于澄又靠回床上去。

护士换完药水，瞥一眼她那六神无主的样子，阴阳怪气道："你那男朋友还挺能折腾的，一个低血糖还非得把我们科主任给喊过来。"

于澄大概知道是谁陪她在医院了。

两人都没穿校服，被人误会也正常。

她淡淡地上移视线，第一回正眼看过去："他不是我男朋友。"

护士眼前一亮，声音都忍不住染上几分期待："真的？"

"嗯。"于澄嘴角微勾，轻轻笑一声。

护士还没来得及暗喜，又听见于澄不咸不淡地补充了一句："他是我未婚夫，见过家长双方都特满意的那种，明天就去领证。"

"……"

护士黑着脸离开，最后连拔针都是换另外一个人来的。

贺昇买完东西回到病房，手里拎着一个黑色塑料袋和一份粥。

整个房间只开了一盏暖黄色的床头灯，于澄靠在枕头上看着窗外发呆，模样特可怜。

"醒了？"贺昇放下粥。

于澄转过脸来，带点迷茫地点头："嗯。"

贺昇不知道什么时候多穿了件棒球服，蓝白色、黑色的英文字母张牙舞爪地印在胸前，很衬他。他单手拖过来一把椅子坐到床侧，两条长腿屈膝伸在两边，伸手把粥打开，推到于澄面前："吃吧。"

他买的是牛肉蛋花粥，盖子掀开的一瞬间于澄就闻到香味了。

躺到这会儿，她上顿吃的早消化完了，这会儿饿得肚子"咕咕"叫。于澄拿起勺子，一口接一口吃得很满足。

吃完饭，于澄想起手机这回事，抬头问道："对了贺昇，你看见我手机了吗？"

"嗯。"贺昇从口袋里掏出来，扔到她身边，"你哥刚才打来电话，我帮你接了，他大概半小时后到。"

于澄拿起手机滑开屏幕，上面显示现在已经是晚上十点半了，怪不得许琛找她。

她点开通话记录，二十多个红色的未接来电，最上面的显示最近一次通话有二十分钟。

于澄纳闷地问："一句话的事情，你们怎么聊了这么久？"

贺昇抬眸，冷淡的表情终于变得有点柔和："不是聊。"

于澄："嗯？"

贺昇语气很平静，越是平静，于澄越是尴尬得头皮发麻。

"是你哥单方面骂了我二十分钟。

"不带停顿的那种，我连解释的机会都没有。"

于澄不好意思地看着他，表情看上去很真诚，解释道："这个，他是律师，口才比较好。"

贺昇："……"

于澄说完便低下头假装看手机，然后抬眼快速瞟一眼贺昇的表情，见他一脸的风轻云淡，才放下心来，这件事算是过去了。

等许琛来的空子，于澄一搭没一搭地找贺昇聊天。他有时候回应两句，有时候干脆就是于澄一个人自娱自乐。

于澄瘫在床上，望着天花板，觉得整件事都不可思议，忍不住问他："怎么是你陪我在这儿？陈主任该防我跟防狼一样才对，谁来陪我都行，就你陪我他不放心。"

贺昇平静地抬头，说道："他倒是不想，关键有人晕过去还拽着我不肯撒手。"

贺昇说着放下手机，卷起棒球服的长袖，手臂上露出几道抓痕，在冷白的皮肤上触目惊心。

"医生说抓得太厉害，还给我打了破伤风针，上了消炎药。"

于澄愣愣地看，脑子都是蒙的。

贺昇瞧她那反应，轻嗤一声："于澄，你属猫的？这么会挠人。"

抓人确实是她不对，就算情况特殊，这对贺昇来说也是无妄之灾，指甲印这么深，说不定都要留疤。

于澄低下头，乖乖地认错："抱歉啊，疼吗？"

贺昇懒懒地抬起眼皮，回了两个字："你猜？"

于澄不说话了，她闭嘴装死，老老实实地消停了一会儿。

门外走廊传来一阵脚步声，许琛推门进来，带起一阵风。

"给你能耐的，跑三千米还跑晕了。"许琛忽略贺昇的存在，站到她面前，看她这副惨样，一脸的不可思议。

于澄瞟见他手里的花，一阵唏嘘："就低血糖，你还特意给我买花了？"

"想得美。"许琛催促她动作快点，"这花是刚才一姑娘在门口硬塞给我的。我从桥北开车现赶过来，哪来的闲情给你买花，待会儿还有约会得赶回去。你没事了就赶紧起来，别磨叽。"

于澄慢吞吞地起身，从上到下地打量他："去约会你穿球服干什么？cosplay（角色扮演）男高中生？嫂子好这口？"

许琛简直想把她的嘴堵上:"什么有的没的cosplay,我看你才好这口。"

于澄闻言笑起来,落落大方地朝着站在一旁看戏的贺昇吹了声清脆的口哨:"是啊,我是好这口。"

贺昇:"……"

许琛:"……"

许琛赶时间,摁着于澄跟贺昇道了谢,但表情像是别人欠他钱:"那个,谢了啊,刚刚电话里对不住,不好意思。"

贺昇点头,语气平淡:"嗯,没事。"

话说完两人就走了,许琛上车,将花随手放到一旁,"啧"了声:"我太受欢迎了,没办法。"

于澄在后面悄悄冲他翻了个白眼:"……"

许琛讨姑娘喜欢这点于澄刚认识他时就知道。许光华和江眉颜刚结婚那会儿,她成天出去玩,跟不学无术的人混在一起,什么不好学什么。

许琛那会儿刚上大一,整个人中二又热血,想法又单纯,看不下去自己的小妹妹自甘堕落,他没事就从他那学校里回来,带着于澄出去玩,开导开导她。

跟贺昇一眼就能让人瞧出的冷淡不同,许琛相比之下更招女孩子亲近。

以前于澄跟他一块儿出去,总有姑娘找他要联系方式,他基本不会拂面子,给,但报的一串数字总有个错的。

许琛看上去心情不错,淡声道:"今晚我不回家了,张姨问起来帮我说一声。"

她轻飘飘地给他一个白眼,不想搭理他。

这个时间谁还约会?指不定约什么呢。

第三章

永远朝气蓬勃，永远充满希望

运动会结束之后，附中放了一天的假，于澄直接在家里休息。

昨晚南城半夜开始飘起雨，突如其来的冷空气让气温陡然下降，深吸一口气都清凉无比。

这种天气老南城人见怪不怪，老老实实拿出薄款羽绒服穿上，最多三天，气温又能升回去。

外面雾茫茫。于澄坐在椅子上吃了点东西，跷着二郎腿，想趁着今天剩下的半天休息时间把这张画的最后一点完成。

十二月就要美术统考，这两天美术老师催作业像是催命，她昨晚画画熬到凌晨两点才睡，今天再不交，催她的电话就该打到江眉颜手机上了。

于澄专心地画着，画了几幅画后，已经是下午四点多了。她伸个懒腰，换好出门的衣服走出卧室，穿着拖鞋下楼。

这栋房子是三层的欧式复古建筑，三年前江眉颜和许光华结婚时搬过来的，装修是江眉颜一手操办的，风格明亮简约。

其他的不谈，许光华对江眉颜是真挺重视的，最起码比于澄亲爹强。

于澄的卧室在二楼，楼下就是客厅和厨房，许琛和几个朋友正窝在客厅的懒人沙发上打游戏，枪击的声音不时传出来。

"去哪儿？"许琛见她下来，问了一句，他右手端着罐啤酒，"我喝酒了，你自己打车去。"

于澄点头，也没指望没事时能使唤得动他："没事，离得近，我走过去。"

她拿上伞出门，这个点路上车辆不多，细雨绵绵。雨不大，但雾蒙蒙的雨丝掺着凉风吹到身上的时候，还是让人忍不住打冷战。

她午饭就吃了片面包，早饿了，打算先去便利店把肚子填饱。

于澄撑着透明的雨伞往便利店的方向走，水滴顺着伞骨往下滴落，她身上只穿了件薄卫衣，一阵风刮来，肌肤上激起一阵阵轻微的战栗。

好在便利店不远，走十分钟就到了。

雨水顺着风刮来，衣服上多少沾上了一些，身上带着水汽不舒服。于澄把伞放在门口的收纳筐里后走进去，熟练地走到第二排货架前拿了一个厚蛋三明治和一盒关东煮，结完账后坐到靠着落地窗的座位上吃起来。

雨不见停，她也不着急，出来就是透透气，几幅画画下来弄得她灵感有些枯竭，得出来散散心才行。

天气预报显示今天温度只有十度，室内外的温差让玻璃上结了一层雾气，看不清外面的景象。

"喵呜。"隔着玻璃，一声猫叫传来。

于澄抬起头，咽下那口鱼丸，疑惑地伸手把面前玻璃上的雾气擦掉一块。

外面雨势渐小，落地窗旁的空调外机上正蹲着只橘白色相间的猫，它身上皮毛被雨水打湿，缩成一团待在屋檐下，蹲在那儿眼珠子骨碌碌地转动着看她，模样可怜。

一人一猫隔着玻璃对视的那一秒，于澄的心脏仿佛被电击了一下，酥酥麻麻的。

看见猫的那一刻，于澄没由来地想到了贺昇，尤其是那双眼睛，长得漂亮，和贺昇的很像。

漂亮的东西，总是招人疼的。

于澄买了两根鱼肉肠，拆开后仔细地掰成细碎的小块，放到它面前："给，吃吧。"

103

"喵——"橘猫凑过去狼吞虎咽地吃了几口,在于澄腿上蹭了两下。大概是饿惨了,一整根鱼肉肠没多会儿就被吃干净。于澄又转身给它买了饮用水。

收银员拿过水:"两元。"

于澄掏出手机扫码,然后她拿着水走出去,仔细地将水倒在瓶盖里放在它面前:"喝吧,吃了这么多,不喝待会儿就渴了。"

橘猫"嗷呜"两声,像能听懂一样,低下头,鼻子动动凑近瓶盖嗅嗅,伸出舌头开始一下一下地舔舐着。

喂完猫,于澄看一眼时间,差不多该回去了。她伸手摸摸橘猫的头:"我先走了,下次有空再来喂你。"

最后她还伸手顺了两把它的毛,接着转身撑伞踏进雨幕中。

橘猫待在空调外机上愣了两秒,看着她的背影,随后一个跳跃,身手矫捷地扑到她脚边。

于澄不可思议:"干什么?赖上我了?"

橘猫蹭蹭她的裤脚,抬头,黑色的湿漉漉的大眼睛讨好地看她。

"我没养过猫,你跟着我,不见得比流浪的日子好过。"于澄实话实说,用脚轻轻将它拨到一边。

橘猫又扑过来,开始疯狂地蹭她裤脚,在湿地上翻滚着嚎叫,表示抗议。

"……"

十五分钟后,于澄身后跟着只猫,回到了家门口。

她实在没法狠下心来驱赶这只眼神像贺昇的猫。

气温持续下降,下车从校门口举着伞走到教室的这一段路,手都要冻麻了。雨没下多大,但风大得能把人吹翻。

走到教室,许颜蹭过来,张开双臂夸张地抱住于澄:"想死我了,你知道你晕倒的时候我吓得腿都软了吗?"

于澄还没完全恢复过来，神情微倦，抬起手嫌弃地拍拍她脑袋："行了，我才是真的腿软，人都被送医院去了。"

赵一钱几人戏精一样弯着腰，手掌摞在一起，合伙把一块金牌递过去，表情丰富："来，澄子，你以后在十八班的班史上就是名留青史的重要人物了。"

于澄"嗯"了声，装模作样地接过，随手给几人来了个平身礼："行了，本公主收下了，谢谢大家捧场。"

"还真给你嘚瑟上了。"几个人笑作一团。

窗外，厚重的云层慢慢透出丝丝阳光，天空开始渐渐发白变亮，两节课上完，早上的那点细雨彻底停了，风也小了许多。

十八班上午最后一节是体育课，体委抱起篮球站在门口叫大家集合排队："来来来，兄弟姐妹们快点啊，给点力，到时候迟了场子该被人占了。"

后面的男生嚷嚷着："行了，这个天除了我们哪还有人去操场啊。"

……

一群人拖拖拉拉地踩着点到，一阵风刮过来，队伍末尾几个穿着短袖的男生冻得瑟瑟发抖。

陈晓东站在队伍旁，抡着哨子上的挂绳作势往站在队伍最后的几人身上甩："磨磨叽叽的，比小姑娘还慢！"

"老师，你轻点打！这不是来了嘛！"赵一钱抱头往前冲。

两分钟后队伍集合完毕，陈晓东站在最前头，望着一群站姿放荡不羁的学生，清清嗓子开始讲今年篮球联赛的事。

"同学们都知道，我们的篮球联赛已经举办好几届了，今年也不例外，十一月的第二周就是南城高中篮球联赛的举办时间。往年我们本部和分部是两支队伍，还在赛场上碰到过两回，今年两部合并，所以篮球队得重新组。"

论实力，分部强些，但本部也有好苗子，两部合并是个机会，重新组队实力也能更强。篮球联赛二十三中这几年连着拿第一名，附中体育部的老师这口气也憋得挺久了。更何况今年比赛场地就在附中，这回不蒸馒头也得争口气。

"祁原、王炀、赵一钱，还有你和你。"陈晓东边指边说，"你们几个人过来，其余人在操场跑两圈后自由活动。"

"好的，老师——"班里人应和着。于澄拉好上衣拉链，跟在队伍后头。

晚上，晚自习结束的铃声响起，于澄第一时间收拾好书包，准备去等贺昇下课。她刚抬脚，祁原就从身后一把拽住她后领，将她整个人又扯回来，嗤道："跑什么，今天我们组值日。"

于澄甩开祁原的手臂，疑惑地看他一眼，感觉离自己上次打扫教室没过多久，不太相信地问他："这么快又到我们了？"

"嗯。"祁原抬起下巴朝前面的值日表示意，"不信就自己看去。"

"信，当然信。"于澄转身，认命地拿起扫把开始扫地。等打扫结束的时候，这一层楼的人已经走空了，连A班都放学了。

她手机没电，联系不上人，贺昇这人虽然不怎么逃课，但也不多留在学校一秒钟，基本是铃响人走。今天没跟他提前打招呼，不知道这会儿还能不能堵到人。

几人一块儿出校门，互道"再见"后分道扬镳。于澄留在路口等着，想着能不能碰碰运气。

路上还有附中的学生，她等得无聊，冷着脸站在原地。

路灯的光打在于澄那张面无表情又冷艳的脸上，惹得不少人回头看。

身后几个穿校服的男生互相推搡几下，最终一个个子稍高些的男生朝她走过去，站到她面前，挥手道："嗨。"

于澄抬头，这才注意到面前不知什么时候多了个人，她也不认识，问道："有事？"

"嗯。"男生点头，递过去一张粉色的信纸，带着淡淡的栀子花气味，上面还有些许碎闪，看得出来是特意挑的。

于澄轻笑一下，没驳男生的面子，伸手接了过去。因着这个举动，男生身后意味深长的"哦"声又变大不少。

于澄展开信纸，一目十行地看完，而后重新折好递了回去。她浅浅地笑了，语气几分认真几分玩笑地说："抱歉啊，高三了，没心思考虑这些。"

于澄跟贺昇的那些"光荣事迹"附中无人不知，无人不晓，男生显然不信，给了她个略带暧昧的眼神："别这么着急拒绝，再考虑考虑，我等你。"

他说话干脆利落，说完就转身离开，同伴们吹着口哨，像是在迎接凯旋的胜利者。

于澄缓慢地眨眼，转过头继续面无表情地望着前方，内心毫无波澜。

"哎，贺昇，今年的联赛你参加吗？"沈毅风看着知行楼前屏幕上的海报问。

附中的活动基本都集中在下半年，运动会、篮球联赛，以前还有校园歌手大赛，后来被砍了，只剩这两个了。

高一那会儿贺昇还没转过来，高二脚又崴了，就剩这一年能参加比赛。体育部的老师也跟贺昇提过几次，挺希望他今年参加的。

贺昇没太大兴趣，单手推着自行车，喝了一口拎着的冰水，语气随意："随便吧。"

瞧他那反应，沈毅风也懒得问了，问这人还不如不问，问就回答"随便"。

"不过我记得去年我去看联赛的时候，于澄妹子身边那几个人都上场了，技术都不错，特别是跟陈秉一开始有过节的那个……哦对，祁原，他好像是分部校队的主攻，估计今年还得上。"沈毅风皱着眉头说。

"哦！"沈毅风一拍脑门，恍然大悟，"我说我怎么跟于澄一见如故呢，我去年在篮球联赛见过她啊！"

沈毅风"啧啧"两声，开始沉浸在去年的回忆里："二十三中那群人打篮球是专业的，咱们确实打不过，但分部能拿第二，算是黑马，比赛结束一群姑娘围上去给祁原送水、送毛巾，哎，结果人家理都不理，就冲着于澄要水，那水都被于澄妹子喝一半了，他就那么拿过去喝完了。"

他边说边"啧啧"两声："你那会儿待在医院，没看着，我跟陈秉在那儿啐了半天，打球就打球，秀什么玩意儿啊。"

这儿靠近大门口，贺昇耷拉着眼皮，往门口走，听沈毅风在耳边叽里呱啦个没完，几句话听得他心里烦躁。

说完，沈毅风突然意识到自己这些话说得不太对劲儿，不合适，特别是这两人目前还是不清不楚的关系。

他干巴巴地笑了两下："你别说，于澄妹子跟祁原玩得还真挺好的，形影不离的两人，不知道的还真以为他俩有什么呢。"

贺昇："……"

感受着身边的低气压，沈毅风头皮发麻，"哈哈"两声想缓和气氛："嘿，看来我跟陈秉也有看走眼的时候啊，他俩还真不是一对。"

"……"

贺昇没跟他往下聊，推着车往前走，把话题岔开："数学那三张试卷明早收，你写完了？"

"没啊。"他一副理所当然的样子，"你不是早写完了？等会儿回去抄你的就行了，我抄作业的速度快得很。"

"嗯。"贺昇冷淡地答应一声，语气平静，"你自己写吧，我刚想起来我没带。一张试卷一小时，加加油，两点前写完不成问题。"

这一招来得猝不及防，沈毅风一脸蒙："……"

报复，绝对是报复。

两人推着车走到大门口，沈毅风把手往袖子里缩了缩，忍不住吐槽:"这天气真跟更年期似的,一天一个样。"

贺昇随意地"嗯"了声,垂着眼往前走,不知道在想什么,低着头没搭理他。

路面潮湿,走路时带起些泥渍污水,将他们的运动鞋的白边都沾上了泥。

前面路口围了一小堆人,沈毅风远远看着,好奇道:"那边干吗呢?这么热闹?这天不赶紧回家,在这儿杵着。"

沈毅风打出生起单身到现在,一听见是有人在表白,一个劲儿地非得过去瞧瞧。

"于澄?"人群散开,沈毅风握着自行车把难掩震惊,他问道,"那个人刚刚是……跟你表白的啊?"

"嗯。"于澄坦诚地点头,这也没什么好隐瞒的,主动的又不是她。

她打量一下两人:"今天骑车回去?"

于澄看向贺昇身下那辆跟车库里一模一样的宝石蓝的自行车,心里异常烦闷,这玩意儿什么时候修好的?又冒出来了。

"嗯。"沈毅风点头,今天没在班级门口看见她人,他就以为她先走了,才拉着贺昇一块儿骑车。

这下好了,换成在大门口堵着人了,这车连个后座都没有,你说尴尬不?

"没事,我待会儿自己打车回去。"于澄这么说着,仔细看了自行车上的小细节,心想:明天指定得再去给这车的车胎做个手术。

这车胎能补好,都是因为她业务不熟练。

"噢,行,那贺昇,咱们先走?"沈毅风用胳膊肘捣了两下贺昇,不知道这人突然犯什么病,一句话不说,就冷着张脸。

"你先走。"贺昇开口说。

"啊?"沈毅风不确定地反问,他的好兄弟就这么当场变卦要抛下他。

贺昇点头:"嗯。"

"……"

等人都散了，两人肩并着肩往前走，一路没怎么说话。到了家，于澄躺在床上抱着猫，用手指轻轻帮它理顺毛。

篮球联赛迫在眉睫，两天时间体育部就将校队组好了，都是有经验的种子选手，给些时间磨合就行。

祁原几人这几天课后都要去训练。傍晚，夜风"哗哗"地刮，月亮模糊地露出半张脸来。于澄单枪匹马来到车库，在一排山地车里找到了贺昇的那辆，见周围没人，她踩住车胎，照着车胎就扎了一刀。

刀拔出，车胎瞬间发出"噗噗"的声音，彻底漏气。再三检查过后，确定今天贺昇不可能把这辆车子骑走，于澄才满意地潇洒离去。

"喂，陈老师跟你说的，要你去当个预备队员的事，你怎么答复的啊？"沈毅风问。

联赛要打将近一星期，队员受伤的概率也大，遇上手黑的，一场下来伤一半人的事都有。

"嗯，去。"贺昇语气平淡道，"他说我只要答应，就把我这一学期剩下的体育课都免了。"

"天！"沈毅风惊了，羡慕得不行，"都不见得要你上场，这买卖稳赚啊。"

"嗯。"贺昇点头，唇边扬起笑容，"我也觉得挺赚。"

两人一路走到车库，车棚下，白色射灯在头顶顽强地发着最后一丝微弱的光线。找到停车位，沈毅风踢了踢被扎瘪的轮胎，骂道："什么玩意儿，又被扎了！这人真是会拣贵的下手啊，车库里这么多车，别的不扎，专挑最贵的。一次就算了，还来两次。"

看得出有人刻意针对他，贺昇手插在口袋里，嗓音有些低沉："行了，明天去门卫室调监控查查。"

第二天中午，两人在外头吃完午饭，顺手在旁边的小卖部买了点水果，拿给看门的大爷。

大爷摆摆手，示意两人进来。

"行了，我都一大把年纪了，你们就别绕弯子了，有什么事直接说吧。"

沈毅风把水果塞进大爷怀里："是这样的，我这哥们儿有辆自行车这个月连着被扎，被扎两次车胎了，十几万买的车，到手没几天呢。他一超级富二代不心疼，但我作为朋友看不下去啊，所以想来您这儿调监控，看看是谁干的。"

大爷"噌"地站起来，惊得手里茶杯里的水都溅出来几滴："一辆自行车能有这么贵？"

"是啊，限量顶配版，全国都没几辆，也就他拿来上学和放学骑。"沈毅风凑近看门大爷的耳朵，瞥着贺昇道，"糟蹋东西。"

贺昇正玩着消消乐，压根儿不知道这两人在嘀咕什么。

午休时间一小时，昨天中午吃饭时沈毅风还骑着这辆车出去买了两杯奶茶，说明最起码到下午车胎才被人扎。看门大爷帮忙调出这段时间的监控，沈毅风目不转睛地看起来。

"别玩手机了贺昇，马上就能逮到了。"沈毅风一边头也不转地看着，一边招呼贺昇。

"等逮到再让我看也不迟。"贺昇边说边无意地瞄一眼播放监控视频的屏幕，就这一眼，竟然看到个熟悉得不能再熟悉的身影。

"咦，划你车胎的好像是个妹子？"沈毅风眼巴巴地看着，"从后面看身材还不错。她为什么划你车啊？你伤了人家的心人家来报复……"

剩下的一个字沈毅风直接卡在了喉咙里，监控录像里的少女熟练地用脚踩了两下车胎，而后弯下腰，侧过来的脸正好被镜头捕捉到。

"于澄？"沈毅风惊呼一声。

大屏幕上，穿着短裙的少女弯下腰，十分淡定地伸出手摁了两下车胎，确定好后熟练地用刀用力一戳，一划，一拔。

几秒后她用脚踩了两下车胎，确定瘪了才走人，离开时步伐明显轻快不少。

于澄一套动作做得行云流水，三个大老爷们儿看得目瞪口呆。

"你……"沈毅风结巴着问，"你惹她了？"

贺昇给了他一个询问的眼神，淡声道："你觉得有这个可能吗？"

沈毅风摆手，一副幸灾乐祸的样子："这我怎么知道？你自己问她去啊。"

两人查到罪魁祸首便回到教室，贺昇用手机给于澄发了个问号。

午休时间没人查，于澄正趴在桌子上偷玩手机，回得很快：怎么啦？

贺日日：刀不错。

于澄：什么刀？

贺日日：划车胎的刀。

于澄：……

他怎么知道是她干的？

于澄抱着手机像是抱着烫手的山芋，一时间不知道怎么回复。但干坏事被揪住，首先要有良好的认错态度。于澄认错认得很快：对不起，我有罪。

贺日日：这车碍你事了？给我扎了两次。

于澄厚着脸皮道：嗯，碍着咱俩发展纯洁向上的革命友情。

贺日日：？麻烦你摸着你的良心说话。

于澄秒回：摸了，字字发自肺腑。

想了想又补充：我也觉得这样不好，但我这不是想多跟你说说话吗？我保证再也不这么干了。

日子一天天过去，于澄白天在学校，晚上就撸猫、画画。说来也奇怪，这猫除了她谁都不能碰，许琛想逗一下差点被挠死。

因为这段时间晚自习于澄没少往贺昇那儿跑，去了就是做试卷，几科试卷轮着做，期中考试成绩出来后，原本只能考六十多分的物理，她竟然考到了将近八十分。

成绩排名已经出了，成绩单就放在办公室，一群人像是把脑袋悬在房梁上，等着宣判。

附中每周一次班里小测验，每月一次月考，每半学期一次大考，次次都发成绩条，让学生苦不堪言。

十八班第一节是数学课，于澄坐在座位上转着素描笔，等着课代表把试卷发到自己面前。

她不喜欢理科，但考得也不算差，再差也不会拉低班级的平均分。

眼看课代表发了一圈试卷，手里空了也没发到自己的，于澄举手问："老班，我试卷呢？"

徐峰在面前的讲台上翻看几下，没找到多余的试卷，也挺纳闷："怎么回事？分了试卷我就直接带过来的，估计是哪个班拿错了。你先跟许颜看一张卷子吧，下课再去找。"

于澄收回手："噢。"

她头凑过去，试卷不在身边，但她基本记得自己写的答案，听课效率还行。这两节都是数学课，除了课间休息一会儿，基本是连着上的。到离下课还有二十分钟的时候，徐峰讲了附加题的三种解法。

于澄捧着脸，有一搭没一搭地记笔记。她很佩服徐峰的一点，就是能精准地在她在头脑最清醒的时候，讲让她最犯困的知识。

下课，大课间。

赵一钱上完厕所，从走廊飞奔进来，激动得口吐飞沫："你们猜我看见什么了？！"

祁原正垂头靠在门框上，拿着手机不知道跟哪个红颜知己聊天，随口回他一句："看见鬼了。"

赵一钱狂喜："我我我，排名出年级后五十了！"

"……"

祁原："恭喜。"

赵一钱激动得乱叫："我在老徐那儿可算有个交代了！我果然是天赋异禀，不是学不会，只是不想学！"

恰好学委拿着成绩单进教室，走到教室后面张贴在黑板上，于澄抬头看了眼，她是班级第二名，年级第四百九十二名。

这进步速度，她这是祖坟冒青烟了。

赵一钱大略扫一眼排名表，想起什么，朝着于澄侧过头："哎，澄子，我刚刚还看见咱们高三年级的荣誉榜了，你知道年级第一是谁吗？"

这会儿大课间，教室里没几个人，于澄就近挑了个位子坐下，跷起一边的座椅腿往后桌上躺："谁？贺昇？"

"你知道？"赵一钱摸两下脖子，"我以为这小子就那张脸能拿得出手，没想到成绩这么变态。"

于澄眨眨眼："长这么帅，学习变态点怎么了？"

赵一钱自认为在这方面经验老到："没别的意思，我就是突然感觉咱们跟他差距有点大。"

走廊上，一道身影正由远及近地走过来，身上套着蓝白色校服外套，个高腿长，手插在兜里，光线落在一侧手臂上。

赵一钱叹口气，苦口婆心地说："我也不是瞎掺和，我就是觉得贺昇那样的吧，再怎么相处，都未必能有想要的结果。"

祁原闻言放下手机，语气随意："没结果就没结果，多大点事。"

于澄垂下眼，没出声。

有没有结果，她没想过。万事随缘，这种事她怎么强求？贺昇要是真对她没意思，她把刀架他脖子上也是一样的结果。

赵一钱点头："也是，咱澄姐万花丛中过，片叶不沾身。"

于澄这才睨他一眼，笑骂一句："拉倒吧你。"

贺昇转身离开。

骨节分明的手握着一张数学试卷，此刻直接被他揉皱塞进兜里。

回到教室，沈毅风凑上来，见他脸色不对，觉得纳闷："老师就让你去送张试卷，怎么这表情？于澄怎么着你了？"

见贺昇不搭理他，他摸摸后脑勺："我跟陈秉先去球场占地方，你赶紧过来啊。"

贺昇沉默地回到座位上，食指无意识地敲击桌面。

八班上一节也是数学课，数学老师这人从不拖泥带水，读名字让学生挨个上讲台领试卷，方便他当场训人。

读到最后，是一张署名于澄的试卷，得分八十九分。理科数学满分一百五十分，A班还没人考试低过一百一十分。

"于澄。于澄呢？"

"试卷不要就扔了。"

全班一大半人默契地转头看向贺昇。

坐在最前排的一个男生举手，提醒道："老师，于澄不是我们班的。"

数学老师低头看一眼班级名册，确实没有叫于澄的，试卷上名字旁清清楚楚写着高三十八班。

"课代表，你下课帮忙还一下。"他甩两下试卷，示意贺昇过来拿。

贺昇起身，走过去将试卷拿到自己跟前。

他下课了就去找她，结果就听那帮人说这些话。

走廊上偶尔传来一两句交谈声，贺昇想起之前在球场无意间听见的内容："分部的于澄啊？我哥们儿跟她以前认识，她对我哥们儿也挺好的。但这女的……怎么说呢，没过几个星期，他俩看完电影，她突然来了句没意思，就不理他了。

"劝你们别有什么心思，看看得了，我哥们儿后来去她那儿撒疯，一米八几的个子哭得我都嫌丢人，差点没跪下来，结果人家眼睛都没眨一下。

"对你好是真挺好，不要你的时候也是真无情，招架不住。"

他差点就中了她的圈套。

贺昇垂着眼，面无表情地将手里的试卷团了两下，投进身后靠在墙角的垃圾桶里。纸团发出轻微的"哐"的一声，转一圈才滚进去，落到一堆空的饮料瓶上面。

八班下一节是体育课，班里除他以外没有其他人。贺昇手肘杵在桌面，舌尖轻轻抵着上颚，想着刚刚赵一钱说的那句话。

万花丛中过，片叶不沾身。

真有本事。

贺昇后背稍往后靠，略微下垂的嘴角带着隐隐的不爽和不耐烦。

他站起身，走到教室后面，弯腰捡起那团纸，在桌面上铺开抚平。试卷皱巴巴的不堪入目，但不影响看清上面的字迹，他用蓝色笔和黑色笔标注出几处不同的错误。

也不知道于澄怎么做的，辅助线都画不好，他闭着眼考的分都比这高。贺昇改完，仔细折好试卷，握在手里走出教室。

大课间的预备上课铃响起，喧闹的校园逐渐归于平静。

贺昇上了四楼，走到十八班门口，教室里老师还没到。

教室的门正敞着，他垂下眼，眨了两下，走上前用中指轻叩门框："打扰，找一下于澄。"

十八班不同于八班，几乎是贺昇的身影刚到门口，说出找于澄的同时，起哄声就炸开了锅。

"哟哟哟，找上门来了。"几个人打趣。

于澄一把扯下耳机，回头踹一脚闹得最凶的几人的桌子，在一片口哨中走出去。靠后窗的几人身体半伸出窗外看着两人。

"卷子分到了我们班。"贺昇言简意赅地将手里的试卷递过去。

"谢了。"于澄接过，随意地扫一眼试卷，抬起眼朝他看，眼尾沾染上笑意，"怎么是你来送？知道我想见你？"

"于澄。"贺昇手插回兜里，冷静地喊她一声，"你这样，挺没意思的。"

"嗯？"于澄没懂，"哪样？撩你？"

贺昇："承认得挺痛快。"

于澄没懂他不爽的点，挺认真地跟他探讨起来："那你喜欢哪样的？更直接点？也不是不行，但你个子太高了，多少得让着我点，不然我很难得逞。"

贺昇看着她的嘴一张一合，听见"得逞"两个字时，心底突然生出一种想把于澄摁在这儿的冲动，当着所有人的面。

这种没心没肺的小姑娘，像是什么都不懂，又像是什么都懂，看不出她脑子里天天想的是什么，嘴巴里说的话几分真几分假。

他装作不经意地问："你对别人也这样？"

于澄挑起一侧眉梢，走廊外的阳光照在两人身上，半边身体都沐浴在光亮中："别人？哪有别人？我只对你这样。"

他当然不信，短暂地哂笑一声，深褐色眸子带上几分揶揄："那我真是荣幸之至。"

马上要上课，两人没能说几句话，于澄拿着试卷走回班里。

回到位子上，她将手里的试卷摊开准备放到文件夹里，细细密密的错题解析映入眼帘，是用了两种颜色的水笔写的。

于澄心里顿时像沁了蜜一般，泛着丝丝的喜悦。

啧，昇哥爱面子，就知道嘴硬。

篮球联赛决赛定在周日下午，于澄靠祁原拿到几张票，准备占个好位子。

学校门口一大早就挂起了横幅，中午几辆大巴开进附中，课间窗口和阳台围了一堆人，从车上下来的，全是各个高中身高平均一米八的意气风发的篮球队队员。

"咦，那不是二十三中的孙晚壹吗？他今年也参加了？"几个女生在窗口望着。

听见动静，赵一钱探头看了眼，捣了捣于澄的胳膊，扯下她一边的耳机悄声道："哎，澄子，你前男友来了，不看看？"

于澄漠不关心地将耳机重新戴上："什么前男友，就一处得还行的普通朋友，跟他早没联系了。"

赵一钱一副八卦的样子："我的姐姐，你是真没有心啊。"

听着没由来的指责，于澄缓缓呼出一口气，有点无语："我是亲口说过吗还是怎么的？这都是谣言，我到底什么时候有过前男友？"

赵一钱乐了："那可不，人家那会儿天天去分部找你，对你那叫一个贴心，鞍前马后的。估计全世界就你自己觉得你俩没问题。"

于澄眼皮耷拉着，没精打采地觑他一眼："我怎么知道这人最后整那出，我天天还跟你们待在一块儿呢，照这么看，咱俩也有问题呗。"

赵一钱摆手："别，你不是我喜欢的类型。"

于澄轻嗤一句："说得跟我看上你了似的。"

"赶紧走。"祁原催他，"下午决赛，吃完饭就要去体育馆集合。"

"来了来了。"赵一钱赶紧跟上去。

今天天气稍微回温，阳光和煦，但风还是大。几场秋雨过后，道旁的梧桐彻底染上秋意，零零落落的叶子铺了一地。

比赛三点开始，于澄先是带着许颜一起买了一堆零食，准备去看比赛的时候吃。

路过小卖部，许颜犹豫了下："咱俩给他们拎几瓶水过去吧。"

于澄不以为然，觉得这事多余："体育馆能让他们没水喝？"

"哎呀，买嘛。"许颜拉着她过去，边走边给她讲道理，"咱们买是咱们的心意，他们几个看见肯定感动死了，两个美女这么辛苦地给他们拎过去。"

于澄没辙，点了头："行，你随便买。"

许颜蹲在冰柜前，拿了个大号购物袋热火朝天地挑着。于澄在小卖部门口无聊地等她。

这半天是休息日，大多数学生都回家了，这会儿小卖部就她俩在。

于澄正出神，几道黑影靠过来，落在于澄身上。她抬头，看到几个穿着球服的男生走过去，后背印着二十三中的标志。

她淡淡地收回视线。

"要不要给他们再拿瓶AD钙奶？"许颜蹲在那儿，抬头诚恳地问。

于澄轻笑一声："你不如直接拎罐奶粉过去。"

因着这一句似有若无的嘲讽，几个正在挑东西的男生回过头来看向她们。

门栏旁，于澄斜靠在收银台前，腰细腿长，一张脸很漂亮，唇角轻飘飘地带着一抹笑，眼睛如小鹿一般清透，上扬的眼尾又显出些道不出的风情。

一个男生伸出手，碰了碰站在最里侧的男生，眼神朝门口示意。

"够了吧，澄子？"许颜拎着一包东西问。

于澄无精打采地点头："嗯，打通宵都够了。"

两人付完钱转身离开，一道身影拽住于澄的胳膊，她条件反射地回过头，发现孙晚壹站在她身后。

"好久不见。"孙晚壹脸有些红，眼睛一眨不眨盯着她看。

"嗯。"于澄收回手臂，应了声，转身又要走。

"等等。"孙晚壹拦住他。

"有事？"于澄不咸不淡地问道。

"那个，"孙晚壹犹豫地问，"你是不是把我拉黑了？我给你打了很多次电话，都打不通。"

"嗯。"于澄承认得干脆利落。

"为什么？"孙晚壹有些不敢相信，"咱俩朋友也当不成？"

"咱俩怎么认识的你不清楚？"于澄在心里暗暗骂了句脏话，加上赵一钱上午说的，脾气再好的人也憋不住了，"要我帮你理理吗？是你说我长得像你从小被寄养到外婆家的妹妹，我同情心泛滥，才没事的时候陪你去看电影、去游乐场玩玩，结果你压根儿就没妹妹。自己当时装出一副可怜样来骗我，现在怎么失忆了？"

四周看热闹的人三三两两地凑在一起交头接耳，孙晚壹一个大男人杵在这儿，就这么直接被拆穿觉得难堪，只好悻悻松手，摆出副爱而不得的可怜样，道："我以为我们相处得还不错。"

"说过了，没意思，当时是这样，现在也是这样。"她表情很冷，拒人于千里之外，"我认为跟你说得挺明白了，你真要装傻我也没办法，但麻烦你以后管住自己的嘴，背地里玩这套挺无耻的。"

于澄说完拉着许颜头也不回地走了，留孙晚壹一个人在原地愣着不知道说什么。

一路走到体育馆，于澄还觉得心里堵得慌。她知道"绿茶"这种东西，但没想到一个大男生也能这么"茶"，偏偏她还真信了。

也不怪那些狗血剧里面总是出现"心机小白花"，人这种生物，演技这方面多少自带天赋，她很能理解男主为什么没有一双雪亮的眼睛看透真相，毕竟她也没有。

许颜观察着她的表情，安慰着："没事啦，别想他了，咱们赶紧走吧，赵一钱给咱们占了绝佳的观赛座位。"

"嗯。"于澄点头。

两人一来到体育馆，发现馆内已经来了不少人，二十三中和附中各自的横幅、加油牌靠在席位上，欢呼声排山倒海，观众席姹紫嫣红的一片。

这场比赛不仅是这两队之间的荣誉之战，还是两校之间的，输了的那一方以后在野球场遇到了对方都觉得矮人一截；赢了就不一样，几个人总得吹一下牛，侃几句自家校队联赛上的拉风操作。

"一荣俱荣，一损俱损"的道理牵动着每一个在球场的少年的心，除了上场的球员，其他同学哪怕不回家都得过来观战，给球员们加油鼓劲儿。

谁都不想后面一年一到球场上就自然低人一等。

一群身穿火红色球服的男生坐在体育馆一隅,火红色是附中校队球服的颜色,后面用非常炫酷的字母拼出了"南城附中",下面是球服号以及球员姓名。

贺昇靠在桌前仰头喝水,拿着矿泉水的手臂青筋凸显,身上的火红色球服衬得他整个人锋利而干净,碎发微乱,被汗水打湿,随心所欲地被束在发带下,手腕上戴着黑色篮球护腕,目视球场前方。

数字"27"大刺刺印在他后背上。

"二十七号选手,祝你旗开得胜。"

于澄没由来地想起自己在运动会上对贺昇说的这句话,希望他旗开得胜,马到成功。

少年理应这么肆意鲜活,永远朝气蓬勃,永远充满希望。

许颜张望着:"咦?贺昇也在。"

祁原几人在旁边,抬手和她们挥手:"澄子、许颜,这边。"

两人过去,将一大包零食放下来。贺昇瞥着她的动作,一动不动。于澄拿过一瓶青柠味的饮料,嘴角带笑地递到他面前:"你也参加比赛?怎么没跟我提过?"

贺昇接过,喉结微微吞咽一下,手上的黑色护腕衬得肤色更加冷白,说道:"今天临时通知的,我是预备队员。"

几天比赛下来,队里的人多多少少出现些韧带拉伤的情况,更何况今天是最后一场,二十三中是出了名的难打,半场下来还不知道会有多少人受伤,预备队员就显得尤其重要。

球场上二十三中的一群人还在做投篮训练,鞋底摩擦地板发出"刺啦"声响。一个男生拍拍正在投球的孙晚壹,往角落里指了指。

孙晚壹看了一眼,而后收回视线:"看见了。"

其余几人都露出一副看戏的表情。

王炀朝前面指了指，打趣一句："澄子，孙晚壹那小子看我们这边好几眼了，看来还挺念念不忘。"

"……"

贺昇闻言抬起眼皮看了眼，又面无表情地收回视线。

沈毅风在一旁瞬间明白了。好歹两人在一块儿玩了两年，一眼就瞧出这是贺昇的一个十分不爽的典型面部表情。

淡淡地看你一眼，意思是他知道了。但毫无表情，说明他没把你当回事。当然，只是表面上没当回事。

谁知道这人是不是藏在心里，指不定哪天翻出来猝不及防地突袭你。

"他是谁啊？"沈毅风问。他就是跟着来看看比赛的，球场上就几个脸熟的还算知道。

"孙晚壹，今年第一次参加联赛。"赵一钱乐呵呵地热心介绍，还不忘不正经地捎上一句，"澄子前男友。"

"……"

许颜拿起一包薯片拍向赵一钱："瞎说什么呢，澄子跟他没半毛钱关系！"

沈毅风挑眉，好整以暇地看戏。

刚刚还只是不爽的某人，这会儿耷拉着眼，看上去风轻云淡，实则手里的矿泉水瓶都要被捏爆了。

啧，醋味真是能把人呛死。

比赛开始，附中和二十三中各自为营，观众席上沸反盈天。

一节十二分钟，贺昇被安排在下半场上场，他和另外一名预备队员坐在等候席。二十三中进攻猛烈，附中严防死守，王炀一顿"死亡缠绕"让祁原率先进了一个球。

观众席一阵欢呼。

贺昇很轻地皱下眉头，刚开始时两边队伍比分咬得很紧，随着比赛进程推进，附中这边的短板开始暴露出来。

说实在的,附中的几人单拎出来放野球场上都是大神级别,技术好,但意识不够,配合明显跟不上,只适合单打。

不光贺昇,二十三中慢慢地也摸清了,组织联防,附中后面几分钟愣是球都没摸到。

"喂!"于澄喊他,"你觉得现在情况怎么样?咱们能赢吗?"

贺昇在一旁看比赛,连个表情都没有,于澄直觉他心情不是很好,想哄哄他。

"不知道。"贺昇开口淡淡道。他的视线紧随场上的人,看不出来情绪有什么起伏。

两边打得热火朝天,于澄不知道说点什么,干脆实话实说:"你是不是不想理我?"

贺昇:"……不是。"

"我第六感一向很准。"于澄也将脸转过来,闷声道,"你这两天怪怪的,我能感觉得到。"

"……"

球场上几人换了战略,王炀拿过球叫上祁原,准备扣球,二十三中主力给补防使了个眼色。

王炀刚跳起,补防紧随其后将脚伸过去。球应声入网,附中的观众席再一次欢呼起来,同时还有王炀落地后抱着脚的痛苦的惨叫声。

哨声吹响,比赛中止,上半场结束,就算算上最后一个球,附中比分也落后一大截。观众席上的人站起来,沈毅风骂了声:"垫脚这种卑鄙手段都能使出来,真不要脸!"

进攻队员落地的瞬间,平衡和重力全在腿和脚上,被人垫脚根本不可能控制平衡,王炀抱着脚躺在地上,咬着牙,脸色发白。

对方补防被罚下场,王炀被送去医院。

休息区,赵一钱拿起毛巾擦一把汗,啐道:"真够脏的,也不怕跌份儿!"

123

祁原喝口水，眉头紧皱："等会儿正常打，先比完这场再说。"

"嗯。"赵一钱点头，就算真要干点什么他也不可能挑这会儿下手，这点脑子他还是有的。

贺昇后面要上场，他弯腰很有兴致地给球鞋系了个标准对称的蝴蝶结。系好后他起身，祁原拍了下他的肩，问他："刚刚看的上半场，觉得怎么样？"

两队比分现在已经拉开距离，贺昇想了想，如实回答："意识不够。"

这东西没有几年的专业训练根本掌握不了，几人不说话，这一点他们也能感觉到，打起来格外吃力。

"也不是没可能赢。"贺昇嘴角微扬，"反正还没结束，既然都落下这么多了，那就放开打吧，说不准就赢了。"

赵一钱摆出一副十分赞同的模样："说得好，我就喜欢逆风局！反正都已经这样了，干就完了！"

下半场开始，祁原一个跃起抢过球，将球传入贺昇手中，贺昇接过，孙晚壹和另外一名球员上来包夹。贺昇后退，瞬间一记投篮假动作迷惑对方，将球再次传回祁原的手上。祁原起身一个爆扣。

"牛啊！"沈毅风狂喊。

两人配合默契，加上罚球，比分瞬间追上三分，形势开始扭转。

球场上少年们追着球跑，汗水打湿黑发，越打越勇。几人在比赛前磨合过两局，知道贺昇的技术，怎么说呢，极少有技术好但不心高气傲的人，不出头，能完全配合着整场局势走。

少年之间那些模糊不清的芥蒂随着一场球赛烟消云散。

"贺昇，接住！"赵一钱一个假动作将球带过来。

贺昇接过球，孙晚壹见无法在防守上限制住他，主动请缨要单防。附中也读懂了对方的意思，贺昇一个晃肩，后仰跳投，篮球在半空中被抛出一个漂亮的弧度。

篮球"唰"的一声落入篮筐，此时距离比赛结束还有两分钟，附中落后五分。

二十三中心里升起一阵危机感，反观附中这边，简直像是打了肾上激素。

有什么比看着比分一点点追上去更爽的吗？如果有的话，那就是赢得比赛！

贺昇冲入禁区吸引四人防守，将球传入底角的队友手中，赵一钱不负众望投进三分球，将分差缩小至两分。

"加油啊！加油！"许颜站起来大喊。于澄心跳加快，目光紧随球场上那道火红色身影。

此时两队队员体力都已经到达了极限，贺昇两手撑膝，抬起手擦了把汗。眼看着赵一钱运球过半场时被孙晚壹抢断直冲禁区，离篮筐越来越近，贺昇追上，起身一个盖帽又将球生生摁下。

比赛还有最后十几秒。

孙晚壹不甘心，但贺昇紧逼防守。眼看时间越来越少，贺昇转身加速越过他，运球至三分线外，不顾一切地迎着孙晚壹的阻拦跳投。

哨声吹响，整场比赛结束，篮球应声入网，比分反超一分。

一个漂亮的压哨球！

全场的欢呼声响彻体育馆的上空，许颜抱着于澄，激动得不行："啊啊啊，你看见没澄子！绝地反杀！！我们赢了！！！"

裁判计入得分，蓝底白字的记分牌被翻下一个全新的数字。

最终仅以一分之差，附中赢得了这场比赛。

观众席一大半都在欢呼，就连二十三中过来看比赛的学生也忍不住站起身来鼓掌。二十三中有一群人黑着脸面面相觑，根本没想到会是这个结果。

贺昇转身，酣畅淋漓地和几人一起碰了个拳。

于澄的耳膜仿佛要被身边女生的尖叫声震得穿孔。

二十三中队长拍了拍孙晚壹的肩，他们朝贺昇几人走过来，伸出拳头以示友好，想将友谊第一、比赛第二的体育精神贯彻到底。

祁原抬手，擦掉流进眼睛里的一滴汗，咧嘴笑了下，但迟迟没将手伸过去。

这么干等了几秒，对方队长也不傻，看到不落好，就将手收了回来："恭喜了。"

"场上没做个人，场下也别装了。"祁原扬了扬下巴，指向刚才被罚下场的补防，"这事怎么算？"

二十三中队长装傻："什么怎么算？"

"在这儿装什么装？"赵一钱冲上去，简直想一拳直接捶上去，"我哥们儿还在医院呢，你当你刚刚给补防使眼色我没看见是吧？装什么好人，我哥们儿那脚要是有个三长两短，你等着瞧！"

"赵一钱！"陈晓东见势不妙赶紧过来解围，伸出手将两拨人分开，"不要意气用事！这是比赛，还没下场呢！"

比赛时动手打人，严重的是要直接连累整支队伍被取消名次的。

观众席上鸦雀无声，都在静静看戏，没想到比赛都结束了还能看见这么刺激的一幕。许颜有些紧张地攥着于澄的手，怕赵一钱真冲上去吃亏。

"怕？怕就下去拦着。"于澄似笑非笑地看许颜一眼。

"谁怕了？有什么好怕的？我才没有。"许颜赶紧放开攥着于澄的那只手，目视前方，假装不在意。

两支队伍对峙着，哪怕老师横在中间，也都没有要退一步的苗头。贺昇抱着球，在旁边无聊地运了两下，他跟这些人感情没那么深，这场合他在这儿怎么都觉得别扭。

看劝不下来，二十三中的带队老师也赶紧过来："怎么回事？"

祁原开口："老师，你们那边的补防刚刚故意垫脚，导致我的队友被送去了医院，伤情还不知道怎么样。得有个解决办法，不能让我的队友白受这罪。"

二十三中的带队老师心知肚明，还是仗着身份打马虎眼："是不是故意的还得调查，比赛本身就有发生很多意外的可能性，这么直接定罪也太草率了。"

他拍拍陈晓东的肩："先这样吧，回头再说。比赛进行了一星期，孩子们都累了，别的队也在观众席等着最后的颁奖环节，别拖了，都散了吧。"

"我看见了，是故意的。"于澄看热闹不嫌事大，就这么喊了一嗓子。

"就是，我也看见了！"台上有人跟着站起来。

"我也看见了！"

甚至还有之前就被淘汰的队伍也跟着喊："谢谢老师，我们不累！你们先处理你们的事！"

二十三中带队老师："……"

陈晓东一个头两个大，这群孩子难搞就算了，关键老徐还出了名的护犊子，这下他都不知道该怎么处理了。

没办法，二十三中的带队老师领着一队人正式道歉，并且承诺联赛结束后会带着补防找王炀当面道歉。

一队人冷着脸下场，路过观众席的时候，孙晚壹憋了一肚子的火气，忍不住冲于澄喊道："你瞎掺和什么！"

要是没于澄带头，他们还不至于下不来台。

于澄一愣，反应过来之后心里也很无语，越来越怀疑自己当初是怎么能跟这人相处的。还没等她开口，一个篮球砸向孙晚壹的后背，撞得他整个人往前踉跄了一下。

孙晚壹怒气冲冲地回头。

篮球弹回去，蹦着蹦着又滚到贺昇的脚底。他抬脚，将篮球颠回手中，随意地抛了两下，散漫道："抱歉啊，球没长眼。"

"……"

颁奖环节开始，一轮轮过后，终于到了附中。附中这次本身就是黑

127

马,已经足够振奋人心,陈晓东偏偏还是搞气氛的一把手,用大量言语渲染了刚刚球场上的逆风翻盘、少年热血,听得人巴不得再来一场。

最后金牌一个个挂到这些少年脖子上的时候,全场沸腾。

许颜激动地抱着于澄晃个不停。于澄没有许颜这么直白又单纯的情感,后来她回顾自己当时的感受,她就记得她坐在那儿,被许颜抱着欢呼,而她面无表情地看着球场上的那道身影。

只有她自己知道,她脸上表情是木然的,但心里早就热血沸腾。

她觉得自己完了,她这辈子都不可能遇到比贺昇更让她心动的人了。

她像是一个无聊时起了歹心的色徒,结果发现面前的是"绝世好肉",是她花掉上辈子和下辈子的运气,寻遍所有的学校,才有一次机会遇到的那种极品。

这还没完,因为她看见"绝世好肉"领完奖牌散场之后,扬起手擦掉脖颈上的汗,几缕被汗水浸湿的碎发支棱着,然后直直地朝她走了过来。

这人什么意思?是她坐的位子离他近吗?

贺昇要是真敢过来,她就真的栽了。

江眉颜女士拿刀子架她脖子上逼她都劝不过来的那种。

贺昇走到她面前,意气风发,嘴角扬起弧度,整个人懒懒散散的,开口道:"抱歉啊,你前男友被我打得好像有点自闭了,要去安慰安慰吗?"

他嘴上这么说,但丝毫没有不好意思的样子。

于澄那张脸还是木着,开口回答:"没事。"

贺昇懒懒地"嗯"了一声,又问:"不介意?"

于澄点头。

"行。"贺昇伸出手,小臂上还有刚刚奔跑时流的汗,整个人带着禁欲又勾人的矛盾感,他指了指于澄脚边的水瓶,"水借我喝两口。"

于澄不知道该摆出什么表情,她心跳得太快了,只好保持着木着一张脸的状态,弯腰将那瓶水递过去。

贺昇接过来，体育馆里两百多号人的眼睛都盯在他身上，他像是没感觉似的，拧开瓶盖将剩下的水一口气喝完，又将空了的水瓶递了回去。

他假模假样地说了句："谢了，我那边离得有点远，不想过去。"

许颜也愣着，眼神瞟向附中休息区，虽然体育馆是一个长方形，到这边算是较短的距离，但到那边只比到这边远不过十米。

这动作，太暧昧不清了，虽然他们几个玩得好的偶尔也这样，不忌讳这些，但贺昇是谁，于澄跟他是什么关系他敢这样？

她觉得她姐妹完了。

把自己玩进去了。

散场后，几个人决定去烧烤店撸串儿，庆祝一下今天的胜利。

十一月的南城秋风萧瑟，寒风阵阵，整条巷子看不见几个人，看门的狗都得缩回窝里。几人走在青石板路上，四周连个人影都没有，只有他们自己的脚步声和被拉长的影子。

"我服了，赵一钱你这是要把我们往哪儿带？"王炀坐在轮椅上，被赵一钱带着往前推，心里一点底都没有。

"快了快了，快到了。"赵一钱说着，"前面拐个弯就到。"

"……"

王炀又骂了句："不好吃把你头拧掉。"

几人默默无言地又走了一阵，终于看见赵一钱说的那家店。

是一家还没拆迁的老民房改的店，前面是个不大的店面，一盘盘用签穿好的烤串儿摞在菜架子上。门口的路还是土路，搭着一个大棚子，里头能坐四五桌人的样子。后院就是店主自己住的地方，一棵老槐树从院子里伸出来。

于澄大概明白这家店为什么在这么偏的地方了。这棚子，但凡稍微靠近点闹市区，都得被城管给拆了。

许颜裹着单薄的夹棉外套，身子往座位里面靠，冷得瑟瑟发抖，她吸吸鼻子："这是个什么地儿啊，冷死了，怎么想起来这个天吃室外烧烤？"

王炀瘸着条腿，把腿搭在板凳上："别说了，你们几个把我从医院这么费劲儿地带出来，就是让我来遭罪的。"

赵一钱不服气，一拳头捶过去："别不识好歹啊，这地儿是我吃遍南城烧烤筛选出来的宝藏老店，等会儿上串儿了你可别跟我抢。"

王炀身残志坚，又捶回去："谁抢谁是狗！"

这棚子里就他们一桌人，点了菜没一会儿，烤串儿被店主用一个大铁盘端上来，几人各挑了些放在架子上烤。赵一钱张罗着："这顿我请，贺昇、沈毅风、陈秉，你们别客气啊，以后咱们都是兄弟了。"

沈毅风和赵一钱像是失散了十几年的亲兄弟，两人靠在一块儿侃南谈北，桌子上已经稀稀拉拉倒了好几罐易拉罐，两人一个劲儿地说相见恨晚。陈秉和王炀两个大冤种坐在一旁相顾无言。

几人围坐在烧烤炉四周，炉子底下放了几打气泡饮料，许颜自己开了一罐，然后给于澄也拿了罐。

于澄伸手挡住，言外之意很明显："别吧，出来玩，喝什么气泡水，多败气氛。"

赵一钱正聊着天，听见这话立马回过头来劝："……别，不差这点气氛，你要是沾了酒，那咱几个今晚就别嗨了，守着你过得了。"

"……"

贺昇有些好笑地看她："怎么了？你不能沾酒？"

于澄泄气："嗯，我对酒精成分过敏，不过不严重，就是头晕，休息一会儿就好。"

"过敏？"

"嗯。"于澄点头，"小时候有一次吃饭时，被长辈喂了一口酒，回去后就睡得昏天黑地。我妈以为出什么问题了，带我去检查，医生说我对酒精过敏。"

其实按照于澄的症状来看,她过敏的表现,跟酒量特差的那部分人喝醉了差不多,看起来没太大区别。

王炀脚伤着,不能吃辣,越看这一群人越觉得糟心:"烤好了,这串鸡翅是谁的啊?"

沈毅风不客气地拿过去:"我的我的,谢了啊哥们儿。"

赵一钱分了一个过去,边吃边不忘问大家的想法:"哎,怎么样?好吃吧这家?"

沈毅风认同地点头,小鸡啄米一样:"真好吃!这腌料绝了啊!没想到这么个破地儿还藏着这么一家宝藏店铺!"

赵一钱乐不可支,尾巴都要翘上天,上赶着把牛吹起来:"那可不,我这张嘴可刁了。我都想好了,等到高考完,我就当个美食博主去,天天给你们探店。"

沈毅风倍儿给面子:"那我指定得关注你。"

王炀皱眉,跟祁原交换了个眼神,后者肯定地点点头,他半信半疑地随便拿了一串放嘴里。

"……"

怎么会这么好吃!

"你是狗吧!"赵一钱看王炀一手一串的样子忍不住骂了句。

炭火将几人的脸映得通红,贺昇坐在于澄旁边。不知道几人是不是故意的,总之顺着人坐下来的时候,两人就是挨在一起。

一阵风刮进来,几粒火星微扬起来,贺昇穿着黑色冲锋衣,拉链拉到最上面,衣领一直遮到快到下颌线的地方,他无所事事地拿起易拉罐喝两口,一晚上基本没怎么动其他的。

于澄拿过一把烤串儿,撒了一把孜然辣椒粉,又翻过来烤了一会儿,递到贺昇面前:"尝尝?真挺好吃的。"

贺昇将视线放在烤串儿上,伸手接过,拿起一串犹豫地放到嘴边,撕咬下一块,抿嘴,吞咽。

"嗯，确实不错。"他拿起饮料，淡定地喝了一口。

于澄："……"

"昇哥，说句实话，你真的尝到肉味了吗？"

贺昇实话实说："……没。"

"吃不惯？"于澄问。

"嗯。"

"有洁癖？"

"还行。"

于澄看他吃一块肉喝好几口饮料的举动，大概也明白了，笑了下："吃不了辣？"

"嗯。"贺昇点头。

"真难得，你怎么跟赵一钱一样？"于澄拿过他手上那串撒了孜然辣椒粉的，换了一串还没被她祸害的，"他是沪市人，所以吃不了辣。很少有南城人一点辣都不能吃的。"

"嗯，我不是南城人。"贺昇又喝了一口，压下去口中的辛辣感。

"是吗？"于澄睫毛微动，发丝柔软地落在肩头，她笑意盈盈地凑上去，盯着他看，"那你是哪儿的人？说给我听听，是哪个风水宝地产出你这么个大帅哥。"

这题沈毅风会，他抢答道："贺昇是京北来的，高一才转过来。"

"高一转过来？"赵一钱闻言不敢相信，"高中转来这儿，疯了吗哥们儿？高考咱们苏省在全国是出了名的卷啊。"

贺昇眼皮垂着，手指轻敲着易拉罐顶，看上去对这话题没什么兴趣："没什么，因为一些事就转过来了。"

"哦。"赵一钱转念一想，"也是，你这成绩到哪儿都好考大学。"

炭火噼里啪啦地烧，于澄捧着脸，脑子里还在思考贺昇刚刚的那句话，真不知道是什么事需要他高一从京北转过来。

许颜转过头，看着于澄一只手捧脸，另一只手拿着桌上的水果，有一搭没一搭地吃着，出神地不知道在想些什么。

"澄子，你吃那玩意儿干吗？看起来放了挺久了。"许颜问。

"嗯？"于澄低下头，看着手里皱皱巴巴的苹果，皱了下眉，"哦，你不说我都没注意，好像是不新鲜了，有一股发酵了的酒味。"

"……"

串儿又加了两盘，几人吃得热火朝天。真的到深秋了，在这吸一口气都有清凉感入肺的季节里，月亮虽然还是那个月亮，看上去却变得清冷又缥缈。街边的老树叶子都掉了一半，要不是有个棚遮着，都得防着叶子落到锅里去。

吃饱喝足后，大家散场。学校明天做考场，给学生调休一天，几人准备推着身残志坚的王炀转去别的地方再玩一会儿，后半夜再给他送回医院去。

王炀任人摆布："我真是谢谢哥儿几个。"

走的走，换场子的换场子，于澄到了下半场就没怎么动了，捧着脸，无精打采地耷拉着眼。

这会儿就剩她和贺昇两个人了。

贺昇坐在她旁边，半晌，拿起手机，问她："回去？"

于澄沉默着不说话，像是被人按了暂停键。

这会儿四下无人，于澄脑子混混沌沌的，有点晕，思绪也杂乱，都有点自顾不暇了，还能分出点精力，觉得应该趁着月色朦胧，和眼前这位大帅哥做点什么。

比如亲密接触一下什么的。

但她没干过这种事，有些怕。

贺昇这才发现她状态不太对劲儿，问道："沾酒了？"

于澄对这个问题出奇地敏感，回得很快："没。"

贺昇眼里闪过笑意，问她："我是谁？"

"贺昇。"她回得很干脆。

"那你是谁？"

仗着那点难受的晕乎劲儿，于澄回答："仙女。"

"……"

贺昇环顾四周，看到了扔在那儿的半个苹果，拿来闻了闻，嗅到一股发酵的酒精味，顿时心里有了数。

真就是半点酒精都不能碰。

贺昇起身，拍拍她："吃好了？吃好了就回家休息，我送你回去。"

于澄不太乐意，没头没尾地说了句："今晚月色真好。"

贺昇单手插兜，居高临下地看她："嗯？"

于澄垂下头："所以我不想回家。"

贺昇："……"

他忍不住逗她："那你想去哪儿？要不把你带到前面路口那警察局，警察局大厅几百平方米，爱往哪儿躺往哪儿躺。"

于澄一听，表情瞬间委屈巴巴的，整个人都透着柔软，显得人畜无害："我才不想去警察局。"

那也太惨了。

贺昇声音稍软下来："嗯，那送你回去。"

于澄这会儿确实是晕，一个劲儿地低头望着脚尖，但还是说："不想回去。"

贺昇没办法，说道："那把你哥手机号给我，我打个电话让他来接你。"

"他好几天不在家了，我回家也没人管。"于澄嘴角一撇，装模作样的像是要哭出来，伸手扯了扯他的衣摆，"我去你那儿，行吗？"

贺昇低头望着她，半晌没吭声，他实在不知道该说些什么，也不知道这姑娘怎么想的。

于澄抬头，鼻尖红红的，小鹿眼可怜巴巴地和他对视："求你了。"

……

月光照在青石板上，发白发亮，前后两道影子一前一后地走在巷子里。路边住房门口摆着盆栽，已经被吹得蔫不拉唧了。一只狗看着两人鬼鬼祟祟的，想叫唤两声，刚探个头，又被冷得缩回窝里，吠声堵在嗓子眼，变成了一声细碎的呜咽。

草丛里有秋虫在鸣叫，星星零零散散地落在整个夜空。于澄有点发蒙，自顾自地往前走，贺昇在后头跟着。

路线走得太离谱，再走两步就要到长江边了，贺昇无可奈何地从后面拉住她。于澄回过头，惯性太大没站住，结结实实地朝他撞了上去，脑袋磕上他的下巴。

"……"

贺昇"啧"了声，抬手摩挲两下被撞的地方，又疼又麻："幸亏你矮，不然就让你得逞了。"

于澄吸吸鼻子："嗯？"

贺昇抬手往她身后指了指，黑暗里隐约看见一座高架桥，上面灯光闪烁，车辆川流不息。他声音吊儿郎当的："要去哪儿啊澄姐？我又不住长江边。"

……

这下换于澄乖乖跟在他身后了，两人走到路口打了辆车。于澄坐在车里沉默着，软塌塌地靠在贺昇肩头，鼻尖都是薄荷混杂青草的味道。

贺昇抬头看着后视镜，司机师傅也从后视镜看着他。师傅纯粹是对他俩好奇，一会儿抬头看两人一眼。

贺昇抬手支开于澄，她又靠回去。

师傅看得纳闷："情侣啊？"

贺昇语气淡淡的："不是。"

"噢。"这下师傅看得更勤了，看着看着觉得这女孩不太对劲儿，心里警惕起来，"姑娘，你是喝多了吗？"

谁知于澄一下子蹦跶起来："没有！"

135

师傅:"……"

贺昇:"……"

于澄小学时经常误食含酒精的零食,比如酒心巧克力什么的,江眉颜知道后就挺严肃地教育她,一来二去,于澄就有了应激反应。

车子到达指定地点,贺昇赶紧半搂着把于澄扯下车,师傅后半程一直盯着他看,就差报警了。

这儿是和附中隔一条街的老小区,不少附中学生图方便在这儿租房子。路边的梧桐树比人的腰都要粗,地理位置绝佳,早上最起码能多睡十五分钟,骑自行车三分钟就到学校了。

唯一的不足之处就是老小区的基础建设不是很好,路灯隔一栋楼才有一盏,在小路上照出交错的树影,昏昏暗暗,胆子小的直觉得心里发毛。

直到两人走到楼下的时候,贺昇心里都觉得不真实,他竟然真把人给领回来了。

随着酒精慢慢被吸收,于澄比刚刚还沉默,跟平日的嚣张不同,这会儿眼睛都蒙上一层水汽,像是给颗糖就能拐走的小孩。

贺昇站直了,抬手拍下她的手:"到了,松开。"

这一路都被她死死拽着,怕他飞了一样。

"噢。"于澄应声松手,松开的瞬间,她拽着的那一角衣服被她握得皱皱巴巴,变形严重,长度明显比其他地方多出来一截。

"……"

得了,这衣服他也别要了。

他住四楼,这栋楼没有电梯,总共就六层。楼梯这些年大概翻新过两三回,依旧斑驳着,也能看出不一样的色彩。

贺昇拿出钥匙开门,楼道墙面因为建造时间久,呈现沧桑的淡灰色,身后的声控灯忽明忽暗。

于澄吸了吸鼻子,打量着环境,闷闷道:"贺昇,你是不是很穷啊?"

贺昇开门的动作一顿："嗯？"

"这里好破哦。"于澄得寸进尺，心里打着算盘，念叨着，"要不你以后跟着我吧，我有钱，我带你住别墅。"

贺昇觉得自己要被这人气笑了，不能理解她脑子里天天在想的都是什么，他语气挺跩："做你的春秋大梦，我不吃软饭。"

然而人一旦发蒙，什么不要脸的话都说得出口："别呀，软饭很香的。"

于澄小声嘟囔，想劝他想开些。

贺昇打开玄关的灯，收起钥匙钩在指尖绕了一圈，语气里几分随意几分正经："说出来怕你不信，哥钱多得能砸死你。"

"……"

吹牛，她确实不信。

进门后，于澄乖乖地坐在沙发上发呆。这房子是贺昇高二的时候搬进来的，三室一厅，一间主卧，一间书房，一间杂物间，没想过留间客卧邀请谁来这儿住住。

他是洁身自好的"三好青年"，行得正坐得端，更不可能今晚就带着于澄睡到大床上。

他到卧室抱出两床被子来，他个子高，胳膊长，两床被子抱在怀里也不怎么费力气。他把被子往客厅地板上一扔，纡尊降贵地伸出长腿把被子踢开弄平整，简易的床铺就这么铺好了。

贺昇抬头，指了指床铺说："澄姐，你今晚睡这儿，休息好明天送你回家。"

于澄是头晕，又不是傻了，忍不住问了一句："我就睡地上？"

"不是地上。"贺昇语气放软了些，"这儿有两床被子呢，不硌人。"

于澄轻轻皱起眉头，还是不太满意："有被子也不行，仙女不能打地铺。"

"什么？"贺昇差点以为自己幻听，低低地笑了声，肩膀微微颤动，

137

眼神从她的眉眼掠到莹润的嘴唇,"于澄,你真是一点酒精都不能沾啊。"

他转过身,到厨房给她倒了杯温水,又贴心地端过来送到她面前。

贺昇弯下腰的时候,衣领垂下,露出大片肌肤,能看见肌肉的弧度,有恰到好处的少年感。

于澄一动不动瞄着他的细白锁骨,眼里氤氲着雾气:"我偷偷告诉你一件事啊。"

贺昇懒懒地抬起眼皮:"嗯?"

"我捡了只猫,很像你。"于澄轻声说,尾声带了气音。她伸出手,不自觉地用手指在空中划过,评价道,"和你一样,很漂亮。"

我特别喜欢它。

也很喜欢你。

头晕着,于澄睡了三小时,凌晨两点多的时候就醒过来,虽然清醒得差不多了,但头有点痛,还有点发蒙。

窗外漆黑一片,于澄半死不活地半坐着靠在沙发上,大脑空白,缓了一会儿才想起来这是在贺昇家里,四周都萦绕着浅浅淡淡的薄荷味。

客厅角落里安置着一盏夜灯,在黑暗里投射出淡黄色的光晕。于澄从被子里爬起来,光着脚,慢慢走到漏着光的书房门外。

门没有彻底关上,留了一掌宽的缝隙,书架上摆满书籍,贺昇正坐在书桌前拿着笔,身上是灰色的绸面睡衣,下垂的面料勾出他的身形轮廓,后背挺得很直,肩宽腰窄,是介于少年到男人之间的高大身型,连后脑勺都是漂亮的。

于澄轻舔了下嘴唇,推开门进去。

"醒了?"贺昇回头。

"嗯。"于澄应声,没骨头似的靠在书桌上,指尖往桌面轻轻点一下,指着那几本书,"大学霸每天都学到这么晚?"

桌子上有几张散落的试卷,还有一本摊开的厚厚的英语词典。

"不是。"贺昇懒懒地看她一眼,"原本今天的安排是十二点睡觉,被你耽误了三个小时。"

哦,原来怪我。

"那我道歉。"于澄嘴上这么说,但面上毫无愧疚之色,伸出手指,在他胳膊上轻轻戳了下,声音软软的,"二十八号是我生日,过了这个生日,我也十八岁了,不比你小。"

"什么?"贺昇喉结滚动,没听懂她说的话是什么意思,而后脑海里想起自己和她第一次见面时说的话——

"抱歉啊,我对高中生不感兴趣。"

贺昇缓缓抬眼:"就差了一个多月,也好意思报十七岁?"

他不能理解女生这种生物年龄都是怎么算的,四舍五入的知识不会吗?去年有个追他的女的,年龄明明二十二岁,跟自己报个十八岁,还成天在贴吧上发什么"求哥哥露个半身照",最后死活追不上他翻脸了才说出来。

"是啊,昇哥。"于澄笑起来,"女孩子报年龄都喜欢往小了报。"

她笑眯眯地歪头凑近他:"我刚刚睡觉出汗了,想洗澡,能借套衣服穿吗?"

贺昇放下手中的笔,抬头看她:"一晚上不洗臭不了,我这儿没备用的衣服,洗完澡你也得穿这套。"

这房子一直是他一个人住,偶尔沈毅风他们过来打游戏也不过夜。贺昇最多能给她个牙刷,还是上次为了省事买的三连装剩的。

于澄无所谓:"你穿过的衣服也行,我不介意。"

贺昇想了想,他这"三好青年"是市里发过奖状的,不能对不起陈宏书对他的信任。他义正词严地说了句:"我介意。"

于澄看着他,之前就注意到贺昇的眼皮很薄,内双,不笑的时候就带着冷淡的锋利感,好看,但不好亲近。

可是她就喜欢找刺激。

两人僵持了一会儿，贺昇认命起身，到卧室给她找换洗的衣服，留她一人在书房"咯咯"笑个不停。

"昇哥，你好可爱啊。"于澄在他身后喊着。

贺昇面无表情。

卧室里除了床，就是占一面墙的大衣柜，拉开它，里面衣服很多，但这些他都穿过，借出去不合适。

找了半天，他才在最底下翻出来一套球衣，高二篮球赛队里几个人一起定做的，八十块钱一套，后背还印着"高二八班贺昇"几个大字。因为他临时脚受伤，这衣服也搁置下来，一次没穿过。

"喏，拿去。"贺昇递过去。

于澄拿过衣服转身去浴室。

……

两人睡得太晚，第二天早上没起来，还好是休息日，不用上学，赖赖床也没事。

正午冬阳高悬，于澄被一阵拍门声吵醒，她睡在客厅，声音仿佛就在耳边，鬼哭狼嚎加上拍门声震得她耳膜都疼。

"几点了还不起！给我开门啊！我要被风吹死了！！"

于澄拉过被子蒙在头上，想屏蔽这个声音，门外的声音没减弱，反而更嚣张："不开门我踹了啊！踹坏了不赔啊！"

"烦死了。"于澄掀开被子，憋着火走到门前，"哗啦"一声拉开门。

"……"

沈毅风拍门的动作停滞在空中，瞠目结舌地看着她。

于澄，怎么……会在这儿？

他记得昨晚吃完烧烤，他跟陈秉就一块儿去打游戏了，都觉得于澄和贺昇早就各回各家、各找各妈，合着他俩直接一块儿过来过夜了？

"你你你……"沈毅风言语系统失调，说不出一句完整的话来。他身后还站着陈秉，也处在头脑发蒙的状态中。

于澄身上还穿着贺昇的球衣，黑发随意地散落着，带着刚睡醒的凌乱感。瞧着沈毅风两人的反应，她才后知后觉意识到此情此景有多诡异。

"怎么了？"身后，贺昇无精打采地穿着拖鞋出来，他刚睡醒，嗓音微哑，睡眼惺忪地看着几人。

沈毅风视线又从于澄身上移过去，看着那张被评为"附中招牌"的帅脸。贺昇碎发微乱，人畜无害的样子，睡衣大概是睡觉时不小心蹭开了三颗扣子，松松垮垮地挂在身上。

这衣服扣子本来就只有四颗，这会儿跟没扣没区别，跟临时急匆匆地套了件衣服在身上一样。

"……"贺昇随着他的视线低头，挺淡定地抬手，洁身自好地又把扣子一颗颗扣上。

四个人八目相对，气氛诡异，空间安静。

这也不怪他们，这场景确实不太正常。

进门之后，沈毅风低头看着脚底那两床被子，以及枕头边放着的贴满了粉色水晶的手机，突然沉默了，觉得这事难以置信。但他还是忍不住问了句："昨晚不会是于澄睡的客厅吧？"

贺昇理所当然地"嗯"了一声。

"……"沈毅风将目光扫过于澄，面露同情，朝贺昇竖起大拇指："你真不愧是顶着这张脸还能单身十八年的极品，一般人真没这操作。"

"呵，谢谢夸奖。"贺昇冷笑。

三人原本就约好今天在这儿打游戏。烧烤局是临时组的，昨晚又折腾得太晚，贺昇就忘记了有这回事。

"哎，妹妹，会打游戏吗？待会儿一起啊。"沈毅风问。

于澄摇头，她对游戏不怎么感兴趣，在这儿又不能跟贺昇独处，她是真没兴趣跟几个大老爷们儿大眼瞪小眼："不了，家里有只猫，我得回去喂它。"

"噢，行，那下次再约。"沈毅风挺热情地说道。

于澄到卫生间简单收拾了一下，打声招呼后走了。

回到家，于澄悄悄拉开大门，屋里静悄悄的，只有鱼缸的换气声，窗帘还是拉好的，光线昏暗，她暗暗松口气。

许光华去公司早，江眉颜早睡晚起，要不是刻意等她，都根本见不到她的面。

复古绿的皮沙发上，"男嘉宾"慵懒而高贵地躺在上面，给自己梳理着毛。

"男嘉宾"是于澄给它起的名字，因为这猫太傲娇了，除了她谁都不理，像是赔着笑脸才把它请回家一样。

看到人回来了，男嘉宾"喵呜"一声从沙发上扑到她面前，在她怀里拱来拱去。于澄把它抱在怀里，走到猫窝边检查进食情况，猫粮碗没空，她摸摸它脑袋："怎么不吃？不合胃口？"

男嘉宾不说话，无辜又清澈的眼睛巴巴地看着她。

于澄笑了，知道这猫打的什么主意，拎起它放到鱼缸面前："给你捞条许琛的鱼怎么样？"

男嘉宾前爪趴在玻璃上，兴奋地挠个不停。因为养它，进门的第一晚张姨就拿了铁丝网把鱼缸罩住了，小家伙只能看不能吃。

于澄坏笑："想得美。"

男嘉宾瞪大双眼：？？？

于澄眯着眼摸它后背，轻轻捏着它身上软软的肥肉："那个跟你一样漂亮的家伙让我睡了一晚上地铺，所以我决定迁怒在你身上，你今天没有小鱼干。"

不厚道的人是贺昇，关这只猫什么事啊！男嘉宾"嗷呜"一声，从她怀里挣扎着跳出去，表示抗议。

于澄给它打开一罐罐头倒在碗里："吃吧，妈妈要去洗澡了。"

于澄站起来，把身上的球衣脱下，随意地扔在沙发上。男嘉宾愣愣地站在碗前,见状立马蹦到沙发上,在那件球衣上疯狂跳跃、打滚。

于澄走过去,右手将它拎起,左手拿球衣放到它面前:"怎么?喜欢这件衣服?"

男嘉宾在她手里扑腾。

于澄毫不留情地把衣服收走:"有眼光,但妈妈没法做主,这是你爸爸的衣服。"

我是你妈。

贺昇是你爸。

她单方面宣布了这一家三口的关系。

第四章

不是头脑发热，不是一时兴起

于澄补了一觉，睡醒后天都快黑了。

老徐布置的几张试卷她还没动笔，明天就得交，她认命地爬起来，先把美术作业寄走，洗完脸就坐在桌子前开始写试卷。

她不偏科，但也没哪一门是拔尖的，老徐发的几张都是历年苏省的高考真题，于澄最怕做的就是苏省的试卷，是真的难，后面两道大题基本没有解出来的可能性，考试时都是略过，前面几道大题勉强能答一两小问，批卷老师看着给分。

才做完两张于澄就蔫了，拿出张稿子临摹了一会儿。她试探地给贺昇发了条消息：有空吗？

几分钟后对面回过来。贺日日：怎么了？

于澄发给他一个"委屈巴巴"的表情包：数学试卷好难。

贺日日：方便视频吗？

书桌前有一面小镜子，于澄犹豫几秒后伸手捞过来，检查了自己的形象，然后给贺昇打了个视频电话过去。

贺昇刚洗完澡，坐在书房正准备刷题，他点击"接通"。

镜头打开，贺昇第一回见着女孩子的卧室，连墙面刷的漆都是淡淡的粉色，映入眼帘的于澄低低缩着发髻，几缕碎发柔软地垂在脸颊两侧，脖颈白皙，穿着黑色睡衣坐在镜头前。

贺昇也习惯了，冷淡地抬起眼皮，问道："数学题遇到不会的了？"

于澄点头："嗯。"

贺昇头发还湿着，衬得皮肤冷白，手机就直接放在桌子上，从下往上拍的"死亡角度",但他一点颜值上的死角都没有,镜头里从喉结往上到下颌线,一点毛病挑不出来。他开门见山地问:"哪道题?"

于澄收回视线,眼尾稍稍扬起,叹气:"才做到试卷的第二大题,这张卷子好像是我们附中校长出的,真挺难的。"

她调侃两句:"怪不得他一出卷就被骂得这么惨,我一点头绪都没有,第一小问想半天没想出来,要是明年碰上他出题,我不死定了?"

"澄姐,"贺昇喊了她一声,眼神带点揶揄,"那你倒是把镜头对着试卷啊,别光对着自己,你脸上又没题。"

于澄:"……"

镜头被调整为对着试卷,贺昇看了眼题目,开始给她讲解。两张试卷讲下来,一个小时过去了。

于澄有种说不出的佩服感:"你真的看一眼就知道怎么做?"

"嗯。"贺昇点头。

"怎么做到的啊学习标兵,这也太不可思议了!"于澄真心地感慨。

贺昇睫毛微颤一下,语气平淡道:"没什么不可思议的,这两张试卷我高二第一学期就刷过了。"

"原来是这样。"于澄给他竖起个大拇指,"厉害,佩服,学习标兵名副其实。"

"除了这两张试卷,还有别的吗?"贺昇问。

"没了。"于澄收好试卷,笑眯眯道,"你明早几点起床?我过去找你,请你吃早饭啊,感谢学习标兵给我讲题。"

贺昇没答应也没直接回绝:"看看吧。"

挂断电话后,于澄套上毛呢外套下楼,厨房里传来油焖大虾的香气,她循着味过去。

"张姨,今晚做什么菜啊?好香啊。"于澄进到厨房里,望着张姨忙活的身影问。

"好多呢,油焖大虾、红烧带鱼、糖醋小排骨。"张姨盛起几只大虾

147

递过去,"是不是饿了?你尝尝。"

"嗯。"于澄接过来,点头,"一天都没好好吃饭。"

她中午回来后就吃了片面包和一点水果,早就饿得不行。

"今天怎么做了这么多好吃的?"于澄坐到一旁的小桌子边上,边剥虾边问。她知道张姨最近挺忙的,儿媳妇怀孕吐得厉害,得医院、家里和这儿三头跑,好一段日子没时间张罗一大桌子的菜了。

张姨手上动作不停:"你还不知道呢?你哥明天就要去京北了,出差,估计得小半年才能回来。"

"嗯?"于澄剥虾的手一顿,"什么时候的事?"

"你哥今天才说的,他实习的事务所跟京北一个特别厉害的事务所有合作,你哥觉得机会难得就申请过去了。他这会儿在书房,要不你去问问?"

"哦。"于澄点头,也没急着这会儿就问,反正吃晚饭的时候还得坐在一起,到时再问也行。但直到吃饭的时候许琛也没下来。

江眉颜下午就去公司找许光华了,这个点还没回,公司有些事情得由她亲自处理。

于澄走上楼,敲了两下书房的门,里头传来一声:"进吧。"

书房窗帘没拉,一整面的落地窗能看到外头的夜色。许琛靠在窗户前,右手夹着一支烟,烟火猩红,时明时灭。

"你这是抽了几支啊?"于澄挥散面前的白雾,"烟雾报警器没响真是奇迹。"

"怎么了?"许琛嗓子微哑,抬眼看着她。

"嗯……"于澄看着他这个样子,有点说不出话来,"你还好吧?"

许琛把手里那半截烟掐灭在烟灰缸里,笑了下:"我的好妹妹知道关心哥哥了?"

于澄有点别扭:"要不你找个镜子照照,你这样走在大街上,是个人都会关心一句的。"

"嘴硬。"许琛没跟她计较。

他抬手将窗户打开，让夜风吹进来，把烟味散出去。

于澄看着旁边办公桌上散落的一桌子文件，好几张封面上都印着"晨宋律师事务所"。

"你真要走啊？"于澄问。

"嗯。"许琛走过去将文件码好，坐到复古的黑色皮革椅上，把腕表解下放到一旁。

于澄这个年纪的女孩们喜欢的类型很多，以前许颜分享过霸道总裁解领带之类的视频给于澄看，说句实在话，要是能把刚刚许琛解腕表的画面记录下来，估计也能成为经典。

他身上还是从事务所回来没换下来的西装，熨烫妥帖，露出的皮肤是透着矜贵的冷白皮，鼻梁上架了副细边的金丝眼镜，从头到尾都是一丝不苟的打扮。

这样的许琛是于澄极少见到的一面，大多时候许琛在她跟前，维持的都是乐观向上的好哥哥的形象，很少像今晚一样，将低沉内敛的一面展现在她面前。

于澄望着那摞资料，说道："你要去的这个事务所，我竟然觉得我听过。"

"嗯。"许琛点头，"这个事务所的负责人叫李晨颂。"

"李晨颂？"于澄想了想，"挺耳熟。"

"嗯。"许琛指出来，"李晨颂是之前那个女明星李青枝的弟弟，李青枝在国外出车祸的时候，电视上轮番报道了好几天，你听过也不奇怪。"

于澄眨眨眼，恍然大悟，脑子里浮现出大银幕上的一个艳丽的旗袍美人的形象："怪不得。"

要是有人发起投票，评选近些年最令人惋惜的明星，李青枝绝对是排在前三的。她在国内名气不算大，多数时候出现在国际银幕上，演女二号、女三号这种配角，往往穿一身墨绿花枝旗袍示人，经典的东方美人形象。

小时候江眉颜还带她去电影院看过李青枝的电影，因为角色太美了，于澄又缠着江眉颜看了第二场。

后来报道李青枝和另外一名男明星一起在C国出车祸身亡的新闻时，于澄小学刚毕业，知道后挺难受的，"红颜薄命"这个词在她身上体现得淋漓尽致。

之后事情都过去了，又有狗仔捕风捉影地说李青枝其实早就结婚了，还有个儿子，有图有真相。就是报道还没几个人看见，就又被压下去了。

因为出事时是和另外一名男明星一起，加上对方的已婚背景，当年大家对李青枝的恶意揣测挺多的。

于澄找了个话题继续问："那李晨颂是不是应该长得挺帅的？毕竟自己的姐姐这么美。"

"我怎么知道？他三十多岁了你也好奇？"许琛看着她笑了，"我还没见过呢。"

"噢。"于澄乐了，"那回头你见到了偷偷拍张照片给我，我看看。"

许琛压根儿不给她机会，一口回绝："那可不行，我拍这叫知法犯法。万一被李晨颂告了，我这没出师的菜鸟打官司可打不过他。"

"啧。"于澄不满道，"小气。"

许琛笑笑不说话，胡扯了一大圈，于澄终究还是没忍住，叹了口气，低下头喊了他一声："哥。"

许琛望着她："嗯？"

"你是不是……失恋了啊？"于澄皱了下鼻子。

"很明显吗？"许琛淡笑，眼球有些血丝，整个人靠在靠垫上，透着颓感。

"是啊。"于澄叹气，"你就差拿笔写在脸上了。"

许琛轻扯出一丝笑,承认得大大方方:"那看来我得调整一下了,不然没法见人。连你都看出来了,我可不想逢人就被问一句。"

大概是因为许琛要走,于澄觉得今晚自己格外矫情。这几年许琛陪她的时间比江眉颜陪她还多,他大学就在苏省隔壁的直辖市,还开车带她去学校里玩过,所以于澄其实挺舍不得他的。

她试着安慰:"你这段好像也没谈到两个月,放心吧,很快就过去了。"

许琛嘴角扯出一个勉强的弧度,大概他是真想找个人说说话,笑了笑,说道:"但哥哥喜欢了她很多年,你说我该怎么办呢?"

于澄愣了下,她是真的在许琛身上实实在在感受到了心碎的伤感。

"我跟你这个小孩说什么。"许琛抬手揉了一把她头发,又恢复浑不懔的样子,"你还不知道吧,你当时跑天台上跟人家喊话这事,江阿姨怕被请家长,一听说就打电话告诉我了,你挺有能耐啊。"

于澄:"……"

"你比哥哥勇敢。"许琛眼带笑意道,"哥哥该向你学习。"

许琛凌晨三点的飞机,走得很急,跟晚走一天就狠不下心一样。他让于澄放寒假过年的时候去京北玩,于澄点了点头。

睡前,于澄给贺昇发消息:明早六点半,在你小区后巷的馄饨店等你呀。

贺昇刚合上英语词典,回问:什么馄饨店?

于澄躺在床上,摸着还有些潮湿的发尾:哦,贺日日你不知道吗?真的还有南城人不知道吗?他家开了很多年了,巨好吃。

贺日日:……我不是南城人。

于澄发了个"可怜"的表情包:哦对,我忘了。明早到了发定位给你,澄澄明早六点就过去给日日排队。

于澄看着聊天记录,脑子里都是贺昇那张帅脸上冷淡又无语的表情，瞬间乐不可支。

附中这一片方圆几里的街道都属于老城区的范围，巷子旧，但最地道的南城小吃都藏在这里，游客来了只知道往景区跑，吃完了还嫌弃地说一句"不好吃"。

于澄第二天定了五点半的闹钟，高三早读七点开始，这家店排队就得二三十分钟，店面小，打包的多，要想舒舒服服坐下来好好吃一顿，最起码得预留个二十分钟提前过去。

六点，南城刚刚苏醒，石板路上沾着雨水，于澄靠在石灰墙旁，看着前面的队伍。队伍不算长，但很多顾客都是买好几份的，也得排上好一会儿。

于澄拿出手机，给贺昇发定位：睡醒看见定位就可以过来了，我已经到了。

她刚把手机放下，手机"叮咚"响起消息提示音。

贺日日：醒了。

昨天半夜下雨，气温又降了几度，贺昇用冷水冲了把脸，精神稍微好了些，拿上羽绒服背上包出门。

下了一夜的雨，泛黄的梧桐叶被打落在地，贺昇踩在上面，跟着导航往前走。他一个人在这里住了快两年，没想到后面还有这么一条古老的旧巷。

到了目的地，贺昇才知道这家店的人确实多，门口排着队，他一眼就看见于澄的身影。

这么冷的天，这条巷子从西到东只有她穿着短裙，露着两条腿，在一群开始穿棉服和秋裤的大爷大妈里格外显眼。

唉，真就不怕得老寒腿。

贺昇走过去，把羽绒服扔给她，问了句："不冷？"

"冷呀。"于澄接过，男款羽绒服套在她身上像是长款，蓬松柔软，带着松枝和薄荷的味道。

"进去坐着吧。"贺昇显然还没回过神来,耷拉着眼皮无精打采道。

于澄进店找了个位子坐下来,不一会儿贺昇端着两碗馄饨过来,热气腾腾的,上面漂着葱绿色的香菜末。

"我敢说,这绝对是南城排得上前三好吃的馄饨店。"于澄边说边打开辣椒油罐,"在南城,吃馄饨要放辣椒油,而且要多放。"

贺昇看着她一下子放了两大勺红彤彤的辣椒油,毫无想法,继续吃着自己清汤寡水的馄饨。

"好吃吧?"于澄看着他。

"嗯。"贺昇点头,半个身体懒懒地靠在墙上,挺给面子道。

"你尝一只我的,放了辣椒油味道和感觉是完全不一样的。"于澄舀起一只沾着红油的馄饨放到贺昇的勺子里,眼神充满期待。

贺昇嘴角抽了下,扛不住于澄巴巴地瞅着他的眼神,视死如归地把馄饨放进嘴里。

于澄问他:"怎么样?"

"还行。"最后一个音还没完全发出来,一阵火辣的痛感侵入咽部,贺昇低下头剧烈地咳嗽了几声。

"咯!咯咯!"

于澄赶紧把水递过去,贺昇接过,仰头喉结滚动,皱着眉头一口气喝下去半瓶。

"你……好点没?"于澄看着他脸都咳红的样子,有点愧疚和心虚。

"嗯。"贺昇嗓子还是哑的,脖子那块被辣得微红,看上去可怜至极,两个字说得支离破碎的,"还、成。"

……

天气变冷后,大课间的活动改成了跑操,于澄跑完一身汗,把外套脱了挂在椅背上。

许颜气喘吁吁地拿着瓶饮料跟上来,苦不堪言:"累死了,衣服脱了冷死,不脱跑完又热得要死,半路脱了还得抱在怀里跑。天哪,救救我，我再也不想跑操了。"

于澄抽出张纸擦掉额边的汗，笑笑："还成吧，你别跑操时动不动就跟赵一钱在一块儿闹就不累了，多大肺活量够你这么造的？"

"谁跟他闹了？是他非得天天来惹我。"许颜嘟着嘴，嘟嘟囔囔地狡辩。

于澄看破不说破，捏下她的脸，抬手将窗户推开，让新鲜的空气涌进来。

没办法，班里男孩子太多了，年轻火气旺，跑完操个个把外套一脱，寒冬腊月的时候身上都能直接冒出白气。

许颜突然神神秘秘地伸头凑过来，贴近了朝于澄看。

"怎么了？"于澄往窗边退，拿着纸擦脖子上的汗，被她这架势弄得心里发毛。

"我听说，"许颜声音顿了顿，嘴角边的小梨涡显出来，"你前天晚上在贺昇那儿过夜的啊？"

于澄一愣："嗯，怎么了？"

许颜眼神变化，指了下于澄椅背上搭着的外套："这羽绒服，也是他的吧？"

"……"于澄点头，"嗯，今早借给我的，回头还得还呢。"

"嘿嘿。"许颜的笑容在她眼前放大，扑向她，"快说！给我如实招来，你俩发展到哪一步了？"

"没有，你想法纯洁一点。"于澄懂了她的意思，风情款款地笑起来，伸手把她的脑袋撇到一边，"想什么呢你。"

"想该想的事情啊。"许颜自认为很上道，"就算有点什么我也能理解，你不要不好意思。"

于澄笑得不行，跟她解释："真没什么。"

"真的？"许颜不怎么相信地反问一句。

"真的。"于澄无奈，只能竖起来几根手指发誓，"骗你是小狗。"

"哎，行吧。"许颜说。

于澄低低地笑了声，问她："知道我凌晨两点多醒了的时候，他在干什么吗？"

"在干吗？"许颜也好奇起来。

"在刷题。"不知道为什么，于澄说出这三个字的时候，竟然有一种骄傲的感觉。

"什么？"许颜露出吃惊的表情，眼睛都瞪大了，"两点多还在刷题，这是要卷死我们。"

"嗯。"于澄抬手往窗外指了指，"看见操场那边的主席台没？"

许颜顺着她的手，抬头往外看："怎么了？"

于澄笑笑："我昇哥真的比主席台旁的旗杆还正。"

周日下午有半天休息时间，于澄和许颜两人吃完饭，无所事事地走在校外的梧桐道上，温暖和煦的阳光细碎地从枝丫处洒下来，吹来的风干冷干冷的。

没走多会儿，许颜捧着奶茶的手就冻得通红，她看了眼旁边的书店，说想进去坐会儿。

"行啊。"于澄无所谓，她去哪儿都行。

许颜两步跳上台阶，拉开玻璃门率先进去，触动了门前挂的一串风铃。她哆嗦着说："冷死了冷死了，还是店里暖和。"

这是家咖啡书店，浓郁的咖啡香充盈在鼻中，因为和学校离得近，有时候只休息半天懒得跑回家，就有不少附中的学生在这儿打发时间。

于澄点了杯椰奶拿铁，挑了个靠窗的位子坐下来。

"啊，真舒服！待会儿去玩会儿吧，虽然风大，但今天阳光挺好的。"许颜趴在窗户边朝外看。

"行啊，去哪儿？"于澄抿了一口咖啡，窗外的阳光照进来，她整个人都被涂上一层毛茸茸的光边。

"我想去溜冰,好久没去了。"许颜可怜巴巴道。

"嗯?"于澄抬起头看她一眼,舔了下唇边的奶沫,眼尾弧度上挑,"你确定?"

许颜小时候在少年宫专门学过溜冰,还在南城青少儿组比赛拿过铜牌,算是溜冰业余爱好者里面的王者。

而她相反,断断续续学了几回,连平稳走路都做不到。

于澄耸耸肩:"去了你自己玩,我最多扶着围栏走两步。"

"行啊。"许颜转过头,笑嘻嘻地把手贴在玻璃上,"那我发条消息,问问赵一钱他们要不要一起。"

"别问了,打游戏呢。"于澄道,"他们几个跟隔壁市的一个小战队约了一把,说要一决雌雄。"

"……"许颜收起手机,多少带了点失落,"行吧。"

两人又坐在那里懒懒地晒了会儿太阳,才背上包打了辆车前往溜冰场。

抵达目的地,两人下车。

天太冷,于澄不得不妥协地把短裙换成了烟灰色牛仔裤,小腿被布料包裹着,匀称笔直。

发丝间有银色树枝样式的发卡,把黑发别在耳后,别人看向她的第一眼就能瞧见。

她总得弄点与众不同的地方,不然压根儿不像她。

刷完卡,两人熟练地往里走。于澄跟这家溜冰场的老板认识,以前不去学校的那阵子她就三天两头地来这儿待着。

没事的时候要不跟人打打台球,要不就点杯喝的随便跟过来的顾客聊点什么。那会儿老板张宏不知道她有钱,还给她开过工资,毕竟她往这儿一坐就给他揽生意了。

这家溜冰场在室内,摇滚风的涂鸦满墙都是。

于澄之前也学过溜冰,穿了溜冰鞋跟着那些教练站到冰上,磕磕绊绊地免不了有身体接触,一来二去的,于澄也懂了他们纯属是想占她便宜,不是真心要教她,她兴致全无,也不想再学了。

走到要去的地方,两人坐在更衣室换鞋,许颜系好鞋带,站起来问她:"要不我再教你一次,再试试?"

于澄也穿好了,站起来。许颜就一米六的个儿,于澄比她高出大半个头,她浅淡地勾起唇角,一点兴致都提不起来:"不了,上次摔跤我还记得呢,疼死了。"

"那行。"许颜也不勉强她,"那我先去冰场等你。"

"嗯。"于澄点头。

许颜推开更衣室的门滑出去,一转身跟对面拎着轮滑鞋过来的两人直直打了个照面。

沈毅风:"……"

好在许颜及时刹住脚,视线往沈毅风身边那个人看过去。

头顶白炽灯开着,贺昇一身黑色运动服,面无表情地立在一旁,运动挎包上也挂着双溜冰鞋。

许颜一脸惊喜,扒着门框侧头朝里面喊:"澄子,贺昇也在这儿!"

贺昇:"……"

于澄正好穿着鞋走出来,觉得挺巧:"咦,你俩今天也来玩啊?"

"是啊。"沈毅风挠挠头,看了贺昇一眼,"主要是我妹想学溜冰,我妈怕她摔,让我先来摔摔,学会了再教她。"

"还真是亲儿子才有的待遇。你报这儿的培训班了?"于澄问他,"你跟老板说你是我同学,能打个折。"

沈毅风眼神一亮,突然来了精神:"真的?"

"嗯。"于澄扶着扶手挪过去,笑笑,"不过折扣也打不了太多,最多能省下买游戏皮肤的钱。"

"那感情好啊,买皮肤的钱也是钱,等会儿请你吃东西。"沈毅风挺高兴的,问了句,"老板是你家亲戚?"

"不是，以前认识的朋友。"于澄说道。

贺昇淡淡地看她一眼。

沈毅风"啧"了声："那老板都三十多岁了吧？我来过好几回了还没敢跟他讲话，看着挺凶的。这人你都能相处，佩服佩服。"

"来得多就熟了。"于澄往前方指指，"他人挺好的，下次赶着他老婆在的时候来，就不凶了。"

这边冰场大，设施也好，在附近这一片是客源最多的店。

于澄带着几人到吧台那边，张宏坐在那儿，一身腱子肉，两只膀子露出的部分全是大花臂。

来溜冰场的人三教九流，有学生，有白领，有混混，不凶点根本镇不住场子。

"李雅姐，你今天在啊。"于澄拎着溜冰鞋走过去。没办法，她太菜了，这段距离根本没法溜过来，三步一摔根本就不是夸张的说法。

"嗯，好久不见。"李雅正擦着酒杯，擦完挂在面前的酒杯架上，柔和地笑笑，"这两个也是你同学？"

她见过许颜，她指的是贺昇和沈毅风两人。

"嗯。"于澄又回过头给他们介绍，调侃道，"这是老板，这是老板娘，老板娘在的时候老板从不凶人。"

张宏朝他们点下头，意思是认识了。

李雅被她的话逗笑："行了，随便玩吧，想喝什么就过来点。"

"嗯，知道的。对了，我这朋友想报个培训班，你给他推荐一个吧。"于澄指了指沈毅风。

沈毅风会来事儿，不管三七二十一先喊了声："美女姐姐好。"

"你好。"李雅笑笑，把吧台里侧的传单给他递了张，指着说，"没有太高的技术要求，普通速成班就成。既然是澄子的朋友，给你打八折，你看成吗？"

沈毅风忙不迭地点头："成成成，谢谢姐姐。"

一下子也省下几百块钱呢。

交完学费，沈毅风直接跟着教练开始学习，许颜也到冰场上飞驰。

贺昇靠在酒柜旁，垂着头。他眉眼清隽，五官俊朗，线条流畅，头发应该刚修剪过，整个人清爽又干净，一只手无意识地拽着拉链把下巴半藏进去，另一只手翻看手机消息。

手机上好友申请一会儿发来一条，有好几条留言写得跟小作文似的，一页都放不下。

不知道哪个无聊的人又把他微信推出去了。

李雅看了眼于澄手里的溜冰鞋，问她："还没学会啊？"

"嗯。"于澄一脸悻悻然，"我觉得是因为我个高腿长，所以平衡感不好。你看许颜溜得多稳啊，以前还能进市队。"

李雅无奈地看她一眼："哪有这样的说法，当心许颜过来打你。"

说完，她又将视线转到旁边的贺昇身上："这小伙子腿也挺长，个子也比你高这么多，我看他站冰上挺稳的。"

"别戳穿我啊。"于澄乐了。

"来这儿别光站在这里。"李雅笑两声，用下巴指了指贺昇，"让他教你啊。"

贺昇抬起眼皮淡淡地看了两人一眼，一脸漠然。

"嗯？"于澄转头看向贺昇，"能教吗，昇哥？"

贺昇："……"

李雅把杯子全部擦好又摆放整齐，亮堂堂的一排。张宏凑上来搂住她的腰，下巴往前抬了抬："你看他们，真像咱们年轻那会儿，还是青春时代好啊。"

"得了吧，你哪有人家小伙子帅。"李雅故作嗔怒地瞪他一眼，又感慨，"不过我一看见这丫头，就忍不住想起两年前那会儿。还是这会儿好，学也好好地继续上了，明年就该高考了吧？"

张宏隐蔽地在她腰上捏了下："我哪能记得这么多事。"

冰场上，四周人来人往，许颜滑了好几圈了，赢得一阵喝彩。

于澄一脸崩溃："昇哥，求你了，我真站不稳，你一松手我指定得摔。"

贺昇扶着她，闷着声笑，声音还是冷淡又欠揍的调调儿："学这玩意儿就得摔啊，不摔两下哪能学会啊澄姐？"

话说完，贺昇忽然放开她的手，一个动作往边上滑开，留她一个人在原地。

他是真坏啊。

再帅也不能抹掉这人在这一刻是坏蛋的事实啊。

于澄是直接被贺昇带到了冰场中间，一圈都是溜冰的人，围栏离她很远，除非趴地上，不然根本没东西扶。

没办法，她深吸两口气，把重心往前移，试着往前走一步。

贺昇站得很直，懒洋洋地抬手鼓掌："很好，贺拉斯曾经说过，好的开始是成功的一半。"

"……"于澄垂眼看冰面不理他，闷头继续往前走。

贺昇清冷地站在前方，口中的实时播报不停，声调毫无起伏："very good（非常好），自信是成功的第一秘诀，这句话是爱迪生说的。你已经做到了。"

于澄："……"

"这步走得很好，拿破仑曾告诉我们，最困难之时，就是离成功不远之日。

"来，再来一步。施瓦布说：无论何事，只要对它有无限的热情，你就能取得成功。

"就是这样，越来越稳了。哈代有句名言，成功要靠三件事才能赢得：努力，努力，再努力。"

……

于澄被迫边听着他的高考作文素材大全边往前挪。

"走已经没问题了,滑过来试试。"贺昇弯腰,双手支撑在膝盖上,朝她招手。

犹豫几秒,于澄试着迈开腿往前大幅度地滑了一下。

右脚顺利地滑了出去,但她心里害怕,左脚差了一拍没跟上,两只脚突然就像控制不住一样,整个人重心不稳,往后栽。

她在心里骂了句脏话。

"……"

好在贺昇反应快,一把把她捞起来半搂在怀里,而后又拉开两拳距离。

"怎么了,换个节奏就迈不开腿了?"

于澄抓着他的胳膊,心跳得飞快,还没回过神:"我差点摔死啊。"

"出息。"贺昇调侃她一句。

于澄平复一下心情,又开始往前走。

"对,就这样,你就跟在我身后。"于澄抓住他胳膊往前滑,"这样我摔了你还能给我当个垫背的。"

贺昇无所谓,随她来。

于澄学得稍微上道了些,自己又摸索着滑了两圈,起步虽然还不顺,但平衡没问题了,不会摔个四脚朝天。

"哎哟喂,累死我了。"沈毅风哭丧着脸,惹得一旁的几个小孩子都忍不住过来笑话他。

"不行了不行了。"沈毅风边说边挪到座椅上休息,"怎么这么多技术要学,会滑还不成吗?"

"当然不成。"于澄笑笑,屈肘靠在扶手上,"好歹交了三千块钱的学费,就教会你滑,那不得被人说是开黑店。"

"可真行。"沈毅风躺平,刚刚他摔的时候还不小心把腿筋抻了一下,这一星期走路都得一瘸一拐的,"我不行了,今晚回家我就反抗,让我妈直接把我妹送来吧,我再也不上这个课了。一群小孩,就我一个

161

大帅哥跟在后面溜,怎么着都有点没面子。"

于澄笑得不行:"知道为什么吗?"

沈毅风:"嗯?"

"因为你菜啊。"于澄指了指旁边被小孩眼巴巴瞅着的许颜,"你看,都一样的年纪,人家就是孩子王。"

"这王谁爱当谁当去吧,"沈毅风望向天花板,"反正我再也不学了。本来滑得好好的,学这一下午,弄得我这会儿迈一步怀疑一步。"

贺昇也靠过来,停到沈毅风跟前,弯腰伸出手从沈毅风裤子口袋里掏出一小包湿巾纸,抽出一张来擦额头的汗。

沈毅风半死不活地继续躺着。

四人都溜得一身汗,坐在这儿喝水,休息休息。

这种场所时间越晚人越多,这几人马上就得吃饭、去上晚自习,有些人的夜生活还没正式开始。

贺昇两条腿屈着伸在两边,反着坐在椅子上,浑身透着股懒散劲儿,碎发湿漉漉的,一只胳膊挂在椅背上,另外一只架在椅背的最高处看手机。

手腕处那颗小痣又明晃晃地晃着。

于澄收回视线,不搭理他。

前方,手里攥着棒棒糖的小女孩朝他们跑过来,她顶着两个小包子发髻,穿粉色的公主裙,睁着一双水汪汪的大眼睛停在贺昇跟前,看着他。

贺昇收起手机,俊朗地笑:"怎么了啊小妹妹,找不到妈妈了?"

"不是。"小女孩奶声奶气,看上去就五六岁大,她把手里的棒棒糖递给贺昇,"喏,哥哥,请你吃糖。"

贺昇诧异地挑眉,伸手接过:"好了,哥哥收下了,谢谢你。"

小女孩不肯走,巴巴地看着他。

"这会儿就得吃?"贺昇问。

"嗯嗯。"小女孩点头。

"行吧,谁让哥哥是大好人。"贺昇妥协道。他把手机塞兜里,开始拆棒棒糖的包装纸。

正要把糖送到嘴里,又听小女孩奶声奶气地补了一句:"我姐姐说,你吃了糖,就得做她男朋友。"

贺昇紧急刹车,刚到嘴边的糖转了个方向,直直地塞到了于澄的嘴里。

于澄:"……"

"小妹妹,你的话顺序不对,应该先告诉哥哥后面这句话才对。"贺昇捧着下巴,吊儿郎当的,带着点坏,"而且,你这糖已经被这个姐姐吃了,没办法了哦。"

小女孩看了于澄一眼,嘴角一撇,"哇"地哭出来,转过身哭着找她姐姐去了。

不远处的一个女生稍带歉意地朝两人弯下腰,把小女孩抱起来哄着。

于澄无语地看贺昇一眼,后者又恢复了那副冷淡的模样。

真挺离谱的。

休息好后,许颜接了个电话就去找祁原和赵一钱了。沈毅风觉得自己留下来就是在当电灯泡,也不乐意在这儿待,准备先回学校跟陈秉随便在食堂应付一下晚饭,临走前对于澄说把欠她的这顿饭留到下次补。

于澄无所谓,一顿饭而已,她原本就没放在心上。

他这么挂在嘴边,于澄反而不好意思了。

人行道上,于澄和贺昇两人一左一右地往前走,气氛有点尴尬。

于澄难得地一句话没说,因为不知道说什么。

"还气着呢?"贺昇开口,先服软。

"没。"于澄敷衍地回道。

"行,你没生气。想吃什么?"贺昇低下头问她。

于澄心思显然不在这上面:"都行。"

"都行是什么意思啊?"贺昇单手摸摸后脖颈,有点为难,"我挑了你要是不喜欢怎么办？"

"嗯……"于澄犹豫几秒，"不喜欢也吃呗。"

贺昇抬起眼皮看她一眼，笑了："谁让你不喜欢也吃了，我对你有这么差劲？"

于澄一愣，在心里叹口气。

贺昇对她不是差劲，是太好了。

默许她缠着他，带她一起吃饭，当着全校师生的面陪她跑三千米，给她打视频电话，允许她去他家过夜，给她讲题。

年级第一名真有这么闲吗？明明深夜两点多还在刷题，桌子上永远有一摞试卷等着他做。

哪怕她以前是在分部，不知道以前的贺昇是什么样的，但她最起码清楚一点，没哪个女生跟他走近过，她算是个例外。

所以他其实清楚该怎么保持距离，怎么明哲保身。就像刚刚拒绝那个女生一样，他有一百种让你不难堪但又拒绝得果断的方法。

她这段时间有很多个时刻都想直接问问他。

你是什么意思？

对我有什么想法？

又怕真的直接问，答案如果不是她想的那样，现在维持的这点微妙的平衡也消失了。

所以有时候于澄会多想。其实赵一钱那天说的是真的，哪怕她自己没说出来，也知道她和贺昇的差距真的很大。

六月就要高考了，满打满算只剩八个月。

她根本不知道自己要去哪儿。

那点想要打破砂锅问到底的底气瞬间全无。

她好像是真的喜欢上他了，不是头脑发热，不是一时兴起。

她有点自卑了。

贺昇愣住："你，怎么了？"

夕阳仅存的一点余晖照在她身上，初冬的风卷过，于澄眼尾发红。

"没事。"于澄压下喉间的哽咽，又笑开来，"太冷了，冷得我受不了，赶紧找家店待着吧。"

"好。"贺昇点头，一边往前走一边不时低下头看向她。

说实话，这天气他没觉得有多冷，也才到十一月底，他身上就穿着件单层的运动服。不过他也知道女孩子不怎么抗冻，就比如于澄，再爱美，到了这个时候也得乖乖地将短裙换成裤子。

贺昇淡淡地收回视线。

这破风，把澄姐吹得眼泪都要掉下来了，要哭不哭的。

不知道的还以为他怎么着她了一样。

因为于澄没什么兴致，两人简单吃了点，吃完一并往学校走着。不像夏天那样白昼长，这会儿天已经暗下来，弯月挂在天上。

"贺昇。"于澄突然喊他，停下脚步，身后影子被拉得很长。

他回过头，碎发被夜风扬起："怎么了？"

她对上少年的那双眼睛，清澈无比，落拓不羁。

是哪怕看一万次也会心动的程度。

没等于澄开口，贺昇的电话铃声不合时宜地响起来，他打个手势，从挎包里拿出手机接听。

她站在旁边安安静静地等着他。

"舅舅。"贺昇说话清清冷冷的，和平时的冷淡不同，带着显而易见的距离感。

"嗯，二十四号的机票。

"好，谢谢。"

……

一通电话三言两语地讲完，贺昇把通话挂断，回过头来问她："你刚刚要说什么？"

"……没什么。"于澄不知道怎么开口,低下头看着柏油路面,换了个问题,"你要去哪儿啊?"

贺昇收起手机,漫不经心道:"回京北一趟,有事情。"

"噢。"两轮对话讲完,于澄又沉默下来,不说话了。

"啊——"贺昇突然拉长尾音,笑了声,"二十八号,你生日,我记得的,能赶回来。"

"……"

"怎么回事啊澄姐?今晚吞吞吐吐的。"

"没什么。"于澄鼻子发酸,她前一秒都不准备再提这件事了。

她岔开话题,面上还得装得淡然:"我妈的公司在京北,我哥也去京北实习了,我高中以前寒暑假都是在京北待着的,这么一想咱们是不是挺有缘啊,就算这会儿不在南城碰面,没准以后也能在京北遇上。"

面前有落叶刮过,路灯晕开的光线落在她脸上。

贺昇低下头看她,睫毛轻颤一下:"嗯,也没准咱们早就遇到过,但是你不知道。"

于澄微微诧异:"嗯?"

贺昇笑笑,又不怎么正经地添了句:"我也不知道。"

"……"

她就说呢,就算时间往前推几年,她看见这张脸也该走不动道。

"你应该要考京北大学吧?"于澄试探着问。

贺昇低头想了想:"应该吧,还没想好。"

"嗯?"于澄正疑惑,他这成绩,除了京北大学还要考虑其他什么学校?

又听他轻飘飘地补充一句:"也可能走竞赛保送。"

于澄:"……"

南城又下了场雨,彻底步入冬天,贺昇周五就去了京北,于澄这两天就天天和许颜黏在一块儿。

到了周日，两人又去了溜冰场。

许颜单纯对溜冰这件事上瘾，于澄是想再练练，好歹下次别没出息地叫人继续扶着她。

"澄子，你这几天心情是不是不怎么好？"溜完两圈，许颜下来休息，小声地问她，"因为贺昇不在？"

"不是。"于澄敛着眉，靠在墙壁上情绪不明，"没什么，就是突然觉得自己挺差劲的。"

许颜愣住："嗯？什么差劲？差劲什么？"

看于澄不说话，许颜干脆喋喋不休："谁说你差劲的，贺昇？那我真是看错他了，也就成绩好点，一点眼光都没有，敢这么——"

于澄打断她的话，笑出来："不是，你别激动。"

"……"

许颜一时尴尬："那你这是怎么啦？"

"也没什么。"于澄望向溜冰场上穿梭的人群，目光飘忽，自顾自地说了句，"就是突然后悔这些年没怎么好好学习。"

这下连点主动选择的机会都没有。

休息好后，两人继续滑了一会儿，于澄坐到吧台处休息，点了杯柠檬水。

"于澄？"一道粗犷的男声响起。

于澄随着声音移动视线。

三米开外一个穿黑色背心的男人正看着她，长相让人感觉不太舒服，下巴上冒着几颗痘，啤酒肚凸出，胳膊下塌的肌肉上露出部分观音的图案。

道上混的，很多人都喜欢文身文满背，能文得好的少，驾驭得住的更少，多数最后都成了这个鬼德行。

"还真是你啊。"孙信旺惊喜地看着她，"穿上校服就是不一样了啊，差点没认出来。"

于澄眉头皱起来，一时想不起对方是谁。

孙信旺看她那疑惑的表情，"啧"一声："我在老城西那儿的台球室看场子，你忘了？得有两年没见了。"

于澄神情很淡，要是两年前见过，那她是真不记得。

那段时间认识的人太多，记忆都被蒙上一层烟雾缭绕的模糊感。

哪还能记得他是谁？

"我以为你早不上学了呢。"孙信旺上下打量她，"不说真看不出来，你还真是个学生。"

"谢了，当你夸我。"于澄调侃道。

既然对他没印象，那也不会有什么过节，估计就是萍水相逢的一面之缘。

许颜溜完冰过来，拿起于澄的水杯就仰头"咕咚咕咚"地一口气喝完，她擦擦嘴角，额头上的刘海儿都粘在脑门上，娇憨又可爱："热死了。"

于澄笑笑："那歇会儿。"

"这是谁啊？"孙信旺指着许颜问于澄，"你朋友？"

于澄转过头去，那点笑意瞬间滞在唇边，整个人像只刺猬，竖起背上的刺。

因为孙信旺看许颜的眼神她太熟了，宛如毒蛇盯着猎物，贪心、阴毒。

于澄没理他，回过头来冲许颜勾勾手，让她靠近些："帮我买个小蛋糕好不好？刚刚溜那圈脚有点扭了。"

"嗯？严不严重？"许颜低头，往她脚脖子那块儿瞅。

于澄伸手把她脑瓜子抬起来："正着扭的，歇会儿就行。"

"哦。你不是不吃甜食吗？怎么突然想起要吃蛋糕？"许颜纳闷。

"心情不好呗，换换口味。"于澄笑眯眯地说。

"行啊，你等着吧，正好我想去隔壁买奶茶。"许颜把东西丢给于澄看管,拿上手机就走了。

去附近最近的蛋糕店来回也得二十分钟。

直到许颜出门,孙信旺才舍得把眼睛转过来,紧追不舍地问:"哎,你还没回答我呢,她是你朋友?也是学生?"

许颜是标准的"小白兔"的长相,最遭这类人惦记。

于澄抬起眼皮,目光直白而尖锐地和他的对上,冷声道:"知道是学生还问?别有那些不该有的念头,没可能。"

孙信旺一愣,反应过来后冷笑一声:"哟,这是嫌弃我?"

于澄移开视线,没说话。

"别以为自己穿了身校服就真是什么好学生了,你朋友知道你以前是什么样吗?"孙信旺的眼神像是淬了毒,"你哥当初把林哥打得住院,你忘了?"

记忆被勾起,于澄猝然抬起脸。

"你上林哥的车,难道不是自愿的?"孙信旺还在盯着她,不打算放过她,一字一句地说,"有句话怎么说来着,立牌坊?"

一瞬间于澄仿佛被人掐住脖子说不出话来。

口中柠檬水的酸涩感过去后,就是甘苦,淡淡的,留在咽喉上方。

于澄低下头,晃悠着水杯,液体冲刷杯壁,留下新的一轮水渍。

"哟,真被我说中了?"孙信旺看她说不出话来,挺得意,觉得踩中了她的痛点,"咱们都是一样的。于澄,你除了投胎比我好点,别的也不比我好哪儿去,你那个朋友估计也差不多。人啊,不能光看表面。"

孙信旺一字一句,一番话把于澄恶心得不行,黑的说成白的,白的说成黑的,还得带着"你否认就是你在装"的莫名自信感。

"说完了吗?"于澄手指仔细摩挲着杯口,抬头冷漠又直白地看着他,"你管我立不立牌坊啊?"

没等孙信旺继续说什么,于澄嘴角淡淡地勾了下,淡色的光影打在

169

她的脸上，说的话也带着几分刻薄："还是说你老婆也要立，找我借砖来了？"

孙信旺额头青筋暴起："你说什么玩意儿？！"

"说的人话啊。"于澄轻飘飘地和他对视，"说真的，你在我跟前说了这么久，我连你名字叫什么都还不知道。林哥？林宇吗？也没剩太多印象，他确实被打得挺惨，算是我对不起他的一点。"

于澄站起身，不打算再跟眼前这人继续说下去："回头见到了，也记得帮我说说，谢谢他之前照顾我了。要是最后没想把我照顾到酒店去，没准我真挺感谢他的。"

孙信旺脸上横肉都在激动地抖："他又不知道你不是那意思！"

"要不你再帮我问一句。"于澄转身，神色厌烦，压着心里的火气，"他到底多大的脸啊，搭他次车就能想到那方面去，能别成天脑子里胡思乱想吗？"

于澄越说越烦："自己脑子不干净，看什么都像在暗示。"

张宏怕出事，一直在这边吧台里侧的位子上坐着，他也七七八八听了个大概。几句话听得他心生佩服，这丫头伶牙俐齿的，人又机灵，哪能吃亏。

"……"

孙信旺张嘴，表情呆滞。瞧他那样是没听懂，于澄懒得对牛弹琴，视线从他身上收回来，拎起包走了。

顺着通道一路走到门口，南城冬天风大，卷着落叶呼啸而来。于澄靠在路口的指示牌上，没等多会儿手指头就冻得发僵。半天不见许颜人影，决定拿起手机给她打个电话。

于澄边打电话边往前面的人行道上看："在哪儿呢？等你半天了，这点路这么长时间了还没走过来。"

许颜在电话那头语气惊讶："啊！我刚想打电话告诉你，我半路遇见祁原、赵一钱他们了。你来啊，他们准备去吃火锅呢，祁原请客。"

"成啊。"于澄边问边朝路边空车的出租车招手,"哪一家?我这会儿就过去。"

许颜在对面报出个店名,于澄拉开后座车门弯腰坐上去:"行,祁原就是阔气。"

车一路开到七里香,于澄看着手机上许颜给的门牌号往里走。

七里香虽然是火锅店,但一点也没接到火锅的地气,人均消费近千,环境和味道也都没的说。

于澄走到门口,确认好门牌号推门进去,几个大男孩正掀着衣服低头上药。

"……"于澄拿出手机,打开相机模式,镜头冲着几人,"来,帅哥们,乐一个,我这就发到社交平台造福一下全校女生们。"

赵一钱背对着她,许颜正帮他抹红花油,疼得他龇牙咧嘴的。只有祁原继续撩起衣服,露出几块腹肌朝镜头比"耶"。

于澄抓住机会按下快门。

靠墙的一排红色软皮革沙发上,零零散散地堆着酒精、棉签还有纱布,于澄用手拂开一块空地坐下来,问道:"怎么了啊?"

祁原正用右手往后肩膀那块够着涂酒精,一块被指甲抓伤的印子在皮肤上又深又红,于澄从他手里把棉签拿过来,他转过头,把肩膀斜过去些,没精打采地把头靠在沙发垫上,酒精落在伤口上又疼又麻,还带着清凉。

"打球打的。"祁原闷声说。

于澄手上动作一顿,用棉签在伤口上擦拭两圈后扔掉,朝身边几人打量一圈,多少有点不信:"打球能打成这样?这是拿打球撒气了吧。"

"差不多吧,确实没收住脾气。"祁原散漫地抬手把衣服放下来,又解释一句,"遇到二十三中那帮人。"

"噢。"这下于澄心里明了,上次联赛那事过后,两方再遇到,那球打得再凶都正常。

几个人折腾完后，就喊服务员过来点菜，于澄看看这个时间，估计一顿饭吃完也用不着再回学校了。

等菜的空隙，一群人围在点歌台点歌，想唱两首歌调动一下气氛，祁原坐在那儿朝她勾手："想听什么？"

于澄冲他笑笑，眼睛亮盈盈的："想听你就唱？"

"是啊，咱们这都多久没一起吃饭了。"祁原把点歌的平板电脑递给她，"以前怎么没看出来，你挺重色轻友啊。"

于澄看一眼歌单，随机在上面点了两首流行曲目，把平板电脑还给他："这不就见识到了？"

祁原勾着唇角，把平板电脑拿到面前一看，第一首：《小苹果》。

第二首：《最炫民族风》。

"……"他就不该心存期待。

这两首歌直到最后菜上齐了，祁原还是没唱出口。

"不行啊你，偶像包袱太重。"

祁原就笑："长这么大只会唱情歌，你点的这两首，我真开不了口。"

于澄喜欢吃辣，牛油锅涮个不停，整张脸就没抬起来过。

"你跟贺昇怎么样了？这两天没看见你找他啊。"祁原给她夹了片毛肚放到蘸料碗里。

于澄用毛巾擦擦嘴："他去京北了，过两天回。"

"哦。"祁原一晚上基本没怎么动筷子，没骨头一样靠在沙发上问她，"现在你俩是什么情况？"

于澄犹豫几秒："好朋友？"

祁原怔住，突然笑出来："那跟咱俩的关系比，哪个更好？"

于澄朝他翻了个白眼："你怎么不问我，你俩掉水里我先救谁？"

祁原也觉得自己问得不合适，但又怀着点期待："那你说说，我俩要是同时掉水里，你先救谁？"

于澄想也不想地说："救他。"

祁原心里升起一种难以言喻的难受:"……真就重色轻友。"

于澄扯下嘴角,被他这副失落样逗得不行:"你不是自己会游泳吗?"

祁原一愣,眼睫垂下来,眼神看不分明:"这倒也是。"

……

吃完饭后一行人各自回家,于澄进门,江眉颜去公司还没回来,家里只有张姨在。

客厅光线暖洋洋的,张姨戴着老花镜从那一堆针线活儿里抬起头来:"回来啦?饿不饿,想吃什么?"

"不用了,刚吃过。"于澄说。

"噢噢。"张姨揉揉发酸的眼睛,"那你回头给你哥哥打个电话。他今天给我打电话,说找不到你人,好像有事要跟你说。"

于澄点头:"行,我这就给他打,刚才手机没电了。"

回到卧室给手机充上电,于澄开机,看见那行红色的未接电话提醒,给许琛回拨过去。

"怎么了啊大律师,百忙之中还能抽空来关心关心我?"

许琛在那头笑两声,打完招呼就开始问她:"有事想问问你,你知不知道你那个男同学的家庭背景啊?"

"谁?"

"你跑天台喊话的那个。"

"哦。"于澄摇头,"不知道,你没事打听人家家里做什么?就是普通家庭吧。"

不知道许琛怎么突然问起这茬,于澄想想,贺昇的确是普通家庭背景,住的地方当养老房都得嫌爬楼梯太累。虽然之前赵一钱说他那辆自行车挺贵,但她觉得不可信,可能是昇哥不认识牌子买的假货。

她也没有花男生钱的想法,贺昇有没有钱对她来说都一样,她就单纯喜欢这个人。他俩一起出去吃的几顿饭,她连贵的都没点过,不是小馄饨就是三鲜面。

于澄有些警觉:"别跟我说你嫌贫爱富,不是富二代就瞧不上啊。"

许琛嗓音发懒:"谁操心这事?也没什么,就是昨天看见个人,太像他了,所以来问问你。要不是知道他在南城,我差点以为就是他。"

于澄闻言一怔,这下语气都带着高兴:"没准你看到的就是他啊,他这两天确实回京北了,家里有事回去一趟。要不我帮你问问?还挺有缘分啊。"

许琛坐正了:"他是京北人?"

于澄点头:"嗯。"

许琛透过电话的嗓音显得比以往更低:"你知道我在哪儿遇到他的吗?"

"哪儿啊?"

"晨宋律师事务所。"

于澄反应慢半拍,刚想问这不就是许琛实习的那个,又听到他幸灾乐祸的声音传过来。

"妹妹,你告诉哥哥咱家里是不是有什么值钱的东西是我不知道的,我这就连夜飞回去挖出来,一夜暴富一下。"

许琛低笑出声:"拿拉法当代步工具还被你说一般,要不是我活得挺清醒,差点以为咱家是世界首富呢。"

于澄:"……"

飘窗外的绿植被修剪得只剩光秃秃的枝丫,只要等到明年春天,就会再次长出鲜绿的枝叶。

跟许琛打的电话已经挂断半个小时了,于澄望着夜色发呆,还是有点没缓过劲儿来。

原来她昇哥这么有钱的吗?

想想也有道理,昇哥好像,确实也没说过自己穷。

于澄心情很复杂,她在此之前,一直觉得如果自己和他在一起,那她最大的优势就是钱多,但是现在这个优势没了。

昇哥压根儿不缺钱,只是为人很低调。

那句"哥钱多得能砸死你"是真的。

"唉。"于澄叹口气,打开和贺昇的聊天页面,上一句话还是今天早上发的,于澄问他吃的什么早饭,他发来一碗清汤寡水的阳春面的照片,上面零星漂着几粒葱花。

现在她悟了,也许这碗面不是普通的面,汤也不是普通的汤。

从此以后,昇哥的一切,都被笼罩上一层金灿灿的光。

正好贺昇发来消息,贺日日:周二凌晨的飞机回去。

于澄回他一个字:好。

还没等于澄想好再和他说什么,他又发来消息,贺日日:这会儿方便开视频吗?

于澄眨眨眼,感觉不可思议,捧着手机立马回复他:可以啊。

刚回完,贺昇就打来一个视频电话,于澄接通后将摄像头对准自己。

贺昇好像还在外面,像是坐在公园里的长椅上,背景是黑夜,朦胧中身后有几棵芭蕉树随风微动,白色的复古宫廷路灯发着淡黄色的光。

"还在外面啊?"于澄闷声问,"不冷吗?"

京北的冬天应该比南城要冷很多,风也更大。

"有点。"贺昇冲着镜头弯下唇角,眼睛在漫天繁星的衬托下显得耀眼璀璨。

"那赶紧回家呀。"于澄赶紧催促道,"外面太冷啦,别感冒了。"

贺昇轻笑:"在家呢,在院子里坐着。"

"……"于澄低下头,想起刚才许琛和她说的话,轻声"噢"了一声。

昇哥家院子够大的,像在荒郊野外。

"那怎么不进屋啊?"于澄问。她打开浏览器搜了一下,今晚京北的温度只有两度,贺昇连件羽绒服都没穿,只穿一件单薄的黑色冲锋衣。

"不想进去。"贺昇耷拉着眼皮,淡淡地说道。

"这样啊。"于澄应一声,又不知道该说什么了,"跟家里吵架了吗?"

"算是吧。"贺昇哼笑一声,抓抓额前的碎发,脸被冷风吹得微红,扯了下嘴角,"于澄。"

于澄:"嗯?"

贺昇安安静静地看着她,明明嘴角和眼睛都是弯的,但还是露出点悲伤来:"这两天有点不开心,不知道要怎么办了,能讲个笑话哄哄我吗?"

于澄微愣,立马站起来,慌慌张张地放下手机:"等等啊,我给你找去。"

贺昇看不见于澄了,镜头里只有粉色的天花板,听着她翻箱倒柜的折腾声,突然,他觉得心情好像没那么糟了。

画面外突然传来隐忍的痛呼声。

"怎么了?"贺昇问。

"没什么。"于澄闷声闷气,"不小心磕到了。"

她边说着边坐下,镜头里重新出现那张脸,手里拿着本《十万个冷笑话》。

"磕哪儿了啊?"贺昇朝后靠,屈肘支在椅背上。

"小腿。"于澄还在揉,刚才那一下磕到桌角,正冲着肉最少的骨头那块,是真的疼,睡一觉就该紫了。

贺昇眨了下眼:"给我看看。"

"嗯。"于澄听话照做,把手机拿到小腿正上方,调整为使用后置摄像头。

一截白皙的小腿露出来,搭在白色的绒毯上,泛着牛奶的光泽感,小腿前侧有一块红色的印子,隐约发青。

贺昇凑近镜头,眉眼都带上笑意,嘟起嘴,对着镜头呼了两口气:"来,昇哥吹吹就不疼了。"

于澄笑得眼睛都眯成一条缝:"幼不幼稚啊你。"

"幼稚啊。"贺昇龇着牙笑。

于澄把手机重新架回桌子上，翻开刚才找出来的笑话书："来，我给你挑一个啊，保证让你心情变好。"

贺昇"嗯"了声，看着她低头专注翻书的模样，发丝垂落在书页上，侧脸的弧度都显得柔软。

"来，第一个。"于澄清清嗓子，一本正经地读起来，"我邻居家的孩子名字叫朱川，他妈妈每次给他买衣服，都会跟人说这是给我们家朱川的……"

"昇哥，幸亏你没叫鹤顶红。"于澄边说边笑。

贺昇也跟着笑："幸亏你没叫鱼头。"

"哼。"于澄嘴角翘着，继续开始给他讲第二个。

不知道讲了多少个笑话，讲到于澄都困了，还是不肯挂电话，最后嘟嘟囔囔地趴在桌子上，睡着了。

"晚安。"贺昇轻声道，目光温柔。

挂断电话，他站起身，攥了攥冻得发麻的手，抬脚走向那个灯火通明的堂厅。

……

因为要过生日，于澄心里存着事，第二天都没怎么专心听课。

许颜一个课间都在睡觉，这时刚醒来。她伸伸懒腰，问于澄明天生日怎么过，于澄捧着下巴想想："去七里香吧，吃完再换地方。"

"行啊，好地方。"许颜道。

聊了几句，两人赶紧掏出物理作业补起来，下一节就是物理课，物理老师上课第一件事就是检查作业，没完成的一律到教室后面排排站。

光站着就算了，这还不算完，你得继续听他讲课，记笔记得趴在墙上。于澄体验过一次，别提多难受了。

一节课上下来，许颜又困得哈欠连天。

"昨晚干什么了啊？困成这样。"于澄笑她。

"哎呀，熬夜了，几乎一宿没睡。"许颜还闭着眼，趴在桌子上不肯起，"我表姐是李青枝影迷，昨天是李青枝离世满五年的日子，这两天表姐拉着我重温了她的好几部电影。李青枝真美啊，怎么有长得这么好看的人呢？呜呜呜，我好困啊。"

于澄无可奈何，贴心地伸手帮她拉上窗帘，让她睡得更安心点。

一天的课上完，于澄回到家疲惫地躺在床上，洗完澡后也不想睡觉，就睁眼看着墙上的挂钟。

她突然就能理解沈毅风那会儿过生日的心情了。

有点期待，还有点紧张。

真的要到十八岁了。

要成年了。

群里还在鞭炮齐鸣，表情包刷屏没完没了。

恭喜澄子即将成年！

BOOM 的会员为你而开！

让我们一起摇起来！明天全场消费都由我们澄子买单！

于澄捧着手机笑意盈盈，半湿的头发松松散散地绾在后脑勺，纤细的手举起来，皮肤白皙，指甲圆润，她自恋地把手指翘起来，戳两下屏幕，在群里发了个大红包。

几秒钟之后红包被抢光。

牛牛牛，红包够大。

蟹蟹蟹蟹（谢谢谢谢），明天的饭钱有了。

我是手气王，我一周的饭钱都有了。

……

于澄看着这群人的反应，挺高兴的，正上头地准备再发一个，消息列表最上方突然出现个小红点，是贺昇发来的消息：睡了吗？

于澄回复：没啊，怎么了？

对面没直接回复，聊天界面突然变成语音通话请求，于澄按下

"接听"。

"喂？"于澄把手机放在耳边,"怎么啦？是不是要上飞机了？"

"于澄。"贺昇在手机对面轻轻喊她。

"嗯,我在。"不知怎的,于澄突然心跳加快,坐在床上静静听着他说话。

贺昇笑了声:"你现在下床,穿上拖鞋。"

"嗯。"于澄答应一声,心跳得更快了,心里隐约出现一种预感,照他说的穿上拖鞋,握着手机的手心都开始出汗,"然后呢？"

贺昇顿了几秒,声音都染上笑意:"走到窗户边,把窗帘拉开。"

于澄抬脚往窗户边走过去,心都要跳出来,拉开窗帘的一刻,她看见少年孑然一身站在楼下,隔着一道铁门,他黑色的碎发被夜风吹得扬起,肩膀平直宽阔,身形清瘦却不显单薄。

树枝被风吹得晃动,树影稀稀疏疏地落在地上。

贺昇单手拿着手机放在耳边,另一只手捧着一个粉色的小蛋糕,上面插满了蜡烛,火苗在黑暗里跳跃,映在他的那双深褐色的眼睛里。

整个世界就只剩他们。

他们隔着朦胧的夜色对视。

时针正好指向十二点,少年清越低缓的声音透过手机传至耳边:

"澄姐,十八岁生日快乐啊。"

温柔,又撩人心弦。

第五章

不管什么时候，我的第一选择

贺昇买的机票的确是凌晨的，吃晚饭的时候，看着外面的天渐渐暗下来，他突然冒出个念头：要是他突然出现在于澄面前，她会是什么反应？

一桌子的人干巴巴地望着他，就因为这一个想法，他站起来，一句话都没说，拿起手机拽过外套就走了，一路打车到机场，改签，候机。

京北到南城的飞行时间为两个小时五分钟，这段时间手机没有信号，于是候机的时候他就给沈毅风发了条消息，要他帮忙问一下许颜，于澄家具体住哪一栋。

沈毅风发过来三个问号，问他要干什么。

备注为"宇宙无敌霹雳帅"的贺昇：就问问。

沈毅风死活不信。

贺昇想起沈毅风第一回看见于澄的时候，问他觉得于澄怎么样，其实他那会儿就撒谎了。

因为他跟于澄见的第二面不是在校门口，第一面也不是那晚在篮球场，而是二〇一三年夏天在京北的街头。

但澄姐认不出他，他也不想主动提这茬。

所以沈毅风天天骂他骂得其实没错，他确实该骂。

觉得小姑娘吃这一套他就做了，他甚至不知道对方家里有没有大人在，也没想过被撞见了怎么办。

下了飞机就直接打车到蛋糕店，挑了一个粉色的小蛋糕，营业员都和他开玩笑，问他是不是送给女朋友的。

他不要脸地"嗯"了一声。

他拿不准于澄是什么想法，除了天台上那次，她喊的什么来着？一句话都没喊完整，也没说过什么"我喜欢你"这种意思明确的话。

他是学习标兵，是"三好青年"，是很有骨气的，喜欢他的人多得很。

她不挑明，他也不动，看谁能沉得住气。

贺昇拎着蛋糕走在鹅卵石路上的时候，紧张得心跳加快，他第一回干这事，没点情绪波动是不可能的。

走到于澄家这一栋楼的门前，他蹲下来，打开那个精致的蛋糕，掐着时间开始插蜡烛，点燃，拨通电话，然后还得站起来帅气地出现在澄姐面前。

澄姐这人看脸，他心里门儿清。

"你不是坐凌晨的飞机吗？"于澄比他矮了一个头，看着面前火光跳跃的蛋糕，哑着声问他。

"想卡着点给你过生日，就改签了。"贺昇扯扯嘴角，漫不经心地靠在围墙边，"怎么样，我是不是第一个跟你说生日快乐的？"

"嗯。"于澄应一声，又不说话了。

"赶紧吹蜡烛许愿。"

闻言，于澄赶紧闭上眼，认认真真地许了个愿。

吹灭蜡烛，于澄吸吸鼻子，两人就在门口杵着，她总不能吹了蜡烛就叫人回去。

"要进去坐坐吗？"她问。

贺昇低头："家里没人？"

"嗯，阿姨睡着了。"

"噢。"

于澄带着他进去，把客厅的灯打开，男嘉宾窝在沙发上，被光刺激得眯起眼，随后跳下沙发，四爪并用地趴到贺昇的腿上。

"喵呜。"

"奥特曼？"贺昇觉得像在做梦。

"喵呜。"

"你怎么跑这儿来了？"贺昇把猫抱起来，抱到怀里，"宠物店阿姨弄丢你之后都快自责死了。"

于澄有一瞬间的惊讶："你认识男嘉宾？"

"男嘉宾？"贺昇回过头，眼神带着笑意，"别说是你给它起的名字。"

"嗯。"

"怎么跟《非诚勿扰》似的。"

于澄"喊"一声："你这'奥特曼'也没好到哪儿去。"

"这怎么不好？"贺昇用幼稚的语气问她，刻意拉长了尾音，"它是光哎！"

猫还一个劲儿地往他怀里钻，他说："没有哪个男人能拒绝成为光，对不对啊奥特曼？"

"……"于澄无奈，"这是我在便利店门口捡的，橘猫样子都差不多，你别认错了。"

"嗯，没认错。"贺昇边说边把奥特曼的爪子抬起来，"它一直养在我外公那儿，就在南区那边。小时候它左爪子被路边的玻璃碎片划伤过，这是留下的疤。"

"噢。"于澄说不上是什么感觉，觉得有缘分，又觉得舍不得。

"它是你微信头像上的那只？"

"嗯。"

"挺会给自己找主人啊，找澄姐这儿来了。"贺昇坐在沙发上，把它放在自己腿上，给它轻轻挠着脑袋。

贺昇头一回到女同学家里来，有点好奇，也有点不好意思。客厅角落的一个玻璃柜里摆满了奖状和奖杯，本来以为是于澄她哥的，等到贺昇抱着猫过去看，才发现绝大部分写的是于澄的名字。

就是奖状上最近的日期也是二〇一四年了。

于澄被他看得有点不好意思,出声解释:"我小时候其实也算是个学霸。"

"嗯,看出来了。"贺昇还在看,语气诚恳,没有丝毫讽刺的意思,"真的挺厉害的。"

"是吧。"于澄好久没被人这么夸了,也跟着点头。贺昇的分寸感很好,没有刨根问底她后面怎么不好好学了。真要问,她也不知道怎么讲,都是些陈年烂事。

两人在楼下没什么事干,于澄就领着贺昇在客厅逛了一圈,介绍完后,她回过头来问他:"你要不要去我卧室?"

"嗯?"贺昇眼皮垂下来,不知道在想什么,轻轻舔下后槽牙,"这样不好吧?"

于澄往旁边的一间房指了一下,说道:"阿姨住在那儿,我怕她突然出来,有点不好解释。"

"……"

"噢。"贺昇说不上来是什么表情,"成,那澄姐带路吧。"

于澄的卧室在二楼,挺大的,有六七十平方米,除了一扇飘窗,还有一个复古铁艺半圆形的室外小露台。

贺昇一进去就闻到一股淡淡的清香味。这味道他之前在于澄身上也闻到过,靠近的时候就能闻到,似有若无的。

不知道是什么花的味道还是香水的味道,反正他觉得挺好闻。

"随便坐吧。"于澄说。

"嗯。"贺昇也不客气,随手拉开椅子在书桌前坐下来,拿起桌面上写得七七八八的几张试卷,是数学组主任上周刚建议他们买的,他评价道,"挺用功。"

"那可不。"于澄坐到床边,两条白皙的小腿晃来晃去,"少壮不努力,老大徒伤悲啊。"

贺昇笑了一下:"你最近思想觉悟怎么这么高了?"

"明明一直都很高。"于澄不服输地反驳道。

几句话侃完,两人安静下来才觉得气氛有点尴尬。

十八九岁的年纪,深更半夜待一间屋子里,怎么着都觉得别扭。

于澄手机上的消息还在"叮咚叮咚"响个不停,全是卡着点给她送生日祝福的,一排的红色小气泡。有些微信好友甚至连备注都没有,于澄都不知道是谁,也都没回,看了一眼后就把手机收起来了。

这些祝福跟昇哥这波操作比,都弱爆了。

两人坐在对面对视,也不知道该说点什么,总不能坐下来拿出两套试卷一起刷。

贺昇别开眼,稍微打量了一下四周,于澄的房间是标准的女孩子的偏好,粉色打底,墙壁上羽毛、水晶帘,各种装饰品都有,跟她表面的性格不太搭。

不过贺昇有时候也能感觉到,于澄就嘴巴厉害,其实心里怕得不行。

窗外树叶沙沙作响,靠书柜那一侧的墙壁上悬挂着一把尤克里里和一把小提琴,贺昇伸手把小提琴拿下来,试了两下,弦没坏,还能拉。

"学过?"贺昇问。

"嗯,但就上了两节课,觉得难,就没继续学了。"

小时候江眉颜给她报过很多个兴趣班,到最后她坚持下来的也就素描和油画。

"想不想听一首?"贺昇边调弦边问,低着头模样专注且认真。

于澄笑盈盈的,眼睛很亮:"想啊。"

贺昇点头:"好。"

调好弦后,他拿着小提琴推开门走到露台上,朝于澄招手,叫她到外面来。

他没谈过恋爱,连个暧昧对象也没有过,不知道怎么跟女孩子相处更好,但他觉得此时此刻多少得有点氛围感。

曲子不能随随便便地拉,拉了就得让澄姐能记住一辈子。

记住他是一个浪漫的男孩子。

外面还是冷的，好在于澄穿的是冬天的睡衣，毛茸茸的，很抗寒。贺昇拉开小圆桌旁的座椅，示意她坐下来。

怕她冷，还特意倒了杯热水放在她手心里，让她捧着。

一切都准备好后，贺昇才闲适地将小提琴的腮托放至下巴的地方，眼睫侧垂，左手握住指板，右手轻握琴弓。

随着他的动作，一首优美的曲子倾泻而出。

风过影动，这个调子于澄很熟悉，是一首家喻户晓的老歌，二十世纪七十年代邓丽君的成名曲，《月亮代表我的心》。

拉着拉着，贺昇轻声跟着哼唱，音色缠绵又清朗。

"你问我爱你有多深，我爱你有几分。

"你去想一想，你去看一看。

"月亮代表我的心。"

……

少年半倚在栏杆上，黑发随风扬起，把着琴的手指节分明，手指修长，裁剪简洁的冲锋衣把他衬得落拓不羁、恣意鲜活，他是黑夜里的演奏家。

他身后是一轮细细的弯月，悬挂在高穹，树梢随风而动。

一曲结束，于澄惊叹得说不出话来。

演奏完毕，贺昇也缓缓睁开眼，他放下小提琴，两人隔着段距离对视，又各自笑着移开视线。

四下安静，只有偶尔传来的汽车鸣笛声，声音飘忽又遥远。

于澄忽然想起什么，说："想找你的人能排满附中的一条街，是吧昇哥？"

这话她记得清清楚楚，本来她还要插队来着。

"……"

贺昇"啧"了声，不好意思地摸摸后脖颈："我还说过这样的话？"

"是啊。"于澄眯起眼，"要不哪天我挨个到各班喊一嗓子，让想找你的妹子们下楼排一排，看看能不能排满一条街。"

"别吧。"贺昇单手捏住冲锋衣最上头的拉链，往上拉，盖住自己小半张脸，闷笑，"要脸。"

"怎么回事啊你？"于澄歪头打量他一眼，笑他，"脸皮怎么变薄了。"

"能别提这茬了吗？"贺昇也笑出声来。

两人又闹了一会儿，贺昇屈肘往后搭，单手靠在后脖颈，喉结微微滚动："于澄。"

他喊了她一声。

"嗯？"于澄抬头，嘴角还带着笑。

"你……准备考哪个大学？"贺昇目不转睛地看着她，问道。

"不知道。"于澄别开视线，低下头，把手里的杯子转了一圈，"能考上哪个考哪个吧。"

她能考上的也没几个。

贺昇在心里轻轻叹气，试探地问她："那要不要跟我一起去京北？"

"去京北？"

"嗯。"

他右手还搭在后脖颈那块，于澄发现他每回不好意思的时候就喜欢做这个动作。

"京北大学那一片的学校都挺好的，要不你看着，挑个考？"

怕于澄没懂他的意思，他又更不好意思地补了句："我想让你离我近点。"

于澄得逞地笑笑，装腔作势地得寸进尺道："你怎么不跟着我考啊，我要是不想去京北呢？"

"啧。"贺昇觉得自己仿佛是在跟白眼狼说话，他往前一步，弯下腰伸手捏住于澄的下巴，把她的脸挤得嘟起来，又用那种吊儿郎当的调子

188

说,"那你倒是给我挑个啊澄姐,问你你又不说。"

"那个……"于澄脑袋后仰,握着他劲瘦的手腕想把他的手扯下来,"呜呜!"

贺昇这才慢悠悠地松开手。

"这样捏会变丑的好吗?"于澄有点生气,她觉得自己除了貌美也没什么出众的地方,所以对这张脸特爱惜。

"是吗?"贺昇不怎么正经地抬起她下巴左右看一圈,冷淡垂眼的模样有点像斯文败类,"还成吧,也没丑多少。"

于澄抬起眼瞪他一眼。

贺昇过会儿又问:"你到底考哪儿啊?"

"我考哪儿你考哪儿?"于澄反问。

"是啊。"贺昇故意逗她,"万一你到大学了还没事就找我,成天坐飞机来回多累啊,还是近点方便。"

"……"

"要不要脸啊你。"于澄笑了,睁大了眼抬手狠狠捶他一下。

"不要了。"贺昇低笑,胸腔都在震动。

澄姐太好玩了,这张脸他不要了。

夜风阵阵,于澄望着天边那轮细月,冷静了好一会儿才开口:"贺昇。"

"嗯?"

她说:"一起去京北吧。"

她这会儿不说的话,以后大概会后悔一辈子。

贺昇抓了把额前的碎发,眸光烁烁,点头:"好。"

在外头吹了半天冷风,两人一块儿进屋暖和,于澄犹豫了一会儿,还是问:"这都快凌晨两点了,你待会儿还回去吗?"

"回啊。"贺昇漫不经心道,"不回去在你这儿睡啊?"

"行啊。"于澄坐在床边,往旁边拍两下,眼睛亮盈盈地看着他,"我这床两米呢，分你一半啊。"

贺昇靠在书柜上，长腿微屈，垂着头哼笑一声："别了，我怕我清白不保。"

"我是这样的人吗？"于澄两只手往身后一撑，故意冷着脸，偏着头问他。

贺昇嘴角勾起："难道不是吗？"

"……"于澄扯过枕头砸到他身上，绷不住表情，笑了，"我也是要脸的成吗？咱能不能看破不说破？"

贺昇接过枕头，嗓音带着笑意敷衍："成，下次我装一下。"

于澄哼了一声。

"上次给你的物理笔记看完了吗？"贺昇问道。

"看完了，我觉得我掌握得还可以。"于澄站起来，倒出书包里的一堆东西，书本、文具、小零食什么都有，散了一桌，她找到那本笔记递过去，"喏，还你。"

"嗯。"贺昇接过，"明天再给你一本新的。"

于澄点头："好。"

附中每学期的期末都有一场大考，能把人扒下一层皮来。

于澄点灯夜读了几个通宵，才换来进步五十名的结果，年级四百四十二名，已经比她想的好多了。

附中卷，附中学子更卷，四百多名已经算是能稳稳地上普通一本学校的成绩了。

"哎，今天放假，玩去啊？"祁原歪坐在板凳上，边单手转书边问。

"行啊，去哪儿玩？"于澄正收拾书包。寒假只有两星期，她上了趟卫生间回来，试卷就发了几十张，铺满整个桌面。

"去轰趴馆吧，上次去还是国庆节那会儿了。"赵炎提议道。

"好啊好啊。"赵一钱最高兴，轰趴馆玩的东西多，项目齐全，"我妈给我请了个家教老师,等回了沪市我就没好日子过了,可得趁这两天好好玩玩。"

"那行,咱们今晚嗨到底,谁先回去谁是小狗!"赵炎激动地吼了一声。

"谁先回去谁是小狗!"几人一块儿跟着喊。

雾蒙蒙的天空中开始飘雪,在寒假放假的第一天,南城也迎来了二〇一八年的第一场雪。

于澄刚把最后一张试卷收好,手机"叮咚"一声,微信有一条最新消息。

贺日日:今晚还过来刷题吗?

"怎么了?"祁原收拾好书包,靠在她桌子边问。

"没什么,有条消息。"

于澄眨了下眼,把脸藏进围巾里,难得地有点心虚,回复:不啦,我妈从京北回来,今天难得闲一天,要我陪她逛街。

对方回复得很干脆简洁,贺日日:好。

"于澄怎么说啊?"沈毅风侧着头朝贺昇手机看。

"她今晚陪她妈逛街,不刷题了。"贺昇收起手机淡淡道。

"是吧。"沈毅风欠不拉唧的,揶揄他,"谁跟你似的,刚考完试又接着刷。行了,今晚跟我们一块儿去嗨吧,听说轰趴馆的前台换了个小姐姐,可带劲儿了,我得去看看。"

"嗯。"贺昇懒洋洋地站起来,拿上外套道,"一块儿去吧。"

南城天气预报说下午有中雪,雪越下越大,几人下车的时候已经白茫茫的一片了。

这边是个后广场,人少安静,不像前面有那么多门店,平常天气好的时候老头老太太都过来跳广场舞。

赵一钱闷头走在最后,不动声色地团了一个雪球朝前面砸过去:

"王炀，接球！"

王炀猝不及防被砸了一头的雪，随便用手捋两下就反扑过去："看我今天不弄死你。"

两人在雪地上扭打着，于澄也停下来看热闹。

"澄子！"祁原在身后喊她，把手里的雪球抛过去，直直砸到于澄的后背上。

于澄回头看他一眼，面无表情地弯腰捧起一把雪，抬腿朝祁原走过去："就在那儿站着，敢动一下你就死定了。"

祁原："……"

她走过去，拽着祁原的领子硬生生把人拉到自己跟前来，将手里的那堆雪全部塞了进去。

"搞偷袭啊。"祁原一激灵，咬着牙把衬衣拉起来抖两下，"太狠了吧你。"

于澄睨他一眼："活该你手欠。"

"祁原、赵炎！快来帮我一把，把赵一钱给我摁雪里去！"王炀这会儿被赵一钱骑在身下，暂时落下风，只能朝场外寻求援助。

"行啊。"祁原嘴上答应着，扯了两下衣服，看把雪抖得差不多了走过去，趁王炀放松警惕直接来了个反水，王炀的头被他一下摁进雪里。

几人在一起混战，靠在一块儿笑成一团，打得筋疲力尽了还得抬手趁机往对方脸上胡抹一把。

天色渐白，雪比刚来的时候小了很多。

"啊，好累啊。"许颜躺在地上，几个人横七竖八地躺到一块儿。

"躺会儿再去，一身汗。"赵炎感觉外套一脱在这种天都能冒烟。

"谁不是啊，让我躺一会儿。"于澄有气无力道。

赵一钱抡着胳膊在地上画出半个圈："这应该是咱们高三最后一次出来玩了吧。"

赵炎："估计是了，最多过年时再出来两回，你那会儿又不在。"

"那咱高考完是不是就得分开了？"赵一钱心里有点不是滋味。

"谁知道呢。"王炀回过头问，"你们都准备考哪儿啊？"

"我还没想好呢，还得看分数，估计会留在南城吧，南城大学也挺多的。"许颜又侧过脸问道，"澄子你呢？"

阳光由于雪地的反射有点刺眼，于澄抬手在眼前虚挡一下："去京北。"

"别呀。"赵一钱爬起来，"咱们几个成绩也差不多，考到一起不成吗？"

"你那破成绩，谁要跟你考到一块儿啊。"王炀笑他，"你在我隔壁挑个大专学校上还差不多。"

"那也成啊。"赵一钱无所谓，"哪儿的学校不是学校？跟你们考到一块儿更好。"

赵一钱家里是做生意的，家里早就给他安排好了，他大学毕业就回家里帮忙，他也就随便混个学历，多过几年潇洒的日子。

"哪儿那么容易？"王炀难得感慨，"老徐怎么说来着，一分拉下去一万人。我们几个的成绩哪儿叫差不多，跟狗啃的似的参差不齐，也就放附中考场是一层楼的，噢，现在澄子是三楼的了。真放整个苏省的考生里，还不知道差多少呢。"

"行吧。"赵一钱又躺下来。

一排人躺着不说话，望着天发愣。

"行了，又不是不回来了。"祁原开口，"寒暑假、清明假、五一假、中秋假、国庆假，不都能聚吗？"

"知道啊。"赵一钱叹气，"我就是突然舍不得毕业了，累是累了点，但咱几个能待在一块儿，怎么着都挺高兴的。"

于澄扔过去一个小雪球："要不你复读，老徐肯定欢迎你。"

"快给我呸呸呸！"赵一钱激动地又爬起来。

"祁原跟澄子小学认识的，咱们几个初中认识的，兜兜转转分了几

193

回班,到高中还凑在一块儿,大学真难有这样的缘分了。"赵炎也开始怀念。

"谁说不是呢?"

"行了。"王炀一骨碌爬起来,"别说了,再说咱几个就别考了。六月才高考,九月大学才开学,怎么这会儿就整得跟生离死别一样。"

"就是就是。"赵一钱也爬起来,"走,嗨去。"

"走走走。"

……

几人一路打打闹闹到了轰趴馆,许颜还没歇够,于澄陪她一块儿坐着。几个帅小伙把外套一脱,已经开始上台唱起来了。

"赵炎是真行啊,我都比不上。"于澄喝了口红茶,捧着脸评价。

"哪有,我觉得还是你更会唱。"许颜贼笑着,伸手过去脱她的外套,"来啊美女,上啊,这外套还穿着干吗?"

除了外面御寒的外套,于澄里面就一件齐腰的V领针织衫,下半身是深色的修身牛仔裤。

于澄笑着往后躲,尖下巴朝前扬了扬,意有所指:"瞧这一会儿都看过来多少人了,让他们浪一会儿吧,咱俩过去太给他们挡桃花了。"

"那也行。"许颜点头。

将近年底,这里的人比平时还要多,派对办个不停。

一晚上祁原手机上的好友申请就没停过,几人坐下来休息,赵一钱拿起果汁一饮而尽:"祁哥是真大方,有人要微信就真给啊。"

祁原透着颓感地靠在沙发上,面上带着笑:"她们说想认弟弟。"

"开玩笑呢?"赵炎一口水喷出来,"认弟弟有这样认的?"

"不知道。"祁原躺下来,"没准邀请我去拜把子呢。"

"挺会想啊你。"于澄一下子没忍住笑出来。

几个人插科打诨,没过多会儿,隔壁卡座的几个男女走过来,说是南城大学的学生,想一块儿玩玩。

大家互看一眼，都没什么意见，就同意了。

人多，还互相不认识，基本得靠玩真心话大冒险调节氛围。

原本就图个乐子，直到玩起来几人才发觉不对劲儿，对面一男的几圈下来就盯着于澄跟，玩三把于澄能输两把。玩着玩着，于澄也觉得没意思了，他们的意图太明显。

"怎么啦美女，不玩了？"

"嗯。"于澄面无表情地往后坐，跷着二郎腿，脸色极差，说话也直，"当我傻？"

"这叫什么话，出来玩得输得起啊。"对面那个男的不乐意了。

于澄没搭理他，拿上包走了："你们玩，我去趟卫生间。"

祁原点头，剩下的几人互看一眼。

玩归玩，但得有人品，问于澄真心话的那几个问题，听得王炀几人都想直接拿饮料泼他头上。

真是瞎了眼了。

等到于澄再回来的时候，刚才一起玩的那几人已经不在了。

"走了？"于澄坐下来问。

"嗯。"祁原应一声，笑道，"再不赶人，你得跟我绝交了吧。"

"不至于。"于澄不冷不热地说。

赵一钱一个劲儿地吐槽："都怪赵炎，看见里面有美女就找不着北了，你怎么不跟着一块儿走呢？"

"哎呀哎呀，对不住了澄姐。我怎么知道他们这么硌硬人？"赵炎摸摸板寸，"行了，哥几个也别气了，玩去啊。"

又坐了一会儿，几人一块儿起身。

其实来这儿玩也没多有意思，但考完试就这么疯一场挺解压的。

音乐三百六十度环绕，台上打下来的光又花又闪，于澄还是冷着那张脸，但没办法，配上那个长相怎么看都叫人心痒。

有人贴上来，于澄就疏离地勾勾嘴角，不动声色地再拉开点距离，一整场还算和谐。过了一会儿，于澄也疯累了。

"这就累了？"祁原跟在她身后下来。

"嗯。"于澄点头，连手腕都汗津津的，"这两天熬夜熬得厉害，有点吃不消。"

"行，反正放假了，等回去了就好好睡一觉。"

于澄点头，她拿起红茶一口气喝完，打开手机看消息，置顶联系人的最新一条消息是十多分钟前发的：

扭得挺好。

四周人声鼎沸，于澄捧着手机，上一条消息还是贺昇问她要不要刷题，她说要陪她妈逛街。

她重新拿起一罐饮料，食指钩起环扣拉开，丝毫没有被抓包的窘迫感，边喝边缓慢地眨下眼：你也在？

对面好几分钟后才回：嗯。

于澄继续问：在哪块？

贺日日：二楼C区。

"怎么了？"祁原问。

"没什么，我先走了，有点事。"于澄放下手机，跟祁原说了一声就拎包上楼，很容易地就找到了C区。

贺昇一脸平静地坐在那儿，有十几个人围在一起。

"于澄，刚才那个人还真是你啊。"瞧见人走过来，沈毅风揶揄地看一眼贺昇，"怎么了，陪阿姨逛街逛累了？"

于澄笑嘻嘻地坐到贺昇旁边，脸不红心不跳地顺着杆往上爬："是啊。"

这边的座位比楼下的卡座大，于澄视线扫了一圈，大多都是脸熟的面孔，在学校里来来回回的，多少打过几次照面。

她佩服沈毅风的一点就是他特别能组织，不像她和祁原，就算认识的人多,但乐意在一块儿聚的就那几个。沈毅风不一样,回回出来都像是联谊大会,来的人不够两位数都组不起来这个局。

"玩什么呢?"于澄问。

"真心话大冒险。"沈毅风冲她挑眉,使了个眼色。

于澄手上动作一顿,眼皮直跳,她今天是捅了真心话大冒险的窝了还是怎么着?

"哎,玩吗?"沈毅风问,不等她回答又自顾自地说,"我们玩好一会儿了,你在这儿干坐着也无聊,贺昇都加入了,你也一起吧。"

于澄只能点头:"好。"

"规矩是跟牌定输赢。"沈毅风把一个竹筒推过来,给她介绍,"里面都是签,真心话和大冒险都是随便抽的,红色真心话,黄色大冒险,全看你运气,抽到颜色签就得看你的对家怎么要求,不能耍赖。"

于澄点头,表示明白了。

沈毅风想得周到:"这样,你先看一局,等会儿再加进来,不然该说我们胜之不武了。"

于澄失笑:"行。"

第一回玩这种复杂的游戏,她坐在一旁,看了两轮才摸透规则。不管是跟牌还是骰子这种桌上的游戏,看着是随便玩,其实都得靠脑子或者靠经验,不然早晚输个彻底。

脑子和经验这两样于澄都不占优势,全是半吊子。

贺昇脑子够用,所以没怎么输过。但这东西也沾点运气,贺昇刚才就输了一次,于澄幸灾乐祸。但恰好那一局对家是陈秉,贺昇抽到真心话后就被陈秉随便地问了个无关痛痒的问题,惹得一圈人"嘘"个不停。

多数对家提的要求都是比较损的,比如指个陌生人让他过去介绍自己是傻瓜,或者干一件糗事给他录视频留着以后拿出来调侃,要不问点劲爆的问题,满足青春期隐秘的好奇心。

都是十七八岁的年纪，里头也有几个上大学放假回来的，也不好意思提太出格的要求，大多图个乐。

于澄参与的第一轮就输了，抽到的是真心话，对家是个没见过的男生，想了半天才有点不好意思地让于澄随便回答了个问题。

下一轮不知道是不是因为分心，于澄连着输，一次大冒险、两次真心话，好在抽到大冒险时对家是个没见过的女生，看上去文文静静的，也没为难她，也就是要求她跳段舞，这对她来说也不是放不开的事。

音乐响起，别的座的人伸头往这边看热闹，贺昇还是维持着那个坐姿，耷拉着眼皮不知道在想些什么，压根儿没看她几眼。

于澄心里暗"喊"一声，瞧瞧，刚刚还说她扭得挺好，这会儿给他看还拿乔起来了。

因为都放得挺开，一圈人也开始玩得大胆起来。

"来来来，接着玩。"陈秉激动地洗牌，嘴角都要扬到天上去，"这次是逆时针发牌了啊，该我们先来了。"

"行行行，你来你来。"

发牌发到于澄跟前，恰好包里的手机响起来，她拿起来看，是江眉颜的电话，朝桌上的人示意一下后，她拿起手机出去。

她走到卫生间，这边音乐声小些，不怎么吵，给江眉颜回拨了过去。

"澄澄？"江眉颜在电话里试探地问一声。

"嗯。"于澄应一声，"怎么了？"

江眉颜还在京北，没回来，公司压根儿离不开她，她挺着大肚子还得忙活。

"张姨说你还没回去，在哪儿呢？"

于澄随口回："今天放假，和祁原、许颜他们在外头玩呢。"

"哦。"江眉颜知道她是和祁原、许颜在一块儿，放心不少，又叮嘱，"你等会儿玩完了，早点回家知道吗？到家了给我发一条消息。"

"知道的。"不管她说什么，于澄都乖乖应着。

"今天是小年夜,本来还怕你一个人在南城难受,既然在玩那就好好玩吧,我叫张姨先回家去了,小年夜也不好留她在我们家。"

"嗯。"

"对了。"江眉颜又紧跟着补充,她说话总是不急不慢、轻声细语,"你哥说你寒假也来京北是吗?要是这样的话,我们今年就在京北过年了。你看你是后天还是什么时候过来。"

"嗯,可以。"于澄应着,总不能叫一家子因为她再往南城跑。

"行。"江眉颜的声音听上去心情不错,问她,"要妈妈帮你订机票吗?"

于澄刚想说要,脑子里浮现一张脸,他过年应该也要回京北吧。

要是这样,他俩可以一起回去。

"不了,哪一天去还没想好,我自己订就行。"于澄话说得很圆,压根儿惹不起江眉颜一丝一毫的怀疑。

"嗯,那你自己订票,来之前告诉妈妈就行。"江眉颜都随她,这些小事上从不去干预。

"好。"于澄答应着。

事情说完,她挂断电话回到卡座,游戏还在继续进行,歌不知道切了几首,桌上满是瓶子和易拉罐,饮料又被喝掉两打,一半的人已经躺平认输了。

于澄难得后面几把运气不错,竟然没输过,眼睁睁看着陈秉被灌了一肚子饮料。

"有谁喝饮料是连口气都不让换的?"陈秉擦嘴,"等会儿别让我逮着你。"

"你逮,让你逮。"男生笑得贱兮兮的。

这些东西喝多了撑人,几个老是输的人都不知道跑几趟厕所了。

贺昇面前放着一杯漂着薄荷叶的饮品,透着冰蓝色,应该是刚才点的。

"最后一把了啊。"沈毅风握着易拉罐,"再喝真吐了。"

剩余的几人也点头，再玩下去，今晚谁都别站着出去了，撑得胃疼。

话说好，沈毅风将牌摊开来洗，剩下八九个人顺着摸。于澄看一眼自己的牌，是"小王"，这一局只要最后没有人炸她，基本稳赢了。

随着时间推进，一圈人慢慢将牌打出来，于澄将最后那张小王亮出来的时候，嘴角都带着一丝得意。

耳边是碧雅·米勒（Bea Miller）的歌，又欲又磁性的女声低缓地吟唱。

>As far as I can tell it's kinda crazy.
>That you even care at all.
>（你好像依然在乎我一样，
>我只能说这有点疯狂。）
>Convincing everybody you can save me.
>But you're the one who made me fall.
>（你说服所有人你可以拯救我，
>可你却是那个让我坠入深渊的人。）
>So what if I'm not.
>So what if I'm not everything you wanted me to be.
>（如果我不是呢，
>如果我不是你想要的那样呢。）
>……

"那个，这一轮也结束了，玩完了，大家回吧。"沈毅风自顾自地说着，也不管其他人有什么反应，低头收拾自己的东西。

一个沙发，两人各坐一头，灯光和音乐都在循环。

"回去吗？"过了半天，贺昇支着脑袋懒懒地问。

"嗯。"于澄点头，她这会儿已经缓过神来了。

外面雪已经停住，于澄低着头踩在雪上，一步一个脚印。

因为放假，于澄有恃无恐，准备通宵庆祝，跟着贺昇回他那儿看部电影什么的。

今晚是小年夜，远处商圈大厦被特许放烟花，那里水泄不通，围了好多人，在城市里看一场烟火太难得了。

两人一块儿踩着楼梯到了四楼，贺昇开锁，打开灯，于澄跟在他身后溜进去。

橘猫趴在暖和的猫窝里，自动饮水机在旁边安静地冒泡，猫被动静吵醒，懒洋洋地眯眼抬头看两人一眼，又继续安心地趴回去。

"订哪天的机票？"贺昇抬头问。刚才于澄问他过年回不回京北，两人都回，就约好一起走。

于澄摇头："不知道，看你吧。"

"看我？我往年都是年前二十九才回去。"

"这么晚？"于澄有点惊讶，她又想到上次贺昇回京北跟她打视频电话的时候好像不怎么愉快，应该是和家里关系不太好。

没等她开口，贺昇又说："我早回晚回都行，你要是急，我们就订后天的。"

他边说边操作手机："今天这会儿都够晚的了，你还要看电影，估计明天一天都会睡过去。"

"行啊。"于澄无所谓，她又拿出手机，"那我把回来的机票订了。"

虽然之前许琛隐晦地跟她提过，贺昇的背景不简单，但她听听就过去了，没问过。她觉得这是件挺私密的事情，问出来不好，跟查户口似的。

唯一不一样的就是于澄在钱这方面跟他算得更清楚了，万一贺昇真是什么顶级无敌富二代，她也得表达出"我想跟你做朋友绝对不是图你财"的意思。

贺昇抬起眼皮看她一眼，压根儿不知道订一张机票她也能在脑子里想那么多："行啊，你看着买吧。"

机票都订好后，贺昇才拉开电视机下面的柜子给她找影片看。

电视机是老式的，没法智能点播，只能通过 DVD 机播放影片。他这儿的影片存得挺多的，大部分是上一个租户留下来的。

于澄坐在沙发上，抱着男嘉宾，哦不，抱着奥特曼。现在猫归原主，连名字也改回去了。

看贺昇低头挑了半天，于澄等不及了，放下猫站起来往那边走，准备自己挑。贺昇瞥见她要过来，直接随便抽了一张出来。

"……"

"挑好了？"于澄问。

"嗯。"贺昇耷拉着眼皮点头。

于澄拿过来看，是《赌侠2》："星爷的？行啊，我还没看过这部。"

"那就这部吧，我也没看过。"见她没意见，贺昇将光碟塞进 DVD 机里开始播放。

客厅灯被关上，屏幕上的光落在两人的身上。这部电影的风格还是一贯的无厘头搞笑，随着剧情推进，影片里，如仙小姐再一次出现，周星祖为之着迷，周大福一下子就猜到了，惊讶地对他说："你惨啦，你坠入爱河啦。"

周星祖不想承认，周大福说你这个样子谁都能看得出来的呀。

周星祖不死心，换了好几个怪异的姿势，每换一个都要问周大福这样还能不能看出来他喜欢如仙小姐。

周大福每次都肯定地说可以。

看着好像无厘头，没一点逻辑。

但于澄突然就看懂了这部分情节的道理。

你瞧，喜欢一个人，怎么样都会被发现的。

根本藏不住。

影片结束，贺昇问她要不要喝饮料或者吃点零食，于澄三天两头地往这儿跑,冰箱都被她分了一半。

"开瓶椰子汁,冰好的。"于澄冲他笑,不客气地说。

她怕冷,一来就把屋里空调的温度调得特别高,现在被吹得口干舌燥。

"好。"贺昇点头,起身去拿。

就像贺昇说的,于澄第二天直接睡了一整天。到出发的那一天,京北下大雪,飞机延飞,两人在南城机场足足等了两小时。

顺利登机后,于澄坐在靠近舷窗的位子望向窗外,然后分给贺昇一只耳机,分享自己最喜欢的歌。

"到了京北能找你出来玩吗?"于澄问。

贺昇已经戴上眼罩准备闭目养神了,懒懒地"嗯"了一声。

机舱里灯光变暗,于澄望着窗外云层下的夜景,恍然生出一种不真实感。没过一会儿,她把头转向贺昇,安静地望着他的睡颜。

贺昇属于睡觉特别乖的那一类,半张脸被眼罩遮住,只露出直挺的鼻梁和薄薄的嘴唇,下颌线条流畅,喉结随着睡觉时的呼吸轻微起伏。

于澄眨了下眼,支起上半身探过去,乌发垂落,正在纠结要不要干坏事的时候,飞机恰巧出现一下小幅度的颠动,她重心不稳地往前摔下去,唇瓣不小心擦过他的喉结,像羽毛一样轻轻滑过。

"……"

她赶紧爬起来,屏住呼吸观察着,还好贺昇睡得沉。于澄心虚地戴上眼罩,也开始闭起眼睛补觉。

等到机舱重新归于安静,身边的人把眼罩拉下,胸膛起伏明显要比刚才剧烈,黑暗里那双深褐色的眼眸紧紧盯着于澄,喉结滚动了一下。

女孩睡得很熟,还侧了一下身子。

贺昇无奈地重新戴上眼罩,半点睡意也没有了。

飞机抵达京北机场的时候天已经黑了，于澄舒服地伸个懒腰："终于到了，好几年没来过了。"

"还好，这几年也没怎么变。"贺昇推着行李箱边往前走边说，垂着眼略显疲倦。

"去吃点东西？好饿。"于澄问。上一顿饭是上午吃的，中午就和贺昇一块儿候机，这会儿饿得肚子咕咕叫。

"也行。"

外面雪还在下，于澄直接就在机场点了碗面，贺昇要了一杯咖啡。

首都的机场人流量真的挺大，于澄吃面的空隙，望见前方人头攒动，黑压压的一片。

"那边好热闹啊。"于澄看了两眼，"粉丝接机吗这是？够疯狂的。"

不知道中间的人是谁，远远看着那人戴着帽子和口罩，遮得严严实实，身边还有好几个保镖疏散人群，粉丝疯狂呐喊，传到于澄这边已经什么都听不清了，只能看见站姐长枪短炮地凑上去对着脸拍。

"你说，这个明星心里高兴更多，还是觉得无语更多？"于澄问。

"不知道。"贺昇没休息好，恹恹地双肘搭在座椅两侧，乌黑碎发和黑色冲锋衣衬得他肤色冷白。

于澄自顾自地说："估计无语更多，谁爱被人凑到脸上拍啊？距离才能产生美，这些人一点分寸感都没有。"

"嗯。"贺昇随口应付一声。

那边的喧嚣很快过去，于澄也吃完了。因为飞机延误，不知道什么时候才能到，于澄候机的时候就告诉江眉颜不要等她，等她到了会给江眉颜发消息。

于澄又点了一杯橙汁，两人就坐在这儿等。贺昇没通知家里，等着把于澄送走他直接打车回去。

时间一点点过去，于澄听腻了自己的歌单，随便选了个电台，随机切换到了林宥嘉的《成全》。

于澄听着听着，突然说了一句："你这辈子都不用感受到这首歌的无奈。"

贺昇抬起眼皮看她一眼，意思是让她继续说。

于澄眼睛亮盈盈的："因为不管什么时候，你一定都是我的第一选择。"

只能让别人成全我们。

贺昇扯扯嘴角："我怎么这么不信呢？"

于澄笑起来："不信可以试试啊。"

贺昇哼笑一声，不接招。

正聊着，贺昇突然抬头，起身，眉眼清冷地抬腿朝机场另一侧走过去。于澄不明所以。

一直走到两个女生面前，贺昇抬手："拿出来。"

两个女生面面相觑。

贺昇皱眉，语气很冷："不要让我说第二次。"

穿黄色羽绒服的女生这才小心翼翼地把相机放到贺昇手上："对不起啊，我们没有恶意的，就是觉得你长得帅，所以拍了两张。"

贺昇没理她，把相机里他的照片调出来，彻底删除。

穿粉衣服的女生要大胆些："真的一张都不能留吗？好可惜。你是不是哪家公司的练习生啊？"她又把目光投向贺昇身后，"姐姐也好漂亮！我们会保守秘密的，你告诉我们你是哪家公司的，我们粉你。"

"不是，也用不着。"贺昇嗓音淡漠，言简意赅地回答了她一连串的问题，把相机放到她手上，转身回去。

于澄才摸清楚状况，抬手朝那两个还在恋恋不舍朝这边看的女生挥手笑了下，两个女生靠在一起激动地捂嘴跺脚。

她回过头说："你对镜头的敏锐感好强啊，我一点感觉都没有。"

"嗯。"贺昇懒洋洋地应一声，重新靠回去。

"经常被偷拍？"于澄问一句。

不然正常人哪来这方面的敏锐感。

贺昇没否认:"有段时间是。"

"就因为长得帅?"于澄觉得不可思议。

"不是。"

"那是因为什么?"

"就因为,我是我吧。"贺昇淡声回答。

没什么特别的理由。

于澄一怔,这会儿的她还听不懂贺昇的话,以为他是在自恋。

后来她才懂,有时候你什么都没做,什么原因都没有,仅仅因为你的姓氏、背景,就要无端承受很多人的恶意。别人为了吃口饭,让你成为被牵扯其中的无辜者。

"后来呢?"于澄问。

"家里出面的,不清楚。"

"噢。"她点头,没再问什么,隐隐约约感觉到贺昇好像真的不太普通,不是单指成绩好、长得帅、有点钱的那种不普通。

于澄手机上江眉颜发来消息说自己已经到机场门口了,贺昇把于澄送过去。

机场门口的灯光下,鹅毛般的大雪飘落下来,江眉颜的小腹已经明显地隆起来了,她坐在后座,看见贺昇也只有一瞬的惊讶。

"有人接你吗?"江眉颜问他。

贺昇把于澄的行李递给司机,礼貌性地点下头:"还没告诉家里,待会儿自己打车回去就行。"

"要是不介意的话,可以送你一程。"江眉颜望着他说。

贺昇一怔:"谢谢,不用了。"

两人告别后,路上,于澄坐在后座打了个哈欠。

"困了?"江眉颜看向她。

"还行吧,在飞机上睡了一会儿。"

"回去再睡吧。你跟他一块儿过来的?"

"嗯。"

停顿半晌,江眉颜才说:"张姨说你这段时间经常后半夜才回家,是在他那儿?"

"嗯。"于澄承认。

怕江眉颜误会,于澄添了一句:"就在他那儿做试卷、刷题,没干什么。"

江眉颜点头。

于澄对她的态度有点惊讶:"你竟然信?"

"嗯。"既然是那家的孩子,那在做事的分寸上,她不用多担心。

"不过妈妈还是那句话,没必要就别去招惹他了。"江眉颜皱眉,"你们都还太小了。"

"为什么?"

"因为未必能有好结果。"江眉颜的语气很平和,就像在说今晚的菜放多了盐。

她见过的事、走过的路太多,四十多岁的人与十八岁的人心境是完全不同的,也早忘记了少年时的勇敢与热忱。

半天,于澄也就敷衍地"噢"了一声。

回到京北以后,于澄被江眉颜带着见了几位老师,他们的履历发着金光,在油画方面都有不小的成就。这就导致她年前一直都没空出去玩,不是在画画就是在买颜料的路上,要不就是被带着看展。

贺昇好像也忙,她上午发的消息他经常晚上才回,两人就打过一次电话,平时都是这种断断续续的联系,竟然还算默契。

一直到大年初三,于澄才腾出空来,约贺昇一块儿看电影。恰巧他那边的事情告一段落,也有时间。

京北的雪早就停了,路上行人脚步匆匆,只有一些绿植上还留着的未融化的雪见证这个冬天。

两人约定在一家商场门口见面，于澄到的时候正好是中午，刺眼的阳光照下来，离得很远就看见贺昇靠在路灯杆子上，戴着棒球帽垂头望着路面，身边站着一个女生一直试图和他说话，烦得他眉毛都拧在一起。

平心而论，于澄一直觉得贺昇修养很好，不是真的心烦得受不了，不会表现在脸上。

直到于澄走近，两人才发现她。

"来了啊。"贺昇抬起头，不咸不淡地说了句。

"嗯，这儿太堵，我骑共享单车过来的，够快了。"于澄嘴角扬起个弧度，她确实比约好的时间晚了有一个小时，挺不好意思的。

"她是谁啊？"一旁的女生轻声问道。

于澄低头看向她，原本以为她是头脑发热就死缠烂打的路人，看来两人本来就认识。

女生巴掌大的脸，一双秋水般的眼睛，很好看，跟于澄完全不一样的那种好看。

要是把她比作小白兔，那于澄就是狐狸精，看着就不太像个善类，就算乖一点，也让人无端觉得是装出来的。

"朋友。"贺昇说。

于澄睨他一眼，对他这个说法不太满意，挑了挑眉。

贺昇瞧她一眼，没说话。

"走吧。"于澄说。

"嗯。"贺昇抬脚就准备走，不打算留在这儿继续浪费时间。

"那个，我能一起吗？"周秋梓眼巴巴地出声问。

贺昇回过头，声线冷淡："不能。回去吧，别来找我了。"

周秋梓不死心，伸手拽住他的袖子，还没开口，手背上就被人"啪"地打了一下，声音清脆，她白皙的皮肤上赫然出现一块红印。

"谁让你拽他了？"于澄眯着眼问。于澄比她高，气势凌人。

"我……"周秋梓说不出话来,只能看向贺昇,用眼神求救,"贺哥哥。"

于澄不等贺昇开口,侧过去半个身体把人挡在身后,神情冷艳。

没想到和贺昇新年第一次见面,就是在京北的街头给他挡桃花。从看见他身边有个女生缠着他一直到这会儿,她不爽的这股气憋挺久了。

"我们去约会,你也要跟着?"于澄扯扯嘴角,"姐姐挺传统的,接受不了第三个人在,你还是找别人去吧。"

前面的路又堵了,车流在身边停住,缓慢前行。贺昇抬眼望向她,脑子里不合时宜地涌出点画面来。她真是什么都敢说。

周秋梓不敢置信地看向贺昇:"她说的是真的?"

于澄见状伸手在身后戳了戳他,表达出来的意思就是,如果你敢拆穿我,我一定会弄死你。

贺昇无可奈何地抬手摸摸后脖颈,又把手放下来,懒散地搭到于澄的肩膀上:"嗯,你哥不是说了吗,我这人谈了恋爱指定对女朋友特好,特宠,没底线的那种。她的性格你也看见了,只能顺着她。"

于澄很入戏,不满地瞪他:"所以是我逼着你的咯?"

贺昇亲昵地捏捏她的脸,如沐春风地笑:"不是,我自愿的,我整个人都是宝宝的。"

于澄一怔,反应了几秒才脸颊发烫地接下他的话:"嗯,这还差不多。"

周秋梓皱眉,打量着两人:"不可能,我哥说了,你高中毕业前不可能谈恋爱。"

"凡事都有例外,她就是例外。"贺昇眼神冷淡地看向她,"听明白了吗?"

贺昇一字一句,字字清晰。于澄扬起下巴侧过脸瞥他一眼,正午的阳光照下来,照得他整个人都亮堂堂的,头发清爽干净,透着十足的朝气蓬勃的少年感。

虽然在演,但于澄心跳还是忍不住加快。

周秋梓眼眶里一瞬间蓄满泪水，忍着不眨眼："所以我没有机会了是吗？"

"嗯。"贺昇轻轻点头。

"回去吧。"他拿出手机，收回搭在于澄肩头的手，"给你打辆车回去，以后别来找我了。"

周秋梓一个劲儿地哭。

事情告一段落，等车的几分钟谁都没说话。车到了，周秋梓边哭边上去，整个人哭得梨花带雨。

好不容易将人送走，于澄回过头，呼出一口气："完了，电影入场时间过了。"

"那还看吗？"贺昇问。

"不看。"于澄垂眼，"接不上剧情了都。"

"嗯，我的错，耽误了。"贺昇说道。

"不，本来我也是踩着点来的。"于澄多少还是有点闷闷不乐，"那不看电影咱们去哪儿啊？"

"随便你，司机开车送我过来的，去哪儿都行。"

于澄抬头："噢，刚刚那个女孩是你带过来的？"

"不是，被她哥送来的。"

"她哥？"

"嗯。"贺昇带着她往前走，"一个傻子。"

两人一块儿往商场的地下车库去，过年期间车位基本都是满的。于澄跟在贺昇身后，看到一辆暗灰色跑车，跟许琛常开的车是同一个车标。

她拉开车门坐上去："京北这么堵，怎么开车来？"

"我家住得远，不好打车。"贺昇伸手提醒她系好安全带，问道，"想去哪儿？"

于澄系上安全带犹豫了一会儿，把头靠在车门边上："随便带我兜兜风吧，这几天在家待得太闷了，不是画画就是看展。"

"好。"

车开出停车场，一路向西，等红灯的时候恰好手机铃声响起，贺昇把免提打开，吵吵嚷嚷的声音通过话筒传来："我妹说你有女朋友了，你这会儿还能得空接我电话？妹子没意见？你把免提打开，给我听听声。"

"……"

"闭上你的嘴吧。"贺昇冷着声道，"什么事？直接说。"

"小气巴拉的。"周秋山在电话那头碎碎念，"噢，是这样，下午聚一聚啊，还在燕京山。你也把妹子带过来给我们看看啊，老赵他们几个好奇死了。"

贺昇转过头看于澄一眼："这要问她。"

"成，你问。我妹这会儿还一把鼻涕一把泪的。你够狠的啊，她才十六岁，给她说的都是些什么，下回编你也编个别的理由成吗？"

贺昇嗤笑一声："你不如把你妹给看住了。"

"是是是，成成成。那就先这样啊，我哄我妹去了，回头见。"

电话挂断，贺昇偏过头，跟于澄解释："他们几个嘴都损，说的话你不要放在心上。"

于澄点头："嗯。"

隔了半天，贺昇才开口问："你想去吗？燕京山那边之前开发景点，后来项目停止，就被用来赛车、烧烤什么的，不算无聊，想玩的话可以带你过去。"

于澄撕开一片口香糖放进嘴里，无所谓的模样："去啊，你要是自己一个人去，我演的不全白费了？"

贺昇低笑起来："有道理，谢谢澄姐。"

离下午约的时间还有一会儿，贺昇打算先带于澄在山脚下兜风，于澄求之不得。

自从车子开出市区，贺昇便让司机将油门踩到底，跑车的声浪很大，"轰"地开过田野间，一震一震，震得人头皮发麻。

凛冽的寒风刮过，将贺昇的黑色碎发吹得扬起，恣意飘荡，于澄也毫无畏惧地张开双臂感受风的速度，仿佛能割裂冬天的寒冷。

一圈兜完，于澄意犹未尽，还没有落地的真实感："能再来一圈吗，昇哥？"

"不能。"贺昇往前指了下，"等到山上加上油再说。"

"行吧。"于澄只好暂时作罢。

两人顺着山道上山，一路蜿蜿蜒蜒，每隔一段都有一面赛车的旗子，这座山上有一个很出名的赛车基地，京北城里经常有人过来赛车，不仅正规，场地也大。

看台上已经坐了几个人，见贺昇过来，朝他俩挥挥手。

"这就是那个妹子？"周秋山跟刘姥姥进大观园一样稀奇，上下打量着她。

"嗯，这是于澄。"贺昇给他介绍。

"长这么好看，哪儿找的啊？"旁边穿着机车服的一个女生凑过来，短发，皮肤是带着力量感的小麦色，眼睛很亮，"我叫赵晗，很高兴认识你，这可是阿昇第一次带女孩过来哦。"

赵晗边说边朝她眨眼。

"你好，于澄。"于澄礼貌地伸出手，跟赵晗握了下。

因为人是贺昇带过来的，几个人对她都很热情，三言两语地跟她介绍今天的安排，没什么特别的事，主要就是过年聚一聚，过来烧烤和赛车，让她随意。

于澄既不会骑机车也不会开车，就主动揽下烧烤的担子。赵晗骑着机车绕了两圈场子过完瘾后，也下来帮她。

"你机车学了多久啊？好酷。"于澄边调火边说道。

赵晗想了一会儿："嗯……我在北美那边读书，玩好几年了。"

于澄翻烤串的手一顿："那我这会儿学晚吗？"

"不晚，但这个挺危险的，估计阿昇不让你学，但说不定你撒撒娇他就同意了。"赵晗冲她挑眉,"想学来找我啊,机车我最在行,四个轮子的你就得找他们了。"

"行啊。"于澄笑了。

两人脾气对口味,熟悉得很快,惺惺相惜,还互相加了好友。

看台上,周秋山递给贺昇一罐汽水,朝于澄的方向指了指:"说说,怎么想的?"

贺昇伸手将汽水接过来,泡沫在手中瞬间涌出,碎珠子一样从手背滑落:"没怎么想,就是你见的这样。"

周秋山:"你们真在一起了?说实话,蒙我妹行,可蒙不了我。"

"嗯,没在一起,等毕业再说。"贺昇甩甩被淋湿的手,将汽水端到唇边喝了一口。

周秋山发懒地往后靠:"真牛,在你家家规的底线上蹦跶。我以前就说了,你指定是个恋爱脑。哪家的姑娘你了解清楚没?就往这儿带。别跟孙航似的,给人当了垫脚石还蒙在鼓里。"

孙航也是两人的朋友,比两人大几岁,前年谈恋爱,交的女朋友靠着孙航的关系勾搭上一个京圈影视业的大佬,电影拍得风生水起,转头就把孙航踢了。

贺昇瞥他一眼:"她不是那种人,我也没想这么多。再说,不是你要看的吗?"

"我说什么你就照着做什么?得了吧,别跟我装蒜。"周秋山骂他。

贺昇笑笑不说话。

闹完,两人默默无言一会儿,周秋山朝前面指过去:"于妹妹看着性格挺野的,估计一般人都驾驭不了这样的。"

贺昇摇头:"不知道,顺着她来吧。"

"你真是无可救药了。"周秋山把头转向他,"你家里知道了吗?别怪我没提醒你,这事没这么好成。"

"嗯。"贺昇将易拉罐在手中缓慢地转两圈,垂下眼,"毕业后她要是跟我在一起，我就直接带她回老宅，这会儿用不着让他们知道，我自己的事，他们也管不着。"

"你来真的？"周秋山爬起来。

恋爱能谈，但要把人带回老宅，就是下定决心跟家里逆着来。

"哎，跟我说说，到底为什么你碰到这姑娘就认栽了？"周秋山不明白。

"也没什么，我妈刚去世那年你记得吗？"贺昇平静地叙说，神情倦怠，嘴角勾起一丝自嘲，"我在家休学一年，学校里，家附近，摸不清蹲了多少狗仔，连去看我妈一眼都成了奢望。后来我偷跑出去一次，结果被狗仔抓个正着。"

周秋山点头，那年贺昇身世被曝光后，闹得不得安宁，他听家里人提过。贺昇特意戴了帽子和口罩，这么打扮反而明显，被发现后甚至有人想扯掉他的口罩拍张全脸，但被一小姑娘制止了。

"就她。"贺昇笑了，"她今天打你妹的手，跟几年前打狗仔的手一模一样，就差拿个手机拍回去了。"

"就因为这个？"周秋山皱眉。

这都什么年代了，真要感谢也犯不着把自己搭进去，甩张支票就能扯平。

"当然不是，我当时遮得严严实实的，她压根儿不认得我。我起初就是认出来她了，帮了个小忙，但真没什么想法。"

贺昇漫不经心地伸手将额前的碎发往后捋了下："但她成天追在我后面啊，天天钓着我，我就是一纯情男高中生，哪能扛得住？"

"嘚瑟死你得了。"周秋山忍不住翻着白眼骂他，骂完心里又羡慕。

"成，咱几个里面就你最有主意。"周秋山喝口酒，眼神染上一丝郁意，"我就准备趁大学多玩玩，毕竟以后的事情，也轮不到我自己做主。"

周秋山边喝边感慨："瞎花心思给我妹从小物色未来的男朋友，长得帅、靠得住、身体好，可惜了，去南城两年，回来就'名草有主'了。"

贺昇抬起眼皮看他一眼，没吱声。

聚会于澄玩得挺开心，贺昇送她回去的。后面赵晗找她玩过几次，于澄见她的次数比见贺昇还多。

跟在南城不同，贺昇身边只有沈毅风和陈秉，规规矩矩地两点一线往返于学校和出租房，除了样貌出众，跟普通学生看上去区别不大。

但当他回到京北时，他整个人透出来的劲儿跟在南城是完全不一样的。

像是回到自己的主场，可以恣意妄为地坐着七八位数价格的跑车在山道上兜风，有一群圈外人想要结交的朋友。于澄想吃垃圾食品，他就让司机把车停到路边的麻辣烫摊上，坐在她对面点了份清汤的。

跟南城附中红榜上的那个穿着校服的学习标兵相差甚远，又叫人觉得一点都没变。

不妨碍于澄想继续黏着他。

待在家里的时候，江眉颜试探地问过她的高考志愿，她告诉江眉颜要往京北考。江眉颜很高兴，让请的几个老师帮她大概看了下成绩和专业水平，挑了几个院校出来。

于澄的专业水平是过关的，但想考顶尖院校，文化课分数差了十万八千里，好在江眉颜对她没要求，随她考。

日程被安排得满满的，一直待到开学前一天，于澄才和贺昇一块儿回到南城。

在十八班，开学第一天是有传统的，比如，大家来得一定比往常早，因为要赶紧补寒假作业。

年前就已立春，阳光普照，从还未完全长出新叶的梧桐枝丫间投下来，留下横七竖八的阴影。

"妈呀，澄子，你这作业写得也太认真了吧。"许颜叹为观止，"这就是年级第一名的影响力吗?"

于澄靠在窗户边,笑着抽回试卷:"不看拉倒。"

"看看看。"许颜赶紧把试卷摁住。

"哎,许颜,这么多张呢,你分我两张啊。"赵一钱转过头来,"来,一人一半,待会儿换着看。"

"我我我,我也要。"

赵炎感慨,手下字写得飞快:"绝了,咱们班竟然出现除班长以外的第二个写完寒假作业的人了。"

齐荚正好收作业收到后面,对着狂补作业的几人细声问:"那个,我跟班主任说下午把作业抱过去,能赶完吗你们?"

赵一钱头都不抬:"能能能,谢谢班长!"

一般交作业都是上午就得交,齐荚明显是故意多申请了点时间。

"嗯,那就行。"齐荚点头,"没事,那你们抓紧,写完递给我就行。"

祁原还在犯困,被几人吵醒,抽出一沓空白试卷放在桌子上,脑袋上竖着刚才睡觉压起来的一撮呆毛:"懒得赶了,直接把我名记上吧。"

齐荚愣住,沉默一会儿后实话实说:"班里目前只有你一个人没写,徐老师一定会找你的。"

"嗯,没事。"祁原往后桌上靠,拿出游戏机,"记上吧。"

"……"

这会儿是二月下旬,于澄三月开始就要参加各个美术院校的校考,时间没剩多少天。贺昇从放寒假前就将重心转移到数学竞赛上,两人这段时间各忙各的。

数学竞赛组专门在知行楼划出一间教室,参赛的学生由奥赛组老师单独带队。于澄之前去那边的教室找过贺昇,第一次去人还挺多,乌泱乌泱坐满了一整个阶梯教室,后来再去就只剩下包括贺昇在内的五人小组。

只要全国竞赛拿到金奖,五个人就可以直接获得京北大学一对一特招的面试机会，最差也能获取一个降分录取的优待。

省竞赛的结果已经出了，附中的数学组是苏省第一名，两周后要去京北参加全国竞赛，所以于澄这段时间都没怎么找贺昇，怕打扰他。偶尔贺昇有空了就给她发条消息，一起吃顿饭什么的。

晚上馄饨店的人不像早上这么多，贺昇坐在于澄对面，喝着奶茶，垂着眼，碗里的馄饨一口没动。

"想什么呢？"于澄在他面前挥挥手。

贺昇抬眼，松开吸管舔了下嘴唇："想题，突然想到解法了。"

"……"

"昇哥。"于澄喊他，佩服得五体投地，"走火入魔了吧你。"

贺昇不在意地笑笑，往椅背上靠："差不多吧，这段时间做题都要做傻了。还好，下个月竞赛比完就能解放了。"

于澄忍不住问："要是拿到金奖，能直接保送，你还来上学吗？"

"不知道，还是会来的吧，得拿高中毕业证啊，多少做做样子。"贺昇笑了，"怎么了，怕我直接走人了？"

于澄低着头没说话。

贺昇哄人一样把奶茶拿到一边，修长的手指擦掉杯壁上的水珠，笑笑："我不用参加高考，就专心给你当小老师啊。"

于澄看向他。

"我要是参加高考，怎么都能拿个前三名或者状元吧，状元给你辅导功课，一节课的价格怎么都得四位数起，你赚了啊澄姐。"

这话于澄听得开心，但又不想直接表现出来，摆出一副傲娇样，落在贺昇眼里跟只小孔雀没区别："当我付不起这点补课费？"

"当然不是。"贺昇哼笑一声，不太正经，"你最有钱，我穷死了，求你给我个打工的机会吧。"

于澄嘴巴不饶人："尊贵的兰博基尼车主，请问您是在使用文学里的讽刺手法吗？"

217

"没，这也不是我花钱买的，车库里随便摸的一辆。"贺昇耷拉着眼皮，嘴角淡淡地勾起个弧度。

"车、库、里、随、便、摸、的、一、辆。"于澄咬着牙重复他的话，"来，昇哥，说说你是怎么做到字字不提钱，句句都炫富的？我也想学学，省得被人骂暴发户。"

"……"

"不能看见兰博基尼就忽略我的努力啊。"贺昇抬手无奈地扒拉两下碎发，深褐色的眼睛下隐约可见淡淡的乌青，"那句口号怎么喊来着，'拼搏改变命运，励志照亮人生'，难道身为附中学子，我不够拼搏吗？不够励志吗？"

于澄稍愣，贺昇确实拼，她一直都知道。不管是之前学习还是现在做竞赛题，他拔尖不完全是因为有天赋，还有比别人不知道多多少倍的用功。

所以于澄才会一开始以为他家境不好。真的，他太拼了，完全不像个富二代，跟除了玩命读书没第二种选择一样。

"说说吧昇哥，你是怎么抛弃'不努力就回家继承财产'的想法的？也让我学学。"

贺昇靠在墙上，食指和大拇指捏着校服拉链，在领子那一块来回滑动："没什么，天底下没有免费的午餐啊。"

他垂着眼，头发有段时间没剪了，较长的几根直愣愣地戳着眉骨，显出点颓感："打个比方，我明明喜欢的是这杯芋泥奶茶，但我没钱，也没有等价的东西交换，老板大发善心地送我一杯，但给的是我不想喝的。"

"为什么？"于澄第一反应就是问他。

"是啊，我也问为什么，为什么都送我一杯了，但偏不给我我想要的。他说没什么为什么，这是他给的，所以给什么我都得收着。"

贺昇说完抬起眼皮看她一眼，浑不憽地笑出来："是不是觉得特别不可理喻，但又觉得真是他说的这个理？"

"嗯。"

于澄点头，又觉得心疼，抬手顺了两下他的碎发："其实你还可以有另外一种选择。"

"嗯？"

"选择给澄姐说两句好听的，澄姐给你买。买你爱喝的，给你买奶茶店都行。"

"……"

周末，于澄晚自习请了假，待在家里完成美术作业。这算是艺考生的优待，允许学生出去完成专业课。这幅画她赶时间，画好就要寄到京北找人过目。她刚放下画笔休息，微信上赵晗就打过来一个视频电话。

"什么事？"于澄接通问道。

画面里她脸颊上还留着没来得及洗的颜料，于澄抬手，随意地搓了两下。

镜头对面，赵晗黑色的短发微湿，正在一家美发店里，黑黝黝的眼睛让于澄想到在墨绿色森林里自由奔跑的小鹿，有种奔放的灵气，这也是于澄喜欢她的一个原因。

赵晗把镜头反转，对着一本时尚杂志，指着上面的模特："亲爱的，我想接头发，你帮我看看哪个好看啊。"

"接头发？"于澄大致扫了一圈模特图，也没什么主意，主要是她和赵晗认识不久，没熟到能帮人决定换什么发型的地步。

万一接完变丑了，就很尴尬。

"要不你问问造型师？"于澄微微蹙眉，她真拿不定主意，主要还是觉得赵晗更适合短发。

"哎呀，我想试试看嘛，你就帮我挑一个。"赵晗指着封面图，"你觉得这个怎么样？跟你的发型好像，我很喜欢，自然又好看。"

于澄随意地笑笑："行啊，你试试，接得不好看你再换。"

她点头："好的，那亲爱的你先画画，我接好了拍照给你看哦。"

"嗯，好。"

画画的时间过得特别快，等到整幅画完成之后，天都黑了。手机"叮咚"响了一声，是赵晗发来的自拍。

于澄点开，放大，怔住了。

赵晗化了妆，对着镜头微笑着比"耶"，乌黑的长发散在肩头，模样和于澄有三分相似。

赵晗发过来一个"吻"的表情：嘿嘿，第一次尝试长头发的造型，太美啦！

于澄捧着脸，随手回：嗯，多试试，挺好的。

大概是真高兴，光给于澄看还不够，赵晗又将这张自拍发了朋友圈。于澄刷到的时候顺手给她点了一个赞，两人有共同好友，没过多会儿又出现小红点提示。

周秋山在下头跟着评论：牛啊，我差点认成于妹，老赵也开始走这种路线了？

赵晗回复：yes（是），我本来就很美好嘛。

到这儿也没什么，但周秋山紧跟着又回复一条：哪天让阿昇认认，看分不分得出来。

于澄垂眸，望着这条评论，心头涌出一种怪异的不适感，索性将这条朋友圈滑过去不再看。

她喜欢赵晗，不代表想跟她相像，更不想别人在说谁像她的时候扯上贺昇。

没过几秒钟，又有小红点出现，是熟悉的猫狗头像，于澄控制不住地点进去。

贺昇没点赞，回复的是周秋山的那条评论——

眼不瞎。

于澄望着那行字，心里那点隐秘的不适感也消失了。

他太好了，诸如此类的小事太多，就算是"无意穿堂风"她也认了。

第六章

十八岁的夏天，泛着酸涩遗憾

数学竞赛的比赛地点在京北大学，贺昇跟着小组成员一块儿过去。比赛是公开赛的形式，现场公布奖项，公开透明，也方便在外头蹲了不知道多久的高校招生办直接挖人。

大厅内座无虚席，除了翻阅纸张和低声讨论的声音，一片安静。

附中和京北二中已经进行到了加赛环节，要是都没解出来，还得再进行一轮；如果有一方能解开，比赛直接结束。

气氛紧张又焦灼，不亚于任何一场惊心动魄的赛事。

附中组的答题板写了又擦，擦了又写，每次都只差一点。

几人一个月没日没夜地刷题、解题，做到吃饭都想吐的地步，不是为了来拿第二的，这会儿输的话比一开始输还难受。

贺昇垂头握着笔，不停地写着，手里的废纸一张又一张。

"你那边怎么样？"

"不行。"

"贺昇呢？"

"也不行。"

"到底差哪儿啊？"唯一的女组员着急地揪头发，都走到加赛了，谁都不想差这一点。

"先别慌，你可是狗头军师，心不能乱。"另一人安慰，"二中的也不一定能解出来，这会儿就看心态了。"

女生深呼吸两次："好。"

座席间呼吸声可闻。

"有人记得张老师给我们讲佩尔方程时提到的那些吗？"女生拍拍脑袋。

贺昇皱眉，拿笔在纸上写下几个公式，推到桌前："这个吗？"

女生拿过来，扫一眼，抓起笔又继续往后推几步。

"对对对，老王你快拿去算！"

"这就来！"男生拿过去，再次冲到答题板前，他在这里心算是第一名，解答得最快。

时间一分一秒过去，附中的几人全部围在答题板前，比赛要求穿西装，竞赛的气氛太紧张，基本都已经热得后背出了一层汗。

贺昇身上的外套不知道什么时候已经脱下，整整齐齐地搭在座位上，白衬衫袖口处被掀开，往上折起一段距离，手腕劲瘦有力，拿着白板笔在答题板空白处进行演算和推演。

几个人大气都不敢出，直到他停笔那一刻。

"怎么样？"老王问。

贺昇点头，将白板笔重新盖上盖子："结果正确。"

"牛！"女生转身就扑到暂停键上按下，将时间定格在 47 分 48 秒。

摄像机已经将他们的答题板投到大屏幕上，二中放弃答题，裁判上来判分，场下掌声雷动。

知道贺昇有比赛，这天临近傍晚，于澄才犹豫着给他发消息：怎么样啦？

贺昇刚从京北招生办里走出来，走到走廊上给她回复了两个字：还成。

"还成"是什么意思？不太好？

于澄在那边还是担心：没拿到想要的名次也别难受啊，澄姐请你喝奶茶！

贺昇嘴角淡淡地勾起，垂着眼笑：金奖。

夕阳的光照过来，贺昇穿着衬衫、西裤和皮鞋，标准的参赛服装，

223

但他身材比例极好，臂弯处搭着西装外套，乌黑的头发，整个人矜贵又清冷。

看得走廊另一头的女生一愣。

于澄捧场地发来"鞭炮齐鸣"的表情包，一连串地刷屏。

两人简单聊几句后，贺昇收起手机，转身看到那头的女生，开口问："有事？"

女生红着脸点头："对对对，张老师说等下一块儿去吃饭，庆祝一下。"

贺昇点头，抬脚走过去："好，这就去。"

问完后，于澄放下心来，她已经在京北待了快一周了，今天痛经，躺在酒店刷了一天手机。

除了几个美术老师推荐的，她把那些顶尖院校也都报考了一遍，照许琛的话说就是万一祖坟冒青烟呢，报一下又不吃亏。

于澄寻思着她跟许琛祖坟也不是同一个，不见得能好使，但就算考不上，能进去感受一下、熏陶一下也成。

大学城连成一片，于澄这几天要考的两三所学校都在这儿，包括京北大学。

艺术类考试都是从早上开始，八点之前到考场。江眉颜手里能直接入住的房产离这边都不近，最近的不堵车也得二十分钟，但不堵车这事在京北压根儿没可能，特别是有各类大型考试的时候，二十分钟的路堵到两小时都不足为奇。

她难得未雨绸缪，过年的时候就在这边订好酒店，这会儿打开行程软件，附近五公里一间空房都没有。

于澄迷迷糊糊睡了一觉，醒来后天都黑了不知道多久，等她进浴室洗完澡，出来正擦着头发就收到许颜的消息。

贺昇穿西装好帅！！！

于澄擦头发的动作一顿，右手点开图片，是陈主任朋友圈的截图，发的正是竞赛小组今天的领奖照。

贺昇站在最边上，视线朝着镜头，腰细腿长，身姿挺拔，扫过去第一眼看到的就是他。

于澄拿出吹风机随意吹两下头发，半干后就用皮筋扎起，她惦记着那张照片，拿起手机发消息给贺昇：你们来这边住在哪儿啊？

竞赛小组刚好结束饭局，贺昇走到房间门口，推门进去，单手打字回她：学校旁边的酒店。

于澄住的酒店旁边就是京大，那贺昇不就在这一片？

她问：哪个酒店？

贺日日：汉里。

于澄调出地图搜索下，离这儿只有两百米：我也住在这边呢，好巧。这会儿能去找你玩吗？

贺昇坐到床边，看一眼手机左上方的时间，都晚上九点了，能玩什么：标间，和别人一起住，不方便。

于澄不想放弃，把自己的酒店名和房间号发给他。

她太想看看穿着西装的活的贺昇了，光看照片都觉得帅。

于澄：那你来找我？

贺日日：不去。

于澄：求你，我这会儿画画缺个模特。

贺日日：明天画。

于澄不依不饶：就得今晚画，这会儿有灵感，艺术家不能浪费灵感。

贺昇脸皮也厚起来，不正经地回：你找别人吧，我太帅了，不能当模特。

于澄：？

贺日日：容易让人无心工作。

"……"

于澄咬牙：成，等会儿我就去找。对了，我隔壁好像有人打架，我准备敲门看看，见义勇为完再去找模特。但我怕被打死，你帮我守着，五分钟后我不回消息的话记得帮我报警。

"……"

于澄的话驴唇不对马嘴,扯的这些他一个字都不信。贺昇头疼:行了,这会儿就过去,等会儿给我开门。

于澄得逞,字里行间都透着兴奋:好嘞哥哥。

贺昇拿起外套站起身,往门口走。

"咦,你要出去?"老王打着游戏回头问。

贺昇点头:"嗯。"

"去哪儿啊?"

"回家。"

"哦。"老王点头,都相处一个多月了,知道贺昇家在京北,"什么事啊?这个点了还往回赶。"

贺昇的手扶上门把手,淡声道:"家里的猫不听话。"

"嗯?"

他拧开门走出去:"认人,闹腾,不消停。"

九点钟的大学城正热闹,马路边随处可见轧马路的小情侣,烧烤摊也正是烟火气最浓烈的时候。

于澄懒懒地躺在床上,点开搜索框,输入:如何让男高中生快速喜欢上自己?

她点进排在第一位的问答词条,回答只有一个:好好学习,天天向上。

"……"

是她不配。

思考一会儿,于澄又换了一个问法:如何让男人神魂颠倒?

网页加载两秒,一瞬间出来很多个词条,她低头扫一眼。

夸他,撒娇……

于澄仔细地想，要是她真这么干，贺昇应该会被吓得扭头就跑。

一点可靠的建议都没有。手机被她随手扔到一边，她闭上双眼。

头顶灯光刺眼，于澄把手放在眼前。没消停两分钟，振动声顺着床垫传过来，她伸手把手机摸过来，以为是贺昇，直接放在耳边就说——

"怎么啦，找不到房间吗？"

"哟，跟谁有约呢？"手机那头传来一个陌生的男声。

于澄支着胳膊坐起来，把手机拿到面前看了一眼，是南城的号码，她又放回耳边："喂，你是？"

"这就连我的声音都听不出来了？你以前可是天天挨在我身边的，看来感情挺虚假。"

于澄皱眉："到底是谁？"

"林宇。"对面的人说道。

于澄脑子里忽然闪过一张脸，除了那张脸看上去斯文白净，身上满背和双臂都是文身，真正的金玉其外，败絮其中。

她有一半的坏毛病都是跟着他学的。

"什么事？"她冷淡地开口。

"对我这么冷漠啊，刚刚那个亲昵的语调呢。"林宇在那头不知道在干什么，隐约能听到有人在交谈，"好伤我的心。"

"没事就挂了。"

于澄不认为自己跟他有什么好聊的，两人差点一个成原告一个成被告。

"孙信旺跟我说，你挺不待见我啊。"

"你心里没点数？"于澄冷笑，"孙信旺又是哪个？"

林宇："他跟我说前段时间在溜冰场遇到过你。"

这下于澄想起来点，没多少耐心地说："没事就挂了。"

"别。"林宇叹声气，听得于澄皱起眉头，"我就来跟你提个醒，有人查你。"

"查我？"

"嗯，找我打听你，我说不认识。"林宇声音都开始变低，"怎么样，我对你还不赖吧？"

于澄垂眸："查我做什么？要绑架我？要不你转达一下，就说于炜的闺女早跟他老死不相往来了，绑架没用，人家眼都不一定眨一下。另外我妈也破产了，绑架我毫无价值。"

对面一愣："真有你的，你自己上点心吧。咱们先不聊这个，说说，你这是约了谁？我好吃醋啊。"

于澄不太有耐心："关你什么事？"然后她恶狠狠地挂断电话，拉黑了这个号码。

她以前也够浑的，能跟这种人玩到一块儿去。

于澄靠在窗边，她打开窗户，头发被风吹得扬起，三月的天还是寒的，风里带着冷意，她这会儿就想被冷风刺激一下。

直到房门被敲响，于澄这才回过神来。两家酒店只隔几百米，贺昇走过来只需要十分钟。

房门被拉开，贺昇站在门口，西装在他身上笔挺熨帖，不像这个年纪的其他男孩子一样撑不起来，这种打扮他也驾驭得很好。

于澄一下子就联想到贺昇今天在赛场时的模样，很养眼，更多的是觉得他有一种我辈自强根正苗红的少年感。

跟方才林宇把她拉入的乌烟瘴气的情绪相反，她仿佛进入了另一个不同的世界，恍如隔世。

贺昇单手插兜，另一只手里拎着一份粥。

于澄扶着门问："来我这儿吃夜宵？"

"给你买的。"他说。

"哦。"

于澄这才模糊地想起，她在微信上好像跟他说过自己没吃晚饭来着。可惜原本欢天喜地的心情被林宇的一通电话搅得半点不剩。

贺昇抬手把粥递给她，好笑地问："喊我来，就是让我在门口站着？"

"不是。"于澄接过，这才想起来给他让道。

贺昇抬脚走进去。于澄订的是豪华大床房，地方挺大的，屋里摆着画架，笔筒里插着各色画笔，地毯上都被沾染了不少颜料。

这事对美术生来说很正常，于澄早在入住的第一个晚上就联系了前台，照着这块地毯的原价进行了赔偿。

感受着屋里的温度，贺昇轻轻皱眉，走到窗边把窗户关好后，才走到沙发边随意地坐下来，闲适地往一边靠，长腿屈膝叉开腿坐着。

屋里是女孩子带来的清香，于澄光着脚踩在地毯上，把粥放在桌面上。

"要看电影吗？"于澄真的饿了，想吃饭，怕他无聊，把手机递给他，"电视机连了我手机的蓝牙，想看什么你自己挑。"

"好。"贺昇接过来，于澄的手机没设密码，屏幕往上滑就能解开。

贺昇拇指在屏幕上滑了一会儿，脸上说不出来是什么表情。

"怎么了？没有好看的？"于澄问。

"不是。"贺昇把手机放到桌子上滑到她面前，似笑非笑，"想法挺野啊澄姐。"

于澄不解地拿起手机，嘴里的虾仁都差点喷出来。

手机页面还是她刚才浏览的——如何让男人神魂颠倒。

她刚刚直接熄灭屏幕，忘记退出了，贺昇一点开就是这个网页的界面。

她耳朵发烫："你假装没看见。"

贺昇配合她："嗯。"

于澄还是害臊，转身把手机往床上扔得远远的，就跟手机与她无关一样。

她背朝着贺昇，就穿了件黑色吊带睡裙，长度刚过小腿，后背露出一大片白皙的肌肤，还有肩头的一处面积不大的疤痕。

像荆棘又像锁链，有种危险又致命的美。

"澄姐。"贺昇喊她。

"嗯？"

"没什么。"他笑笑，"就喊你一声。"

于澄坐回地毯上，重新拿起勺子，顺着他的目光看向自己的肩后，愣了下。

她转过头，平静地告诉他："以前这边被划伤，留了疤。"

"疼吗？"贺昇问。

于澄微愣，自然而然地说出口："疼啊。"

刚说完，她又垂下眼，改口："忘了，好久之前的事情了，不过我挺厉害的，到医院缝了十几针也没掉一滴眼泪。"

于澄缓慢搅动着碗里的粥，这个疤又让她想到林宇。

那天她被林宇带出去玩，不知道怎么回事旁边就有人打起来了。社会上的人真打起架来挺吓人的，于澄不巧赶上，混在其中被人拿碎了半截的酒瓶子误伤。

她那天穿的白T恤，鲜血染红了一大片。

两边的人停手，林宇吓得脸色发白，于澄倒是从头到尾没掉一滴眼泪。她也疼，疼得这会儿都心有余悸，后来遇到路边有人发生冲突都躲得远远的，生怕再挨一下。

但她那会儿压根儿找不到能哭诉的人，只能自己忍着。

于澄被他看得有点不好意思，左手抬起来搭在肩头那处，低下头，一口一口地吃着粥。早知道就该提前披件外套挡住。

贺昇还在盯着那个地方看，他说不清心里是什么感觉，呼吸丝丝缕缕都泛着酸麻和郁闷。

这么大一块疤，怎么能不疼呢？该疼死了。

把粥吃完之后，于澄到底也没用贺昇当模特画一幅画，她笔都拿起来了,贺昇死活不肯脱。

理由是这样的:

"我身材太好了,拿我当起点,以后模特难找。"

"……"

他不肯,于澄就算了,总不能把人按在沙发上硬扒。再说她也强硬不起来,昇哥一只手就能把她摁在那儿。

竞赛的后续事情完全结束后,竞赛小组先回南城,贺昇在这儿多留了两天。知道贺昇和于澄在京北,周秋山又把两人约了出来。赵晗也在,留着上回照片里的发型,化着妆,跟寒假时见她的时候形象天差地别。

唯一不变的就是看见于澄时很热情,亲昵地过去搂着她"亲爱的,亲爱的"地喊,问她什么时候走,约她去逛街。

于澄随便找个理由敷衍过去,自从上次看见那条朋友圈,她对赵晗就没第一回见时那种喜欢的劲儿了。

虽然话是周秋山说的,但她就是觉得赵晗这个人让她不舒服。

她一向随意,对一个人喜欢就是喜欢,不喜欢就是不喜欢,没有逼着自己非得喜欢谁的毛病。

察觉到于澄对她的态度转变,赵晗也没怎么再跟她搭话。

这次周秋山组局地点定在一家食府的单间,上次燕京山聚会的人都在,除此之外还多出两张新面孔。

两个人从小时候就跟在贺昇屁股后面喊哥,说是听周秋山提起,这回特意来看于澄的。

"行了。"贺昇把两人拍过去,"闹个什么劲儿,吃你们的吧。"

于澄食之无味,随便吃两口就没动筷子了。

再陪贺昇这么演下去她都该分不清真假了,昇哥怎么这么厉害,不该考京大,该考北影。

演技一流,跟真的一样。

"阿昇大学来京北上是吗?"周秋山问。

"嗯。"贺昇点头,"京北大学。"

"不错不错,这下咱俩离得近了。"他往后一瘫,"可给你盼来了啊!真的,自从不跟你一届,我都觉得没意思。"

"一届?"于澄问。

她知道周秋山是京大隔壁华清的,现在上大一。

"是啊。"赵晗轻笑,眨了两下眼,"阿昇没跟你提起过吗?他休学过一年,以前我们都是一届的,幼儿园都在一块儿上的,后来我去北美读书,我们才分开。"

话说出口,桌上有一瞬间的安静,周秋山心里"咯噔"一下,抬头朝贺昇看。

于澄转过脸,也朝贺昇看,眼角眉梢带上点笑意:"贺学长?"

"嗯。"贺昇把下巴藏进领子里,懒懒地笑着答应。

刺身盘里的干冰飘着冷气,长桌对面,周秋山看得一愣一愣的。他也谈过几段恋爱,大概有点懂了贺昇说的他一个纯情男高中生哪能扛得住是什么意思。

瞧瞧,知道对方有事情瞒着自己没说,于澄第一反应不是生气,而是喊一声"学长"。

再看一眼于澄的长相,还有那个身材。

这是什么人间甜心小宝贝,换谁谁不迷糊?

周秋山瞬间觉得自己刚谈的女友不香了。

于澄八卦的欲望很低,直到散场,她都没问贺昇关于为什么休学的问题,对他以前的事也只字不问。

整个三月于澄都在京北参加考试,从需要穿羽绒服到只用穿卫衣,四月才回去上课。贺昇成功拿到京北大学的保送名额后,照旧还是两点一线地回到附中上学。

陈秉感动得涕泪横流，直言贺昇是好兄弟，苟富贵，无相忘。

沈毅风一个劲儿地翻白眼，傻子都能看出来贺昇来上学是为了于澄，真不知道这傻瓜把原因往自己身上揽个什么劲儿。

这会儿离高考不到一百天，不管什么时候路过高三教学楼都是安静的，连十八班作天作地的班风都逐渐收敛。

直到二模成绩下来，于澄的成绩都稳定在年级四百名左右，徐老师说这个成绩考上一本学校没问题，连赵一钱都摸到了本科学校的边。

学海无涯苦作舟，以前老觉得读书刷题这件事看不见头，现在终于看见头了，大家又格外珍惜最后的时光，拼了命地去抓住它。

梧桐道上再次绿叶成荫，叶子在阳光下泛着新绿，几道细碎的阳光透过间隙洒落在地面上，洒落在校服的裙摆上。

许颜回过头张望："祁原他们今天下午打球，咱们去看吗？"

"去呗。"于澄咬着酸奶吸管，"脑子都学糊涂了，去遛遛弯也好。"

学校操场上人不少，都是高三出来透气的。高三周末照旧有半天的休息，但回去的人少，都是出来放松一会儿，再回教室继续学习。

两人径直走到台阶上坐着，看着篮球场上的几人追着球跑，许颜望着前方，说道："我发现祁原好像这半年都没跟什么女生走得近过了。"

"是吗？"于澄问。

"是啊。"许颜点头，"真难得。"

"确实难得。"于澄评价一句。

一场打完，祁原几人走过去，自然地拿过于澄面前袋子里的饮料。两人只要来看他们打球，几乎都会给他们带水和饮料。

祁原拧开瓶盖，"咕咚咕咚"灌下去大半瓶，坐到于澄身边，转过脸问："你俩这半天就在这儿看我们打球？"

于澄眯着眼笑："是啊，多养眼，毕业以后上哪儿凑这么一堆帅哥打球给我们看。"

"行。"祁原笑一声，"你俩打吗？带你们玩。"

于澄扬起下巴朝球场看:"他们不打了?"

她说的是球场上的另外一伙人。于澄和许颜偶尔也会到球场上投两个球玩玩,都是没其他人在的时候。

她俩要是真玩,跑都跑不起来,祁原几人也乐得让着她们,心血来潮还能来段现场教学。但其他人在就不合适,于澄自己都替他们觉得扫兴。

祁原点头:"嗯,不打了。"

于澄拉上许颜站起来:"那走吧。"

赵炎把球顶到指尖旋转,花式玩球他最在行。于澄过去把球抱住,在手里掂两下:"到底什么时候教我这个啊?"

"谁没教你了?从高二开始教,你也没学会一点。"赵炎看着她的手指,"澄姐,你这指甲留得好看是好看,但转球是真不行。"

于澄换单手抱球,把手指张开放在面前:"是吗?"

赵炎点头:"是啊,把指甲剪了吧,不剪真学不会。"

"噢。"于澄把球又抛给他,"那你自己转吧,我不学了。"

赵炎乐了:"不愧是你啊,头可断血可流,爱美不能丢。"

"那是。"

于澄重新坐回旁边的台阶上,祁原也跟着坐过来。太阳大,祁原刚打完球,身上热烘烘的,于澄嫌弃地往远处挪:"你身上热死了。"

祁原不怎么在意地拿手擦了把脑门上的汗,咧嘴笑,小虎牙明晃晃的:"阳气重啊。"

"滚吧你。"于澄骂他。

"行行,马上滚,滚之前先给你个东西。"祁原边说边从口袋里掏出一条链子,朝她扔过去,"上个月正好去了一趟沪市,给你带了一条。"

于澄接过,把手链拎起来看,它在太阳底下熠熠生辉,是风格极简的一条细细的银链。

去年十八岁生日的时候祁原送了她一条一模一样的,她在京北考试的那段时间，不知道什么时候弄丢了，没想到祁原又给她补了一条。

"你去沪市干吗？"于澄边往手腕上戴边问。

她很少在手腕上戴东西，但这条链子符合她的品位，低调又好看，收到就戴上了，发现丢了的时候还可惜了一个晚上。

"嗯？"祁原一愣，垂下眼笑，"去玩呗。"

手链细，于澄单手折腾半天都没戴好，祁原靠过去，伸手帮她把链子扣上。

银链轻轻缠绕一圈，迎着阳光发光，她手腕细，戴这样的正合适。于澄由衷地夸一句："真好看。"

"嗯，喜欢就行。"祁原站起来跳下台阶，往前走，"你自己玩吧，我打球去了。"

跑了一半他又回过头，边往后退边冲她笑："这回别丢了！"

于澄点头，笑着回给他个"OK"的手势："知道。"

晚自习结束，于澄照例找贺昇一块儿走，这段时间她几乎每晚都会去贺昇那儿。除去帮于澄辅导，贺昇还是在学习，但换了批资料，换成了大学的专业书。

于澄光看着贺昇学习的劲头，觉得她喝口咖啡的时间都能用来再做两道题。

美术专业考试成绩陆续都出来了，只看专业成绩的话，大学真的随便她挑，所以她更想把文化课成绩的短板补上。

持续性的高强度学习让于澄有点精神焦虑。这天休息，她把单词背完后时间还早，就拉着贺昇去看电影放松放松。

最近新出了一部动画电影，同名动画片于澄小时候天天看，对这部动画电影有童年滤镜。

在江眉颜和于炜没分开之前，她有爹宠有妈疼挺幸福的，小时候算是无忧无虑，没少看动画片。

贺昇听见动画片的名字一愣："那是什么？"

235

于澄抬眼："没看过？"

"嗯。"贺昇垂眸，在购票软件上买了两张电影票，问她，"好看吗？"

于澄点头："还行。"

这电影上映有两个星期了，加之本身就不是热门儿，两人竟然意外包场，整场只有他们两个。电影准点开始，画面转场忽明忽暗，讲述的是动漫主角飞上太空救同伴的故事。去掉那层童年滤镜，其实剧情挺无聊的。

贺昇坐在她身边，耷拉着眼皮静静地看。于澄不时偏过头看他一眼，感觉他都要睡着了，挺过意不去的，准备下回换自己陪他怀念童年，就和他聊起来："你喜欢看什么动画片？"

"《迪迦奥特曼》。"贺昇说。

于澄笑笑："我也喜欢，大古好帅，我小学时天天蹲着点守着电视看。不过祁原、王炀他们喜欢《赛罗奥特曼》，但我就看过《迪迦奥特曼》，不知道其他的怎么样。"

"嗯，我也只看过《迪迦奥特曼》。"贺昇淡声道。

"真的？"于澄问。

"嗯。"

于澄好奇："那你除了《迪迦奥特曼》，还有别的喜欢的吗？"

"没了。"贺昇屈肘搭在座椅扶手上，"只看过这个。"

"什么意思？"于澄照着她的理解再次问了一遍，"除了《迪迦奥特曼》，没看过其他的动画片？"

贺昇点头："嗯。"

于澄皱眉："那小时候你都……在做什么？"

"上学习班吧。"贺昇往嘴里塞了颗爆米花，才开始回想，"钢琴、小提琴、游泳、射击……挺多的，记不清了，《迪迦奥特曼》还是我去我外公那儿过暑假才看着的。"

于澄微怔："你……"

"嗯，挺没童年的。"贺昇不怎么在意地笑出来。

他记得他小时候也闹过，但没用，不去上课就不给饭吃，把他扔房间里关起来自省。饿得多了，他就学乖了。

电影接近尾声，反派并非反派，他也有苦衷。从头到尾这部动画片里连一个彻头彻尾的坏人都没有。

勇敢正义的动漫主角帮助反派解开过去的心结，成功救出同伴，一起回到地球相聚。

明明是皆大欢喜的结局，于澄心里不是滋味，她转过脸来看着贺昇，轻声安慰："我们还能活好多年呢，这会儿看也不晚。"

"嗯。"贺昇拿过她的一缕头发放在手里钩着玩，嘴角扯出个弧度，"澄姐带我。"

六点钟的附中，清晨的第一缕阳光落在青瓦屋顶。

学校大门的栅栏已开启，第一批到校的学生零零散散地走进校园，拿着早饭睡眼惺忪，和往常一样走进教室，随即惊呼一声。

来得早的人纷纷呆站在教室门口，左右互看一眼。

高三这栋教学楼有二十个班，每间教室的黑板上都被人为地贴上了彩色打印的纸张，在各色的场所中，画面的主角无一例外，全是于澄。

能看出来她那时大约十五岁的年纪，穿着清凉，眉眼冷怄，手肘旁搁着个烟盒，不知道是谁的。身边坐着戴着眼镜的花臂青年，照片上她的行为与年龄十分不符，背景灯红酒绿，光怪陆离。

一群人三三两两地围着站在黑板前。

"真是十八班的于澄啊。"

"早看出来这女的不简单了，够会玩的。"

"果然平时的清高都是装的。"

"呵，人家哪里是清高，是对你清高。没看她天天贴贺昇贴得跟什么似的，两人天天晚自习下课一块儿走，估计早在一块儿了。"

"牛。"

……

每间教室都是大差不差的窃窃私语,早读七点钟才开始,充裕的时间足够任何流言蜚语发酵。

"这是谁贴的?"王炀冲到黑板前把纸撕下来,转过身朝来得早的几人问,"问你们话呢!"

"你朝我们吼什么啊,我们来时就有了!"一个女生站起来,不甘示弱。

"就是,每个班都有,不只我们班贴了!"另一个女生说道。

祁原站在门口看了几人一圈,语气阴沉:"每个班都有?"

最先开口的女生对上祁原的眼神,忍不住发怵:"是……是啊。"

祁原听了转身就走,王炀在身后喊:"你去哪儿啊!"

"找人。"

八班在二楼,祁原顺着楼梯跑下去,正好撞上在楼道里的贺昇。

光影交错,两人站位一高一低,四目对视。

贺昇看他一眼,又偏过头,垂下来的那只手捏着纸张,继续对着电话那头说话,声音低柔:"嗯,你太累了,先回家休息,今天不用来了,我帮你和老师请假。"

那头应该在问为什么,贺昇自然地笑一声,解释:"昨晚你不是三点才睡吗,照这么下去,没到高考你就撑不住了,身体是革命的本钱啊澄姐。课我帮你听,你先回去补觉,回头我去你那儿给你讲。"

"放心,我帮你跟老师说。

"嗯,拜拜。"

贺昇挂断电话,才回头看向祁原:"有事?"

"你……看到照片了?"祁原问。

"嗯。"他收起手机,语气冷淡,"知道是谁做的吗?"

"不知道,想不出来。"祁原的目光落在被他捏皱的纸张上,"澄子她有段时间家里出事，过得不好，就像照片上那样。"

"嗯。"贺昇点头，转身抬脚就走。

"你去哪儿？"祁原皱着眉头问。

"撕照片。"

离楼梯口最近的是十班，贺昇直接推门进去，教室里的窃窃私语刹那间停止。

黑板上的照片不是只贴了一两张，而是被人用双面胶拼接，铺满一整块黑板。

贺昇走过去，抬起手，一张张撕下来，纸张破裂的声音一声声回荡在教室。

少年孑然一身立于晨光中，蓝白色校服和运动裤在他身上很端正，不染尘埃。

底下的人愣愣地看着，谁能想到这个人就是那个老师嘴里品学兼优的尖子生，百日誓师大会时站在国旗下的年级代表。

他把他对于澄的维护公之于众，一句话不说，但做给所有人看。

祁原转身回到班里，带着到校的几人从后往前一间间教室撕，赶在上课前，一起把一整栋教学楼处理干净了。

但事情还没完，不仅仅是教室里张贴了照片，随后附中论坛也被人以模糊 IP 地址的手段发布了这一组照片。

纸包不住火，早读课下课前，附中的所有师生几乎都知道了这件事情，也让所有人意识到，这压根儿不是同学间的小打小闹，而是一场蓄意的阴谋，不管幕后的人图的是什么。

于澄在论坛上有账号，发布者发布的时候直接 @ 了她。

出租车内，街景闪过车窗，风吹得她黑发乱舞。于澄低头翻看着照片，握着手机的手微抖。

怪不得贺昇一大早给她打电话让她别去学校呢，原来是这样啊。

她不去，事情怎么解决呢？今天她可以躲，那明天呢？

239

躲不掉的。

她抬眼，尽量让语气显得平静："师傅，麻烦掉头。"

"啊？还掉？行行行，反正钱你都照给。"司机嘴里嘟嘟囔囔，把车开到路口又转个弯掉头回去。

十八班，徐峰正在前面讲课，于澄走到班级门口敲响门框，出声喊了句"报告"。

全班鸦雀无声，齐刷刷盯着门口，祁原"唰"地从座位上站起来看着她，皱眉问："谁让你来的？"

"来上课啊。"于澄表情很平淡，眼睫微颤一下，"抱歉啊老师，路上有事迟到了。"

徐峰握紧手里的教辅书，点头："请进。"

"谢谢老师。"

于澄走到自己的座位上坐下来，放好书包，偏过头问："拿什么书出来？"

许颜眼睛红通通的，带着哭腔："澄子。"

"嗯。"于澄掏出跟她桌上一样的试卷放在桌面，笑了下，拿起笔抬头朝讲台看，"听课了。"

照片的影响太大，就算学校从发现的第一时间就往下压，还是以一种不可思议的速度传播，论坛里甚至有外校的过来屠版。

她太美了，不需要有人刻意煽动，就有大把的人急着猜测、污蔑，拉她下地狱。

第二节课才上一半，于澄就被喊到了教导处，徐峰、陈宏书，还有一些没见过的校领导，正襟危坐地坐在长桌对面。

徐峰开口，语气带着安抚："于澄，你先坐下来，喊你来是想了解一下情况。"

"好。"于澄拉开板凳坐下来。

陈宏书眉头皱成一团，把手机推到她跟前："照片的事情你知道吧？"

"嗯。"

"照片是真的吗?"

"是。"

于澄表情淡然,不论长桌对面的人问什么她都应下。

确实都是真的,没什么好狡辩的。

不仅是照片,早上这些照片被贴满所有教室的事情也以各种途径传入他们耳中。

徐峰问:"知道是谁贴的吗?说出来老师可以帮你。"

于澄垂下眼:"不知道。"

"好,这个暂且不提。你和八班的贺昇目前是什么关系?"长桌旁的另一个女领导开口。

于澄抬起头,放在桌面上的食指微动一下,和她对视:"没关系。我喜欢他,他不喜欢我,被我纠缠得快烦死了,这件事很多人可以证明。"

徐峰着急起来,猛拍一下桌子:"这会儿不是要处理你!学校现在是在调查,你不要什么事情都应下来,你这会儿说的话,都要作为参考依据的!有什么难言之隐,什么苦衷,你全说出来,我们能帮你!"

"都是真的。"于澄打断他的话,从头到尾都保持着一个表情,很淡然,不哭不闹不求情,连句为自己开脱的话都不肯说,"抱歉啊徐老师,让你失望了,我确实挺浑的。"

……

徐峰不说话了,后面陈宏书又陆续问了几个问题,于澄都点头承认。

陈宏书无奈地看着她:"目前学校对你做停学处理,你先回家,处理结果出来会再通知你的。"

"嗯,好。"

徐峰拍拍她的手:"你先别想太多,事情还没个定论。"

于澄知道徐峰是在安慰她,她笑了下:"谢谢啊,徐老师。"

"嗯。"徐峰心里堵得慌,问她,"还有什么要说的吗?"

于澄点头，把徐峰面前的纸笔拿到自己面前，写下一串数字，是她的手机号码："我爸妈离婚了，我的监护人是我妈。她现在怀着孕不方便，结果直接通知我就好。我成年了，不管是什么结果，我自己处理。"

于澄说完站起身，径直走出教导处，徐峰微愣。

她一个学生能怎么处理？无非是什么结果都自己担着。

整个过程丝毫没有拖泥带水，仿佛于澄回来这一趟，就是特意来处理这件事的。

她走到班级门口，喊了一声"报告"，数学老师让她进来。她走回座位跟前，没坐下，拿起书包自顾自地收拾起东西。

许颜一下子哭出来："澄子。"

于澄拉上书包拉链，摸摸她的头，笑笑："没事，听你的课。"

收拾完，她背上书包径直走出教室，刚到走廊，祁原又从教室追出来，伸手拽住她，胸前起伏明显："你去哪儿？"

"回家啊。"于澄撇下他的手，口吻平淡，"你出来干吗？你数学考那点分，想把数学老师气死不成？赶紧回去！"

祁原咬牙："不回！"

于澄冷下脸，转身抬脚就走："爱回不回，别跟着我。"

……

这会儿是五月初，不冷不热的好天气，风吹过树梢，阳光如往常一样从树叶间隙里投下斑斑点点。

于澄不准备回家，这个点回去，张姨会告诉江眉颜，她没法解释。孕妇不能受刺激，她不想让江眉颜知道一丁点儿。

打车一路到酒店，于澄到前台订房，然后拿房卡刷卡进房间。她脱掉鞋，书包随地一扔，走到窗边把窗户推开，情绪在心中翻涌着，目光望向窗外。

热风吹着她的脸，学校处理的结果未定，但她肯定捞不着好。

早知道是这么个结果，就不白忙活这一场了。

一直等到天色变暗,她才拿起书包把手机掏出来。

一整天没看手机,锁屏上显示的消息很多,于澄滑了半天,最显眼的是几十个未接电话,联系人署名是"贺日日"。

房间里静得能听见风声,风吹过窗帘,又吹过她的裙摆。

于澄垂眸,顺着墙壁滑坐到地毯上,想了一会儿,红着眼点开联系人列表把那串号码备注改成"贺昇"。

她愣愣地看了两分钟,抬手胡乱地抹了把眼泪,又把"贺昇"两个字删掉,改成"hs"。

微信上,贺昇只发来两句话,时间是六个小时前。

你在哪儿?

我去找你。

于澄把头埋进膝盖里,咬着唇不发出哭声,口腔里都是血腥味。

她好难受,比要死了都难受。

过了不知道多久,于澄抬起头,眼睛肿得吓人。

手机屏幕亮着,显示有电话不停地打进来,她知道避无可避,伸手按下接听键。

"喂?"

手机那头传来车辆的喇叭声,嘈杂又缥缈。

"澄姐,我找了你一天了。"贺昇嗓音发紧,"你在哪儿?把地址告诉我,我这会儿过去找你。"

"昇哥。"于澄喊他,声音都是哑的,"我不去京北了。"

"嗯。"贺昇声音很轻,哄着她,"不去就不去,你先告诉我你在哪儿?"

于澄没回答这个问题,而是轻声问他:"你不好奇吗?想不想听我以前的事?你问,我全都告诉你。"

贺昇听着她淡如死水的声音一阵心悸。

于澄不是在和他解释,她是在和盘托出,好给这段不清不楚的关系画上句号。

没等他回答，于澄自顾自地说起来，断断续续地说了很多。

初三那年，清明节学校放假，于澄本来是要和祁原他们出去野营的，但天气突然转阴下雨，她提前回家，看见江眉颜满身是血地躺在床上。

自杀的原因是于炜婚内出轨，这事有好几年了，于炜甚至有一个私生子。江眉颜知道后没把这事告诉任何人，自己在心里放着，逐渐患上抑郁症。

事情过去很久了，她都记不太清了。

只记得她一个人打120叫救护车，守在病床前照顾江眉颜，陪她到她身体康复，陪她看心理医生，后来再陪着她和于炜离婚。

于澄倔，江眉颜更倔，从头到尾都没将这件事透露给江家长辈一点。

因为于炜身份特殊，她怕于炜出事会影响于澄。再后来许光华出现，带着江眉颜一点点回到正轨。

所有人都走出来了，但于澄做不到，她调整不过来。

她觉睡不着，饭吃不下，吃一口吐一口。她不恨谁，她厌弃自己。

之后碰上林宇，跟着他疯、玩、嗨，每天跟一群以前面都没见过的人玩到凌晨。腾不出时间想这些事，慢慢就觉得好了点。

等到许琛找到她，把她从乌烟瘴气的地方拽出来的时候，她已经两个多月没去过学校了。

后续就是复学，看心理医生，学校和医院两点一线地跑。

所以江眉颜也好，许琛也好，他们对她没要求不是溺爱、纵容，而是她能回到正轨，已经实属不易。

"昇哥，我以前真的很差劲，那些照片，也全是真的。"于澄三言两语地说完，望着头顶的灯，如释重负。

"于澄，"贺昇站在街边，喉间发涩，"你想让我心疼死吗？"

那会儿她才多大？十四岁，还是十五岁？

到底是怎么一个人扛着这些的？

电话那头很安静，于澄咬紧牙关不让自己哽咽。

她不说话，那就他来说。

"我不管你想怎么着，你想推开谁都行，除了我。你钓着我快一年，怎么着都该给我个说法，我这么一个洁身自好的人跟你不清不楚地相处着，你当我闲得慌？"

于澄不想再听了，再听，她怕她后悔，狠不下这个心。

"澄姐，告诉你一个秘密啊。"贺昇靠在路灯旁，望着飞虫扑向光源，声音轻柔又缱绻，"我们其实很久之前就见过了。"

他闭上眼，喉结艰难地滚动一下："从那晚在篮球场你找我搭讪开始，都是我故意接近你的。"

十四岁的夏天蝉鸣噪耳，巷口堵着好几个拿着摄像机的人。贺昇戴着黑色棒球帽和口罩，把自己遮得严严实实，只留一双眼睛在外。汗水顺着发尖滴落在眼里，痛得他只能眯着眼朝前看。

"哎，你去把这小孩的口罩扯下来。"

另一个声音嗫嚅："这……这不太好吧。"

"实习不想通过了？"

"……好。"

巷外有人停步，往里走看热闹，稀奇地拿出手机录像，做旁观看热闹的看客。

那人朝他走过来，贺昇靠着墙，跑不掉，只能看着那只手越来越近。

他不能动手，不能反抗，任何一个动作被他们拍下来都会在新闻上报道，被放大和渲染。

他只能闭上眼等着审判。

"干吗呢你们？！"耳边是清脆的一声拍打。

贺昇睁开眼，刺眼的阳光让他眩晕，不知道从哪儿跳出来的小姑娘挡在自己跟前，拿着手机朝前竖起："看不出来人家不愿意让你们拍啊？"

那人皱眉："关你个小孩什么事？让开！"

"敢往前一步试试，我这手机录着呢，建设和谐社会人人有责啊。"于澄一只手拿着手机，另一只手轻轻地把贺昇往旁边推，"我刚刚已经报警了，最近的警察局离这儿五百多米，警察三分钟就能赶过来，你们还要留在这儿吗？"

几人面面相觑不说话，看上去就是不想放弃。

见吓唬不到他们，于澄没辙，回过头对上一双深褐色的眼，她满脸都是明媚笑意："小哥哥你快跑啊，我拦着。"

……

全世界约八十亿人，中国约十四亿人，每天走散的人那么多，得多有缘分才能让在京北街头擦肩而过的两人在南城再次碰上。

所以啊，他俩是命中注定的，谁不让他俩在一块儿他都不服。

是他主动给她靠近的机会，她不知道，就这么一点点贴上来了。

"给个准话啊澄姐。"贺昇失笑，心里没底，"不带你这样的。"

他有多喜欢于澄，沈毅风不知道，周秋山不知道，于澄也不知道。

他原本想好了，在她高考完之后就跟她坦白，然后带她去买戒指，买情侣手链，买情侣衫，那些情侣之间做的事情他都要拉着她做一遍。

确定关系，牵手，拥抱，接吻……一步步来，和她一起在理想王国的土地上种满爱情的鲜花。

十四岁盛夏的热风吹过他一整个青春期。

青涩陌生的悸动在他心里是一颗若有似无的种子，在十八岁的时候冲出土壤，势不可当。

电话那头，于澄哽咽："我……我可能回不了学校了。"

"不至于，别自己吓自己，多大点事啊，结果还没出呢。"贺昇安抚她，"退一万步来说，就算真的不能留在附中了，你想继续上学，也有很多其他学校可以上。这么多的解决办法，遇事别自己扛，多找人商量,我在呢。"

他笑笑:"拿出你'不努力就回家继承财产'的气势来啊澄姐。"

于澄一下子哭出声来:"你以为我为什么这么努力学习?我是想和你一起去京北啊。"

"嗯,我知道。"贺昇连呼吸都是酸涩的,心脏像被人攥紧一样难受,"告诉我你在哪儿,我们见面再说好不好?"

于澄哭哭啼啼地报了个酒店名,贺昇立马打车赶过去。

房门从里面被打开,于澄光着脚站在地上,眼睛红彤彤的,嘴唇上还带着伤。

贺昇皱眉,看见她这样更心疼了,伸出手把人拉到自己怀里紧紧抱住,低声问:"怎么回事啊,大半天不见你,就把自己弄成这个德行。"

于澄靠在他怀里不停地抽噎,感觉自己死了一回,又被他从绝望里拽了回来。

光线交错的室内,只有隐约的抽泣声,她问他自己是不是连累他了。

论坛里那些难听的话,她都看见了。

贺昇轻叹声气,掰过她的脸:"没连累。"

他关上门,拉着她坐下来,拿起她的手指捏着玩:"澄姐,你真的很棒。比起没摔过,能从泥坑里爬起来才更让人佩服。几张照片而已,没那么严重,贴照片的人才该被严惩。"

"嗯。"于澄红着眼点头。

"对了,陈主任他们也找我了,我跟他们聊了很多。"

"嗯?聊什么?"

"聊什么?那我得想想。"贺昇回忆了一下,"聊了教育的目的,学校存在的意义。"

"太装了,不跟你说了。"贺昇笑出声来,"不过我告诉他们,就算咱俩的传闻是真的,也该把咱俩的照片贴荣誉墙上,标题就叫'学习标兵是如何带着他的学渣迷妹发愤图强的',多励志。"

沉默了会儿。

两人走到窗前，推开窗吹着夜风，脸颊旁的发丝微扬。

于澄抬起眼，回过头看他，声音很轻："书和笔记都放在学校没拿，我还要继续学吗？"

她上午是真的准备跟学校这地方撇清关系了，一本书都没带出来。

"学啊。"贺昇手肘撑着窗台，"学无止境啊澄姐，学就上这一回，别叫自己以后后悔。"

"好。"于澄点头，"那我没书怎么学？"

贺昇挑眉："明天我去帮你拿。"

"嗯，走一步看一步。"

贺昇第二天照常回学校，沈毅风一上午从后排看了贺昇半天，没敢吭声，直到两人中午一块儿吃饭时才没忍住，问："那个，于澄怎么样了啊？"

贺昇靠在座椅上，点头："还成。"

沈毅风不明白："还成是什么意思？"

"就是，还好的意思。"

"……"

沈毅风放下筷子，皱眉："你没找着她？"

"找着了。"贺昇抬起眼皮看他，"怎么了？"

"没怎么，你说话别大喘气啊，我就问问。我跟于澄妹子也算是朋友吧，关心关心她。找着她了，然后呢？"沈毅风又拿起筷子，边往嘴里扒饭边问。

"然后？"贺昇放下饮料，肩膀稍稍往后靠，"陪她待了一晚上，哄好了。"

"……"

"还是你行。"沈毅风点头，"哎，不过话说回来，你去安慰确实有用。"

贺昇垂眸，懒洋洋地"嗯"一声。

沈毅风贱笑起来，煞有介事地挑眉："问问，还单着吗你？"

"两码事。你说呢？"贺昇抬眼，冷淡地盯着他看，伸腿从桌子底下踹他一脚，"睡傻了吧你。"

一顿饭吃完，两人看离午休还有一段时间，又一块儿晃悠到走廊上吹吹风。

贺昇准备待会儿上楼拿了于澄的东西就走，沈毅风拍他一下："上厕所吗？"

阳光足，贺昇眯着眼："不去。"

"别啊，"沈毅风不管他，扯着他的胳膊往前拽，"跟哥们儿上厕所这事上一次少一次。走走走，毕业以后你想拉我去都拉不着。"

"拉倒吧你。"贺昇笑骂他一句。

每层楼的厕所建在高二和高三所在的两栋楼的连接处，最外面是洗手台，跟里面的厕所隔着道门。

贺昇没精打采地往洗手台旁的瓷砖上靠："行了，赶紧进去吧，我在这儿等你。"

"等等，弄个发型，马上好。"沈毅风冲着镜子拨弄两下头发。

这会儿才十二点不到，大多学生还没回来，楼道里静悄悄的，偶尔路过一两个人，安静的环境下，导致旁边发出一点声音都能听得特清楚。

"欸，于澄今天也没来吧？"

"嗯，我特意跑他们班门口逛了一圈，没来。"

贺昇抬起眼皮朝虚掩着的厕所门里看。

"估计回不来了。"

"回不回关我什么事，之前跟她表白，跟我说没心思谈恋爱。瞧她照片上那个样，还跟我装，这会儿倒贴我都得考虑考虑。"

另一个人发出一声促狭的笑："人家没准真没心思谈恋爱，游戏人间而已。"

沈毅风回头看向贺昇，神色慌忙地伸手要把他往外拉："那个，你别……"

贺昇一张脸完全冷下来，眼底带着戾气，上去一脚把门踹开。

厕所门被一股大力撞到墙上，又来回反弹好几下，发出巨大的声响。

里面的两人吓得一激灵。

沈毅风对他俩有印象，其中一人堵学校门口跟于澄表白的时候他跟贺昇正好撞上，是高二的。

贺昇靠在门口，眼神冷漠地看着他们："来，把刚才的话再说一遍。"

两人认得他，面面相觑。

挑起话头的男生不甘示弱道："再说一遍怎么了？于澄就是……"

"嗯？"贺昇面上还很冷淡，舌尖轻抵一下牙齿。

这人平时多少带着伪装，了解他的人很少，但凡熟悉点的，都不会选择跟他当面起冲突，没别的原因，惹不起。

真触着他那条线，他狠起来谁都害怕。

这会儿于澄就是那条线。

说话的男生倏地停住。贺昇站在原地，姿态说不上紧绷也说不上放松，张弛有度，身影笼罩在他们之间，居高临下地看着两人，从头到尾眼神都没变一下："说啊，怎么不说了？"

对峙的男生狠狠地看向他："什么意思，威胁我？"

"嗯。"贺昇点了头，承认得挺痛快。

沉默了一会儿，男生心里已经有点发怵，但还是强装淡定："你有种就别后悔，我去告诉陈主任！"

"告诉陈主任？"贺昇笑了声，听得沈毅风这个局外人都心里发毛，"告什么？你是不是忘了自己刚刚说过什么？"

男生被他这个反应刺激得有些恼羞成怒："那就试试！威胁我，你也别想好过！"

"哦。"贺昇嘴角浮起淡淡的笑容，语速不疾不徐，"告啊，随便你怎么告，下次再管不住自己这张嘴，就不只是威胁了。"

外头有人说笑着过来，看见这一幕不由得停住脚步，表情凝固。那人愣了两秒，假装没看见，转头又走了。

贺昇背着光站着，身材高大挺拔，神情冷漠的时候带着十足的压迫感，让人一点都不怀疑他是真的能说到做到。

那两人望着他，害怕得闭上嘴，再也不敢说一句话。

没再管两人，贺昇转身出去，站在洗手台前一点点仔细地把手洗干净。

沈毅风笑他："你这盛气凌人的毛病什么时候能改改？"

"你管我？"贺昇拿出纸巾把手上的水擦干净，而后团起来扔到垃圾桶里，冷冷看他一眼。

"得，我多管闲事了行吧。"沈毅风白他一眼，"你就把那两人扔厕所不管了？"

"还管什么？"

沈毅风就喜欢他这个劲儿，发自内心地感慨一声："知道我最羡慕你哪一点吗？"

他语气不咸不淡："哪一点？"

沈毅风："就特有气势这一点，爽得不行。"

"……"

教室里陆续来了几个人，沈毅风有一搭没一搭地跟贺昇聊着。贺昇脸上还带着些未收回的戾气，偶尔才点下头，"嗯"那么一声。

沈毅风在心里叹口气，觉得自己跟这人聊天是热脸贴冷屁股，自讨没趣。眼看时间差不多了，他直接打道回府，留下贺昇一个人。贺昇也抬脚上楼。

十八班教室里空荡荡的，还没人来，只有初夏的风吹进教室，卷起一张张试卷发出"哗哗"声。于澄的位子和贺昇的一样，在后排靠在窗户边。

贺昇走过去，走到于澄的位子上，伸手收拾好她的书本。要拿的没几本是于澄自己的，全是他给她的。

于澄早上特意叮嘱他，要把她的画本拿出来，昨天走得匆忙忘了带出来。他弯下腰，找了好一会儿才从辅导书里发现它，然后抽出来。

全部收拾完后，贺昇把书本放进书包里，转身走出学校。

南城到处都是梧桐，五月之后，空气中飘浮着细碎的絮。

贺昇迈着不急不缓的步子走到巷口，口袋里的手机突然响起来，他拿出来看，看到开头是熟悉的三个数字，按下接听键放到耳边。

"IP地址查到了？"贺昇淡声问。

"嗯，查到了，在京北。"

"京北？"贺昇微微蹙眉，嗓音微沉地问，"那能查到发帖人的具体地址吗？"

"目前还不能。"对面语气为难，"对方防火墙加了三层密，得花时间破解。"

贺昇不说话了。对面以为是贺昇在怀疑他的专业能力，有点着急地说："一时半会儿肯定难查，现在只能破解出来是京北的。还没问你呢，你查这个地址干吗？三层加密，都快赶上国家机密了！"

"好，谢谢。"贺昇挂断电话，思绪复杂。

从学校到出租房，用脚走只需要十五分钟。这里小区的灌木感受到夏天即将来临，开始肆意疯长，蔷薇连着片开，给这破旧的小区添了很多野蛮的生机勃勃。

他抬脚上楼，拿出钥匙开门。于澄打算后面的这段时间，白天在他这儿待着，晚上到点了就回家装个样子。

贺昇打开门，换好拖鞋站在玄关处，见于澄穿着白色T恤和运动短裤,正窝在沙发上逗奥特曼玩。

午后阳光照进来,于澄此刻屈膝在沙发上和猫互相瞪着眼,整个人都泛着温柔。

贺昇靠在墙边,想着刚才的电话,看了好一会儿才抬脚走过去,捞起奥特曼放在自己腿上,嗓音带上笑意:"你怎么又趁我不在,欺负澄姐啊?"

"是啊,你为什么老欺负我呢?"于澄捧着脸看猫。

"喵!"奥特曼抬起爪子朝两人扇一下,可惜腿太短没扇到。贺昇嗤笑一声松开手,猫凶巴巴地叫一声就转身跑去阳台玩了。

"它好凶。"于澄抬起下巴,目光跟随着奥特曼往阳台看。

这猫在她家的时候还没这么嚣张。对比一下,那会儿还挺有寄人篱下的自觉性的。

"嗯。"贺昇抬手揉了把她的头发,"以后给你养只温柔点的,陪你玩。"

于澄点头。

她觉得她该记个备忘录,就叫《昇哥说过的以后的那些事》,万一贺昇是给她画饼,她也好拿出记录跟他对峙,直接砸他脸上骂一句"渣男"。

休息一会儿后,于澄坐回书桌前。书架上满满的书被分成两个区域,一半她的,一半贺昇的。

不仅是冰箱,贺昇把自己的很多地方都分给了于澄一半。上个月沈毅风和陈秉来玩,看着一屋子的摆设都觉得酸掉牙。

贺昇几乎隔一段时间就会把书架上的书换一遍,换下来的放在杂物间。于澄发现书架上属于贺昇的那一片除了一些和高数有关的书,这两天还多了些和航天有关的书籍。

"你想报什么志愿?"她好奇地问。

"航天工程。"贺昇回答。

"啊，造火箭上太空吗？好厉害啊！"于澄故作惊讶地问，配合地给他捧场。

"是的呢。"贺昇吊儿郎当地拖着尾音，"毕竟我是从小就立志去M78星云的有志青年啊。"

于澄乐不可支："看来我也得努力了，做个厉害的学霸艺术家，给昇哥画好多个奥特曼。"

上午徐峰打过电话通知她，说学校目前只对她做停学处理，高考可以正常参加，希望她在家里继续保持那股拼劲儿，考出一个好成绩。

于澄向他简单表达了一下谢意，挂断电话后，蹲在沙发旁好半天没反应过来。

但这事直到后来高中同学聚会时于澄才知道，学校之所以会放过她，是因为那天她离开学校后，徐峰在办公室和一桌子的人吵了一下午。

"学校没道理对一个从吊车尾的班级用功考到超过A班水平的孩子严肃处理，就算抛开成绩不谈，谁能保证自己一辈子没走偏过？于澄自己把自己拉回来了，那我们就该尽师长之责，给学生提供帮助！学校是育人为本的地方，要是因为怕落人口实就决定开除一个学生，让她退学，那简直荒唐至极！"

十八班的人稀稀拉拉地过来，往里面偷看，夕阳的光从窗外投进去，穿过窗台上的几盆翠绿吊兰，把徐峰的影子拉得很长，他一个人站在那儿，但不觉得势单力薄。

"学校是影响别人的地方，不是被别人影响！"

徐峰最后说出这句话，字字铿锵有力，说得一桌人都沉默了。

……

老小区这边很安静，只偶尔传来一两声楼下街坊和邻居聊天的声音。

于澄拿出英语笔记开始记语法和单词，每次只要贺昇在身边，于澄就觉得心特静，不知不觉就把英语知识点过完了。

晚上饭点的时候她不饿，没吃两口，但学习这件事真的费脑子，才间隔两小时她就觉得胃里空得不行。她转过头问起来:"昇哥,去年运动会,你给我买的那个牛肉蛋花粥是哪一家的啊?我点个外卖。"

贺昇抬眼看向她,碎发垂落在额前:"你想喝?"

"嗯。"于澄点头。

"好,那你在这儿等着,我去买。那边靠近医院,离这儿太远,估计外卖送不到。"贺昇不紧不慢地站起身。

"很远?那算了,我换个夜宵吃。"于澄拿出手机准备重新选一个。

贺昇伸手拿过她的手机,按熄屏幕轻笑一声:"没事,用不着你将就,我打车过去,很快。"

"啊,哥哥嘴巴好甜,好会说话。"她抬起额头,笑脸盈盈,"再多说两句?"

贺昇嘴角勾了一下,转身走出门,叫了辆车过去。

那家店挺偏的,不好找,是他有一回跟人打篮球约在那儿才发现的。

这会儿快十点了,这片区域不靠近学校也不靠近闹市区,一条街没几家还亮着灯、开着门的店。

贺昇下车后抬步往小巷子里面走,路面坑坑洼洼,粗糙的石子到处都是。

拐了两条巷子,贺昇才看见那家店。塑料招牌经年累月被雨打得褪色,锅碗瓢盆整齐地堆放在门口,老板弯着腰,正从上而下拉卷帘门。

"请问,你家店是要关门了吗?"贺昇走过去问。

老板停住手中的动作回过头看他:"关了啊,都几点了,没人了。"

贺昇抬手摸摸后脖子,有点不好意思:"能麻烦您给我做一碗吗?牛肉蛋花粥。"

"哎哟,不行了,你这个点来哪还有啊?小伙子,你看我都收拾完了,不卖了不卖了。"老板摆手。

"拜托了老板,就一碗,我可以加钱。"

贺昇不让步,杵在老板身后,夜色掩盖住他微红的耳郭,他笑笑:

255

"我媳妇在医院快生了,她就想喝你家的粥,跟我闹呢。我真没办法了,才这个点过来的。"

老板回过头看他,贺昇站在那儿,任他打量。对峙半天,老板拗不过他,才无可奈何地摆摆手:"行吧行吧,这是看在你媳妇要生的分儿上啊,下次可没有了。"

"嗯。"贺昇憨笑,"谢了,等她生二胎我再来。"

老板气得瞪他:"那你给我白天来,折腾谁呢你!"

"好好好。"贺昇有求于人,听话得很,忙不迭地点头。

老板进屋打开灯,拿出砂锅放在炉子上,从冰箱里拿出食材放进去,随口问:"小伙子多大了啊?"

"二十三岁。"贺昇随便报了个数字。

"哦哟。"老板惊讶地抬头,手里的动作不停,"那你结婚挺早啊。"

"嗯,"贺昇点头,"毕业了就结婚了。"

"现在年轻人结婚这么早真少见了。"老板搅动着咕嘟冒泡的砂锅粥,"我儿子也跟你差不多大,还没定性呢。你跟你媳妇大学在一起的?"

贺昇顺着他说:"不是,高中就在一起了。"

"早恋啊?"老板愣了一下,又看开了,"像你们这样能有结果的,那也行。这个点跑出来给媳妇买粥,够疼她的。"

"嗯,"贺昇一本正经地笑着点头,"是挺疼她的。"

滚烫的牛肉蛋花粥倒进打包盒内,香味飘满一屋子,贺昇接过又道了几声谢。老板热心肠,告诉他粥凉了用微波炉再加热一下,味道和刚出锅一样。

贺昇点头:"好,谢谢老板,回头我带我媳妇一块儿来吃。"

老板高兴地说:"成啊。"

这会儿街边的店灯已经快要全部熄完了,路灯隔挺远才有一盏,贺昇拎着粥原路返回,走到道口去打车。

漆黑的巷口外侧,一辆黑色京牌加长版林肯不知道停了多久,见人从里面走出来，司机发动车子缓缓驶过去，打开车灯照向他。

贺昇被车灯的光刺激得眯起眼，拿着手机的那只手挡在眼前。

他微微睁开眼看过去，看清车牌号后，一瞬间浑身肌肉都紧绷起来。

……

半小时后，南城一家酒店的 VIP 套房内，贺昇被人用力按着肩膀被迫坐下，冷漠地望着这群人。

贺云越坐在茶桌前，看着贺昇的狼狈样，面上没显露出半点情绪。

他儿子脾气还是这么倔，这一点随他。

三年前这一帮人按住他的时候还不需要怎么动手，这会儿七个人个个脸上都挂着彩。

贺昇坐在桌对面，看见贺云越后，眼神逐渐从愤怒归于平静。贺昇身上的 T 恤在方才的打斗中弄得皱巴巴的，眉骨上方带着一道新伤。

贺云越望向几人，沉声问："你们打他了？"

几人低头："没。"

"嗯。"贺云越知道几人不可能主动动手，光看他们挂彩的程度，也知道他的好儿子打他们打得多激烈。

贺昇命好，被贺家老爷子当作继承人培养，拳击、武术也没少学，从小跟人打起来就没输过。

他对这个儿子唯一不满意的就是这孩子有一身反骨，性格太像李青枝。她好好的阔太太不当，非得天天在国外拍戏，抛头露面地给别人看。

"我回国是要带你回京北。"贺云越出声。

"不回。"贺昇想也没想就否定。

"学籍已经帮你转回去了，你想回也得回，不想回也得回。"贺云越冷笑，"不回京北干什么？放任你跟那个女孩胡闹？"

贺昇小时候在李青枝身边待得久，很多东西受她影响，想法不现实。

他也不想想，京北城的世家子弟，有几个人的人生是凭自己做主的？

"什么意思？"贺昇微怔，抬头问。

他想到托人查到的IP地址是在京北。

所以是不是有一种可能，于澄是因为他才变成现在这样？

"你当你在南城就没有眼睛盯着你吗？乖乖跟我回京北，做你自己该做的事。"贺云越的语气不容置喙。

贺昇不说话了，垂着眼看着地面，过了好半天才开口，声音发哑："她在等我回去，你让我留在这儿行吗？"

牛肉蛋花粥刚刚不小心被弄洒了，澄姐知道会生气的。

他已经知道自己被保送了，不用参加高考。于澄也可以在他的帮助下考出好成绩，事情全都在往好的方向发展，他不想走，他想不出于澄今晚没等到他会是什么反应。

贺云越皱眉，但不准备改变决定："你这会儿，有选择的余地吗？"

贺昇沉默着，平阔挺拔的肩膀开始往下垮。

眼看时机差不多了，贺云越抬眼示意，旁边的助理递过去一个手机，放到贺昇面前："你的手机坏了，这是新给你配的，回去后踏踏实实地跟着我，想自己做选择也得有资本才行。"

贺昇眼睫轻颤，拿起手机按亮屏幕，干干净净的页面设置，联系人列表只有两个号码。

第一个：贺云越。

第二个：赵晗。

看着这两个名字，他突然明白了，抬起头看向贺云越，眼睛带着血丝，声音有种暴风雨前的平静，语调毫无起伏地叙述："我妈去世的时候，你知道后第一件事不是去国外找她，而是拉着我去做亲子鉴定。"

贺云越皱眉，不懂贺昇突然提起这一茬是为了什么。

"你这辈子到底图什么啊？"贺昇弯唇笑出来，带着丝丝缕缕的悲凉，"你压根儿不管我想做什么，想跟谁在一起，因为你根本不在乎。从小只要是我想要的，你就都拿走，我努力读书自己走出一条路，你还是不放过我。"

他站起来，手机被他紧攥在手里，而后用力砸向地面——
"你就是个变态，想控制我，没门儿！"

手机四分五裂，贺昇冲上去一脚踹开茶桌，茶水泼出来溅了贺云越一身。

身后立马来人把他拉住，贺昇用力挣脱，右手狠狠地拧着一人的肩膀，一脚把左边的人踹开，一屋子的人全部过来才把他制住。

贺云越黑着脸过来掐住他的脖子，挥手给了他一拳，咬牙切齿道："你真该庆幸我只有你这一个儿子，不然早把你掐死了！"

贺昇抬手，抹了把嘴角渗出的鲜血，眼神都带上恨意："该庆幸的人是你，幸亏你没生出第二个，不然真不知道谁会把谁掐死。"

……

平静或不平静，一夜过去，地球继续转动，太阳照旧东升西落。

贺昇走了，于澄这一年的高考弃考，转学复读。有着轰轰烈烈的经历的两个人一个都没留在附中。

那晚于澄在窗户边坐到天亮也没等到那碗牛肉蛋花粥，也弄丢了追了好久才追上的那个他。

十八岁的夏天，她在往后的很多年想起来，都充满泛着酸涩的遗憾。

她再也不要吃夜宵了。

……

京北。

国家射击体育场。

宽敞明亮的场地，几个人零零散散地站在射击位。贺昇身姿挺拔，把手枪端到合适的位置扣动扳机，强烈的后坐力震得铁链哗啦作响。几声"嘭嘭"的枪声后，贺昇放下手枪。

"9.6环，不错啊。"周秋山伸过头来看电子显示屏，"宝刀不老啊。"

贺昇摘下降噪耳机和护目镜，淡淡地"嗯"了一声。

头顶的光线打下来，周秋山不自觉地在一旁打量他。贺昇穿着白色休闲运动服，拉链端正地拉到最上面，碎发垂落下来硬硬地戳着眉骨，冷白皮，长袖长裤衬得他身形颀长，比一年多之前他刚回京北的时候多了几分少年蜕变成男人的感觉。

"真没天理，你怎么穿这套运动服都这么帅啊。"周秋山没忍住发出感慨。

这衣服是射击运动的统一装备，来玩的人都得换上，只有贺昇穿出了衣架子的感觉。

当初他们第一次来玩的时候吐槽半天这衣服丑，好好一套运动服，整得跟披麻戴孝一样，还是修身款的，贼显小肚子，身材有几分一眼就能看出来。

直到后来贺昇来过一回后，几人再也没好意思吐槽过。

运动服不丑，丑的是他们。

长得帅穿什么都帅。

听见周秋山的声音，周秋梓连忙从射击场的另一头跑过来看贺昇的射击成绩，发出感叹："贺哥哥好厉害啊。"

周秋山伸手拍她头一下："你亲哥在这儿，能别只知道叫贺哥哥吗？"

"就不就不。"周秋梓朝他吐下舌头，又转头蹦跶着跑了。

"小白眼狼。"周秋山笑着骂了一句，语气里都是宠溺。

射击台前，贺昇没什么表情，垂着眼，两只手熟练地安装子弹、上膛。周秋山看他这副无欲无求的样就憋屈得慌，抬手拍他一下。

"怎么了？"贺昇偏过头看他一眼，手上动作不停。

"你别成天冷着张脸啊，出来玩就高兴点。这都国庆节了，大一开学一个月了都，她要是真考来京北怎么着都该有消息了。"周秋山觉得自己说的不是人话，但还是想提醒，"你就没想过，于澄压根儿没往京北考？"

"想过。"贺昇淡声回一句，没再管他，重新戴上降噪耳机和护目镜。

这两个字一听，周秋山就觉得糟心得不行。

贺昇不是不明白，他明白这件事情没有确定性，但还是愿意等，有结果没结果都等。

周秋山一个局外人也不好再说什么了，说多了这人也烦他，自己骂他"恋爱脑"一点都没骂错。

一轮打完，贺昇再次摘下降噪耳机，偏过头看他，扬了下眉："你刚刚说什么了吗？我没听着。"

"没，没说什么。"周秋山无辜地眨眼。

"真的？"贺昇嗤笑一声，"我怎么觉得你骂我了？"

"……"

"阿山，你倒是教我啊。"身后一个女孩嗲声道，拽着周秋山的袖子。

周秋山新交了女朋友，是今年上大一的新生，他第一回把人带出来玩。

"来了来了。"周秋山回过头笑着，把人半搂在怀里带回射击位，手把手装模作样地开始教学。

"对，就是这样，手要稳，不要怕，屏气凝神。"

女孩试着打出第一枪，8.2环，周秋山捧场地鼓掌夸她。

"哎呀，是你教得好啦，谢谢宝贝。"

周秋山笑得灿烂，像朵花一样。

"……"

贺昇只看了一眼就收回了视线，他没由来地想到了于澄。

她要是来玩，学得肯定比周秋山的女朋友快，但她不会觉得是他教得好，只会觉得是自己有天赋，得意得像只小孔雀。

打完几轮，几人一块儿出去吃饭。

邻近就有家私房菜，周秋山经常去，直接就把解决午饭的地点定在那里了。

而这家私房菜，贺昇直到去了才发现，就是当初于澄跟着来过的那家。但周秋山把这茬忘了。

不仅是同一家私房菜,连包厢都是同一间。

进门后贺昇也没说什么,坐到上次自己坐的位子上。周秋山难得想陪兄弟一会儿,也跟着走过去,准备坐到他身边。

他刚走到那儿,贺昇靠在墙边懒懒地看他一眼,直接抬腿将自己左侧的座椅往外边推,意思就是不给人坐。

"怎么了?"周秋山没懂。

"这是于澄的位子。"贺昇淡淡地开口,自然无比。

周秋山跟另外几人这才想起这茬。

于澄不在,这位子也没人能坐。

一顿饭贺昇也没吃几口,光怅怅地靠在那儿,偶尔将眼神瞟向旁边空空如也的座位上。

周秋山一行人也跟着没胃口,随便对付对付就又回到了射击场。

"阿昇,这边。"周秋山朝他招手,为了让他调动点积极性,特意来了几局比赛。

他输两局,贺昇赢四局。

输的两局,周秋山也能看出来,是因为贺昇的心思压根儿不在这上面。

"啊,阿昇也好棒!"周秋山的女朋友跟着夸他。

"我先回去了,你们玩吧。"贺昇突然觉得在这儿待着没意思,摘下手套,头也不回地走了。

"他怎么了呀,我们惹到他了?"女孩小声问。

"不是。"周秋山一眼看透,知道他是单纯不想留在这儿,还是随便哄了两句自己的小女友,"吃到狗粮想到他喜欢的人了呗。来,咱们继续,不管他。"

"嗯嗯。"

十月的天气还带着热意,贺昇开车回到自己的住处,换下运动服后抬脚走进淋浴间冲澡。

温水"哗啦啦"地从莲蓬头里冲刷而下,贺昇仰头,碎发被水流打湿,他抬手将湿发往后捋,脑海里走马灯一样闪过那晚后发生的那些事。

他想于澄,很想很想。

一年前他一句话没留就被贺云越带走,没收一切可以通信的电子产品。李晨颂知道后从国外赶回来,把他从老宅带出来是两个月后的事情了。

这事惊动了在海南颐养天年的老爷子,回京北后就把贺云越赶回了国外。

直到那会儿贺昇才知道,贺云越有情感缺失障碍症,容易偏激,做事极端,控制欲强。贺老爷子发现他不对劲儿后就把人安排在了国外,怕的就是影响贺昇。千防万防,还是没防住。

等到他被带出来后,第一件事就是回南城找于澄,但没找到。徐峰告诉他于澄没参加高考,转学复读了,她爸出面办的手续,由学校最高层的领导经手,转到哪儿了他也不清楚。

办公室里,徐峰多嘴,没忍住问贺昇两人是不是早在一起了,并表示他不反对。这会儿于澄人都不在这儿了,反不反对的也没意义,他就是想问问。

办公室里,其余的高三组的老师也在,贺昇轻轻眨了下眼,说:"没在一起。"

徐峰呼出一口气,自己的学生确实是无辜的。但这口气刚松,他又听见贺昇淡声开口。

"但没早点在一起这件事,我后悔了。"

重来一次,或者让他再次找到于澄,他一定好好地跟于澄在一起,好好地和她去谈一场恋爱。

贺昇站在那儿,面容清冷,不卑不亢,当着全办公室老师的面说:

263

"是我喜欢她。

"特别喜欢的那一种，没她不行。"

洗完澡，贺昇走到镜子前抬手擦了下镜面上的雾气，看着镜中的自己，睫毛轻轻颤动。

他查过于澄转学去了哪个学校，但没查到。他去于澄家，发现她已经搬走了。周秋山说得一点都没错，大一都开学一个月了，于澄为什么还没出现？

生气了？不想要他了？

就算再生气好歹给他点消息啊，他可以解释，可以回过头追她，像这样一点消息都没有，要他怎么办？

贺昇轻叹口气，拧开门走出淋浴间，看见面前的人影，一瞬间恍惚。

客厅里，灯光洒满整个房间，这间公寓坐北朝南，赵晗站在客厅中央，穿着米色风衣，黑色长发披散在肩头，化着妆，勾着上扬的眼线，把于澄学了六分像。

仿佛她跟于澄相似几分，贺昇就会爱她几分一样。

赵晗听见声音抬起头，不自觉咽了下口水。

淋浴间蒸腾的雾气随着他开门涌出，贺昇上半身裸着，还带着水珠，黑色运动裤松垮垮地系在腰上，抽绳垂落在胯间。

他身材真的很好，不是那种粗犷的肌肉，锁骨、腰和脊背的线条清晰但不夸张，少年感和荷尔蒙在他身上形成强烈的矛盾感，对任何一个异性来说都是无声的诱惑。

"你怎么在这儿？"贺昇眼神冷淡。

出事后他就和赵晗断了交情，连带着跟周秋山那些人的聚会都再没有赵晗的位置。不知道她是怎么找来这儿的，还开锁进来了。

"我……"赵晗支支吾吾。

没等她说出个所以然，贺昇冷声打断她："出去。"

"阿昇,我是真的喜欢你,你别让我走好不好?"

赵晗求着他,后者无动于衷。

"别等她了,看看我不行吗?"

贺昇皱眉看了看她,收回视线,什么都没说,直接绕过她走到落地窗旁的沙发上坐下。

贺昇头发还没干,湿漉漉地捋到后面又有几缕垂下,青筋凸显的手背垂在膝侧,他往后靠,陷在沙发里微微眯起眼。

没等她想太多,贺昇开口,声音毫无起伏:"我对你毫无感觉。"

"……"

赵晗慢慢红了眼,整个人陷入崩溃,瘫坐在地上。

她哭得撕心裂肺,把身边能拿到的东西全部拿起来,用力朝他扔过去:"贺昇,你浑蛋!"

"嗯。"贺昇垂着眼,眼睫轻颤两下,而后往后仰起头,喉结微微滚动,看着头顶的吊灯轻声道,"我是浑蛋,别再喜欢我了,何必呢?"

没再说什么,他站起身拿上衣服出去,临出门前看了眼坐在地上的赵晗,告诉她:"这房子我不会再住了,你也不要再来找我了。"

……

因为是国庆节的最后一天假期,大部分人都在今天返校,京北大学里冷清了好几天后又恢复了热闹。

贺昇回到宿舍,推开门,宿舍里摆放着两个舍友的行李箱,但不见人影。

他没管,早上去体育场起得太早,这会儿直接躺到自己的床位上闭眼休息。

不知道睡了多久,门外叽叽喳喳的声音传进来,江锋和王一佟推门进来,聊个不停。

"那妹子长得是真带劲儿啊,怎么之前大一军训时没看着?"

"好像是才入学,之前一直在国外参展。"

贺昇被吵醒，半坐在床上，微蹙着眉，睡眼蒙眬地看向两人。

江锋动作一顿，才注意到他，不好意思地连忙说道："刚进门没注意，你在睡觉啊，抱歉抱歉。"

"没事。"贺昇嗓音微哑，感觉鼻子有些不通气，"聊什么呢你们？"

江锋嘿嘿一笑："聊学妹呢。"

"嗯。"贺昇应一声后就没再说话，江锋知道贺昇对这些不感兴趣，回过头继续跟王一佟聊。

"这个是不是之前传的那个裸分都够上京大的美院新生？"

王一佟点头："就是她，苏省的，京大美院录取的这一届文化课和专业课双第一，这年头艺术生都卷成这样了。幸亏没跟她一届，真吓人。"

"反正我是怕你们苏省的了。"江锋道。

王一佟点头，回过头看向贺昇："虽然我也是苏省的，但我也怕苏省的学霸，那年数学竞赛我们刚上去就被淘汰了，连省赛都没出，真吓人。"

贺昇："……"

江锋笑了一声："美院院花该换人了吧。"

王一佟想着刚才在校门口瞥见的那一眼："不好说，我觉得校花没准都得换人。于澄看着比陈心可好看，关键是那个气质，太撩人了，她还是个学霸呢！怎么以前没发现美院出美女呢。"

贺昇坐在桌前握着杯白开水，恍惚间好像听见一个名字，怕是自己幻听，他抬起眼皮看向两人："你们说谁？"

江锋愣了一下，被看得心里发毛，以为是贺昇跟陈心可有点什么事："陈、陈心可啊，怎么了？"

"不是，上一个。"贺昇嗓音还带着点哑，心跳都在加快。

"于……于澄？"

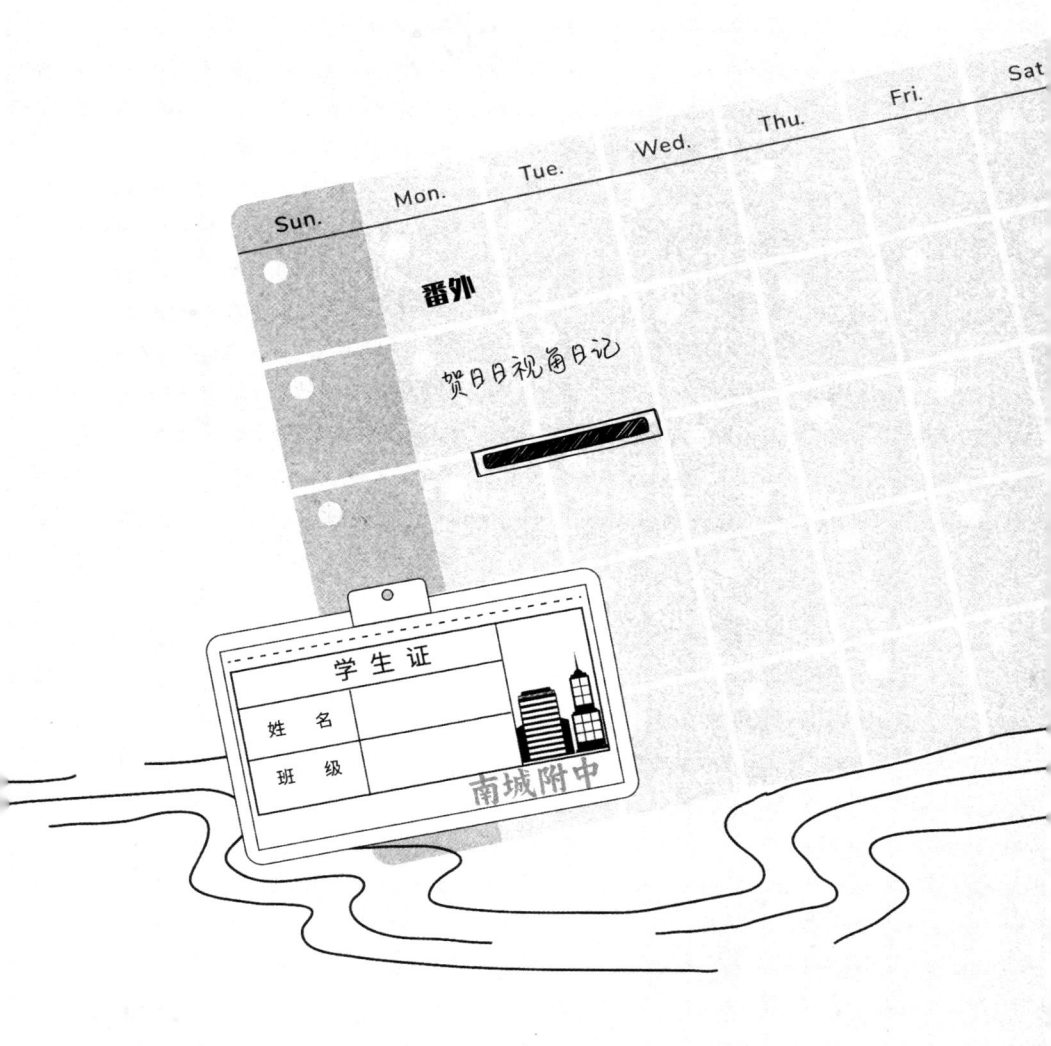

番外

贺日日视角日记

2017 年 9 月 19 日

天热，晚自习被沈毅风拉出来帮忙，困，在球场睡了一觉。

没睡多会儿，被摩托车的噪声吵醒，睁眼看见前头不知道什么时候坐了个女生，正跟几个混混对峙着，长发散在肩头，手里转着一瓶冰水。

一眼认出来是她，靠在椅背上缓了几秒，觉得不可思议。

心跳得有点快。

几个人问我是谁，我回："贺昇，加贝贺，日升昇。"

说给她听的。

她好像对我有点意思。

试着问她之前有没有见过我，她说没有。

看来她是见色起意。

没理她，走了。

她手里抱着附中校服。

和我在一个学校。

2017 年 9 月 20 日

她在天台上喊我的名字，当着全校同学的面。
嗯，被撩到了。
但不能被沈毅风看出来，这人嘴欠。
晚上接到了她的电话，先钓着她。

2017 年 9 月 21 日

竟然来教室堵我，对我出手速度很快，我喜欢。
有点巴不得全校都知道这件事。
悄悄送她回了家。

2017 年 9 月 22 日

从沈毅风嘴里知道她以前的事。
惩恶扬善，挺酷的一个姑娘。
这一点，隔了几年也没变。

2017 年 9 月 24 日

收到了她的微信好友请求,知道是她。
先装不知道好了,直接同意显得没意思。

2017 年 9 月 25 日

升旗仪式,她被罚做检讨了,就因为前几天朝我喊话那件事。
主席台上,她说:"我挺认真的,希望能和贺昇同学进一步相处和了解。"
段位有点高。
晚上她又来堵我了,吃饭时,她问有没有人亲过我。
当然没有。
她给我起了个名:贺日日。
有点无聊,但她喜欢就好。

2017 年 9 月 29 日

考场上,她给我送了杯奶茶。

我喝完了。

离开考场前,把她写的"考试加油呀!贺日日"拍了下来,设置成和她聊天的背景。

2017 年 9 月 30 日

沈毅风的生日,在轰趴馆偶遇了她。

她胆子有点大。

结束后送她回家,进大门前,她回头比了个心,笑着说:"晚安,大学霸。"

五个字,坐在车里缓了半小时心跳。

2017 年 10 月 6 日

让她做了套物理试卷。

有点无奈,澄姐做错题很有一套,一般人没这水平。

2017 年 10 月 9 日

放学，问她饿不饿，挑了家还不错的饭店。
没承想一进门就遇到了陈主任，拉着她转身就走。
她问我为什么耳朵红。
"是心虚吗？我的大学霸。"
心跳得好快。

2017 年 10 月 12 日

一到操场就看见她了，陪她练习长跑。

2017 年 10 月 19 日

运动会，和朋友聊着天。
抬眼就看见了她，坐在看台上，而后视线碰撞。
她双手比枪，推拉，朝我"打"过来。
有点幼稚，但自己好像有点吃这套。
把金牌送给她，她发了条动态：You are always the best.

2017 年 10 月 20 日

陪她跑三千米,陪她去医院。
全校都知道。

2017 年 11 月 1 日

逮着她划我车胎了,真服了她。
让她摸着良心说话,她说字字发自肺腑。
嗯,最好是如此。

2017 年 11 月 12 日

因为她那句"二十七号选手，祝你旗开得胜"，这次参加篮球联赛球服号我也定的"27"号，打算以后都穿这个号，不知道她能不能注意到。

听说对面球队有个人是澄姐的前男友。

没事，前男友而已。

嗯，没事。

没事。

……

有事，吃醋了。

2017 年 11 月 13 日

她酒精过敏了，睡了一觉后找我借衣服洗完澡穿。

拿她没办法。

2017 年 11 月 19 日

教她溜冰，怎么都教不会，她还老乱动。
懒得跟她计较。

2017 年 11 月 25 日

回京北的第二天，去了趟李晨颂那儿。
遇见了于澄她哥，假装没看着。

2017 年 11 月 26 日

妈妈的忌日，难受了一天。
透口气的工夫，忍不住给澄姐打了个视频电话。
看见她，心情会好。

2017 年 12 月 16 日

月考，澄姐又进步了。
优秀。

2017 年 12 月 29 日

送她回家,被她哥逮个正着。
这人看我好像一直不怎么顺眼。无所谓,内心毫无波澜。

2018 年 1 月 16 日

下周期末考试,书桌分了她一半,她就坐在我身侧,连着几天刷题刷到凌晨两点。
有点心疼。

2018 年 2 月 18 日

被澄姐约出来看电影,又被周秋梓耽误了。
下午把场子换到燕京山,天有点冷,但阳光不错,让司机带着澄姐环绕赛道跑了两圈,兜风兜得她有点上头。
澄姐今天玩得挺开心,我也开心。
她不知道,我拿她当喜欢的人带过来的。

2018 年 3 月 5 日

竞赛的事情,很忙。
澄姐也忙,忙文化课,忙美术专业课。
感觉她瘦了点。

2018 年 3 月 26 日

竞赛拿了金奖,澄姐也在京北,一晚上信息不停地轰炸,让我去给她当模特。
当什么模特?想我直说。

2018 年 4 月 28 日

去看了部动画电影,以前没看过,只看过《迪迦奥特曼》。
她知道后,说我们还能活好多年,这会儿看也不晚。
她好像在心疼我。

2018 年 5 月 3 日

从去年的九月底,到现在五月初,也就七八个月。
澄姐以前是什么样的,这问题我没想过,看见照片也没什么感觉。
无非都是她。
都喜欢她。
一个人哭得眼睛都肿了,傻瓜。

2018 年 5 月 5 日

被带回了京北。
不告而别,她会生气的。
……

2019 年 10 月 7 日

京大美院,苏省的文化课和专业课双第一:于澄。

图书在版编目（CIP）数据

不乖 / 树延著 . -- 成都：四川文艺出版社，2024.5（2025.5 重印）
　　ISBN 978-7-5411-6889-5

Ⅰ . ①不… Ⅱ . ①树… Ⅲ . ①言情小说—中国—当代 Ⅳ . ① I247.5

中国国家版本馆 CIP 数据核字 (2024) 第 023839 号

BU GUAI
不乖
树延　著

出 品 人　冯　静
特约监制　王传先　临　渊
责任编辑　陈雪媛
责任校对　段　敏

出版发行　四川文艺出版社（成都市锦江区三色路 238 号）
网　　址　www.scwys.com
电　　话　028-86361781（编辑部）

印　　刷　三河市中晟雅豪印务有限公司
成品尺寸　146mm×210mm　　开　本　32 开
印　　张　8.75　插页 4　　　字　数　240 千
版　　次　2024 年 5 月第一版　印　次　2025 年 5 月第二次印刷
书　　号　ISBN 978-7-5411-6889-5
定　　价　49.80 元

版权所有·侵权必究。如有质量问题，请与本公司图书销售中心联系调换。电话：010-82069336